蔡東藩 著

兩晉演義

從抗顏極諫至北魏爭雄

我欲害人人害我，腹中有劍笑中刀
一生憂樂本常情，亂世烽煙何時息？
忠臣死節，奸雄篡位
忠誠與野心交織，淝水之戰命懸一線

目錄

第五十一回	誅逆子縱火焚屍　責病主抗顏極諫	005
第五十二回	乘羯亂進攻反失利　弒趙主易位又遭囚	015
第五十三回	養子覆宗冉閔複姓　屠主授首石氏垂亡	025
第五十四回	卻桓溫晉相貽書　滅冉魏燕王僭號	033
第五十五回	拒忠言殷浩喪師　射敵帥桓溫得勝	043
第五十六回	逞刑戮苻生縱虐　盜淫威張祚殺身	051
第五十七回	具使才說下涼州　滿惡貫變生秦闕	061
第五十八回	圍廣固慕容恪善謀　戰東河諸葛攸敗績	071
第五十九回	謝安石應徵變節　張天錫乘亂弒君	081
第六十回	失洛陽沈勁死義　阻石門桓溫退師	091
第六十一回	慕容垂避禍奔秦　王景略統兵入洛	101
第六十二回	略燕地連摧敵將　拔鄴城追擄屠王	111
第六十三回	海西公遭誣被廢　崑崙婢產子承基	119
第六十四回	謁崇陵桓溫見鬼　重正朔王猛留言	129
第六十五回	失姑臧涼主作降虜　守襄陽朱母築斜城	139

第六十六回	救孤城謝玄卻秦軍　違眾議苻堅窺晉室	147
第六十七回	山墅賭弈寇來不驚　淝水交鋒兵多易敗	157
第六十八回	結丁零再興燕祚　索鄴城申表秦庭	167
第六十九回	據渭北後秦獨立　入阿房西燕稱尊	177
第七十回	墮虜謀晉將逾絕澗　應童謠秦主縊新城	187
第七十一回	用僧言呂光還兵　依逆謀段隨弒主	195
第七十二回	謀刺未成秦後死節　失營被獲毛氏捐軀	203
第七十三回	拓跋珪創興後魏　慕容垂討滅丁零	211
第七十四回	智姚萇旋師驚噩夢　勇翟瑥斬將掃屠宗	219
第七十五回	失都城西燕被滅　壓山寨北魏爭雄	227

第五十一回
誅逆子縱火焚屍　責病主抗顏極諫

　　卻說趙太子石宣謀害弟韜，並欲弒父，因恐計不得逞，往訪高僧佛圖澄，及與澄相見，並坐寺中，又不便直達私衷，但聽塔上一鈴獨鳴，宣乃問澄道：「大和尚素識鈴音，究竟主何預兆？」澄答道：「鈴音所云，乃是『鬍子洛度』四字。」宣不禁變色道：「什麼叫做鬍子洛度？」究竟心虛。澄不好直答，詭詞相對道：「老胡為道，不能山究竟心虛。澄不好居無言，乃在此重茵美服，這便叫做洛度呢。」說著，正值秦公韜徐步進來，澄起座相迎，待韜坐定，只管注目視韜。韜且驚且問，澄答道：「公身上何故血臭？老僧因此疑視。」隱語。韜周視衣襟，毫無血跡，免不得又要詰問。澄只微笑不答。宣慮澄察洩祕謀，遂邀韜同行，辭澄出寺去了。

　　越宿由石虎遣人召澄，澄即入見，虎語澄道：「我昨夜夢見一龍，飛向西南，忽然墜地，不知吉凶何如？」澄應聲道：「眼前有賊，不出十日，殿東恐要流血，陛下慎勿東行。」虎素來信澄，倒也默然無言。忽見屏後有一婦人趨出，嬌聲語澄道：「和尚莫非昏耄麼？宮禁森嚴，怎得有賊？」澄見是虎后杜氏，便微笑道：「六情所感，無一非賊，年既老耄，還屬無妨，但教少年不昏，方才是好哩。」已經說出後事，可惜愚婦無知。已而遇秋社日，天空有黃黑雲，由東南展至西方，直貫日中，及日向西下，雲分七道，相去約數十丈，幻成白色，如魚鱗相似，歷時乃滅。韜頗解天文，顧語左右道：「天變不小，恐有刺客起自京師，未知由何人當災哩。」

第五十一回　誅逆子縱火焚屍　責病主抗顏極諫

是夕，韜與僚屬會宴東明觀，召令樂工歌伎，彈唱侑酒。宴至半酣，不覺長嘆道：「人生無常，別易會難，諸君試暢飲一觥，各宜使醉，須知後會有期，應該乘時盡興哩。」說至此，竟泫然涕下。死兆已見！大眾聽了，都不禁駭異，唯見韜涕泗橫流，也不禁觸動悲懷，相率唏噓，都非佳象。到了夜半，眾皆別去，韜趁便留宿佛寺中。

哪知事出非常，變生不測，僅越半夜，好好一個石家主子，竟變做血肉模糊的死屍。天已大明，寢門尚閉，韜有侍役，怪韜高臥不起，撬戶入視，已是腹破腸流，手斷足折，倒斃在寢榻前。旁有刀箭擺著，也不辨是何人所置，何人所殺，當下慌亂無措，不得已著人飛報。偏宮中已經得知，趙主石虎，正聞變驚慟，暈倒床上。宮人七手八腳，環集施救，好容易才得救醒，尚是悲號不止。究竟由何人先去報聞？查將起來，乃是趙太子石宣。應該由他先知。虎號哭多時，便擬親往視喪。時百官已俱入請安，聞虎命駕將出，各欲扈從前去。獨司空李農進諫道：「害死秦公，未知何人，臣料是釁起蕭牆，危生肘腋，陛下不宜輕出，當速緝凶手，毋使幸脫。」虎得農言，猛然記起佛圖澄語，不由的頓足嘆息道：「是了是了。究竟和尚通靈，朕到此才能覺悟呢。」遂停止不行。一面飭衛士戒嚴，一面派官吏治喪。太子宣駕坐素車，引東宮兵千人，往視韜殮，使左右舉衾觀屍，仔細一瞧，反呵呵大笑，掉頭自去。實是一個莽漢，若使韜知預防，何至被殺。還至東宮，將委罪韜吏，命收大將軍記室參軍鄭靖尹武等人。韜曾為車騎大將軍。偏是惡報昭彰，難逃冥譴，有一東宮役吏史科，向石虎處訐發陰謀，虎始知禍由太子，氣得兩目咆哮，無名火高起三丈，亟命左右往召太子宣。宣不敢徑往，中使詐稱奉杜后命，叫他進去。宣還道是另有密商，因即入省，甫進宮門，便有人傳著虎諭，把宣驅入別室，軟禁起來。那時楊柸牟成趙生等，已聞風出走，生稍遲一步，致被衛士拘

住，交與刑官拷訊。生無可抵賴，始供稱殺韜情跡，實由楊杯等隱受宣囑，伺韜留宿寺舍，夜用獼猴梯架牆，逾垣入室，因得逞凶。這供詞呈將進去，虎不瞧猶可，既已瞧著，大呼：「了不得，了不得。」便命將宣移禁席庫，更用鐵環穿通宣頷，鎖諸柱上，且作數鬥可容的木槽，中貯塵糞土飯，迫使宣食，彷彿似豬狗一般。一面取入殺韜刀箭，見上面尚有血痕，便伸舌吮舐，且舐且泣，哀聲震徹內外。徒哭何益？百官俱入內勸解，哪裡禁遏得住？大眾無法可想，只好往請佛圖澄，前來解免。澄當然馳至，見了石虎，說出一番前因後果，稍得令虎止哀。唯虎即欲加宣極刑，澄復諫道：「宣與韜皆陛下子，今宣殺韜，陛下又為韜殺宣，是反變成兩重禍祟了。陛下今日，誠使息怒加慈，福祚尚保靈長，可延六十餘年，若必欲誅宣，恐宣魂當化為彗星，將來要下掃鄴宮呢。」這是何因何果？可惜尚未說明。虎執意不從，待澄趨退，便令左右至鄴城北隅，堆積薪柴，就柴堆上豎一標竿，竿上架著轆轤，兩端穿繩，懸垂上面，當下把宣牽就柴上，用繩繫住。並使韜平時寵幸二閹，一叫郝稚，一叫劉霸，拔宣髮，抽宣舌，斫宣目，刳宣腸，斷宣手足，然後將宣屍用轆轤絞上，掛諸天空，下面縱火焚薪，薪燃火盛，煙焰沖天，不到半時，已將宣屍爛焦，如燔如炙，好一個燒烤。及繩被毀斷，屍復下墜，立成灰燼。這是何刑？最可怪的是暴主石虎，挈領宮妾數千人，共登高臺，瞭望火所，看它燔灼。莫非是看放煙火麼？至火已垂滅，再令檢出屍灰，分置諸門交道中，並收宣妻子二十九人，一併殺死。究竟是虎狼性格，名不虛傳。宣有幼兒，年才數歲，伶俐可愛，虎不忍加誅，抱置膝上，向他垂涕。兒亦啼哭道：「這非兒罪。」虎欲赦兒不誅，偏秦府屬吏，定請並誅此兒，看虎戀戀不捨，竟向虎膝上牽奪。兒攬住虎衣，狂叫痛號，甚至帶絕手脫，始被猛擲出去，踢蹬一聲，登時斷命。虎掩面入宮，敕廢宣母杜氏為庶人，誅東宮僚屬

第五十一回　誅逆子縱火焚屍　責病主抗顏極諫

三百人，閹寺五十人，統皆車裂支解，棄屍漳水，汙東宮以養豬牛。還有東宮衛卒十餘萬人，全體謫戍涼州。太史令趙攬，已遷任散騎常侍，前曾入白道：「宮中將有變亂，宜豫備不虞。」及虎既殺宣，疑攬預知宣謀，獨不實告，亦勒令處死。可為王波洩恨。貴嬪柳氏，係尚書柳耆長女，才色俱優，耆有二子嘗侍直東宮，為宣所寵，此時已共誅死。虎復令柳女連坐，逼使自盡。既而追念柳氏姿容，未免生悔，幸柳氏尚有一妹，在家待字，便飭左右驅車接入，就在芳林園引見。細瞧芳容，不亞乃姊，就下座掖入寢床，令做乃姊替身，恣情淫狎，不消細說。姊妹花並墮虎口，死者固已矣，生者亦去死無幾。

　　過了匝月，虎複議冊立太子，太尉張舉道：「燕公斌有武略，彭城公遵有文德，唯在陛下自擇。」虎答道：「卿言正合我意。」語尚未終，偏有一人閃出道：「燕公母賤，又嘗有過，彭城公與前太子邃同母，母鄭氏已經坐廢，怎得再立他次子？還請陛下三思！」虎聞言瞧著，發言的係戎昭將軍，就是前擄劉曜幼女的張豺。曜女安定公主，擄入趙宮，得虎寵愛，小子在前文中，已曾敘過，至此生有一子，取名為世，已有十齡，豺因虎年長多疾，意欲立世為嗣，俟虎死後，世母劉氏為太后，必感豺德，令他輔政，所以特地進言，陰圖逞志。果然虎為所動，沉吟多時，不答一言。豺乘機說虎道：「陛下再立儲宮，母皆倡賤，不足服眾，所以禍亂相尋，今宜自懲前轍，必須母貴子孝，方可冊立，免再生患。」虎爽然道：「卿且勿言，朕已悟卿意了。」豺乃趨出。越宿由虎召集群臣，面加曉諭道：「朕欲取純灰三斛，自滌心腸，何故專生惡子？年過二十，便欲弒父，今少子世年方十歲，待他及冠，我已老了，就使世再不肖，也不至為我所見哩。」但期保全首領，也是無聊之思。道言未絕，即由太尉張舉，司空李農，同時應聲道：「臣等願奉詔立齊公。」原來齊公是世封爵，臣下不便直

呼世名，因以齊公二字相代。農既倡議，大眾便附和一辭，獨大司農曹莫無言。張李二人，又謂應完備手續，先由公卿聯名上疏，請立世為太子，及疏已草就，莫復不肯署名。虎使張豺問明莫意，莫答道：「天下重器，不應立少，故不敢署名。」虎聞言嘆道：「莫為忠臣，可惜未達朕旨。唯張舉李農，能體朕心，可轉示委曲，免得誤會。」舉與農應命諭莫，相偕退去。虎遂立世為太子，進世母劉氏為皇后，命太常條攸為太子太傅，光祿勳杜嘏為太子少傅，並囑使朝夕箴規，毋令太子再蹈前愆。何濟於事？

　又閱兩月，虎在太武前殿，大饗百僚，佛圖澄亦至。酒闌席散，澄起座告辭，褰衣行吟道：「殿乎殿乎？棘子成林，將壞人衣。」吟畢自去。虎料澄語必有因，即令左右發殿下石，果有棘子叢生，立命拔去。哪知佛圖澄所說的棘子，並不是真棘子，乃是一個棘奴。棘奴究是何物？看官不必急問，待至下文，自當說明。是作者用筆狡獪處。唯佛圖澄還至佛寺，環視佛像，唏噓太息道：「可悵可恨，不得長此莊嚴。」嗣復自作問答，先發問道：「可得三年否？」答言：「不得。」又問：「可得二年麼？一年麼？百日麼？一月麼？」答言：「不得，不得。」隨即默然。返入禪房，弟子法祚等，見澄自說自話，多不可解，便隨澄入問玄妙。澄乃明語道：「今年歲次戊申，禍機已萌，明年己酉，石氏當滅，我尚在此幹什麼事，不如去罷。」法祚又問道：「當去何地？」澄仍作隱語道：「去！去！自有去處。」法祚等不敢再問，方才趨退。僅隔一夕，便遣徒侶往辭石虎道：「物理必遷，身命難保，貧僧化期已及，不能再延，素荷恩遇，用敢上聞。」虎愴然道：「昨尚無疾，今乃使人告終，豈不可怪？」便命駕自往省視，見澄形態如故，益加驚疑。澄微哂道：「出生入死，乃是常理。人命短長，定數難逃。但道重行全，德貴勿怠，道德無虧，雖死猶生，否則生不如死。貧僧死期已至，自思生平尚無大過，死亦何妨。不過國家心存佛理，建寺

第五十一回　誅逆子縱火焚屍　責病主抗顏極諫

度僧，本宜仰蒙天祐，奈何政事猛烈，淫刑酷濫，顯違聖典，隱悖法戒，如此過去，怎能得福？若亟降心易慮，惠以下民，那時國祚永長，道俗慶賴，僧雖就盡，可無遺恨了。」見道之意，非常僧所能道。虎似信非信，支吾半晌，便即退回。

先是虎為澄先造生墓，至是因澄言將死，又為鑿壙營墳。約閱旬餘，澄竟圓寂，坐化禪林。百官並往視殮，即將澄平時所用錫杖銀缽，納置棺中，移葬壙所，更由虎命為澄立祠，適天久不雨，隴土盡裂，虎詣澄祠虔禱，便有二白龍降下，引沛甘霖，澤遍千里。嗣有沙門從雍州來，曾見澄西入關中，及行至鄴下，與僧侶晤談，兩不相符，彼此詫為奇事。又有郭門守吏，聽得沙門傳語，也猛憶前事，謂：「澄曾攜一履出城，當時疑為目眩，今又由沙門相見，莫非真在人間，確是未死。」為此兩人語言，遂至傳遍鄴中，連石虎亦有所聞，暗生驚異，遂命石工掘墓啟視，說也奇怪，棺中只有一履，並無澄屍，唯多了一石。工人當即飛報，石虎且驚且恨道：「朕姓石，便是朕埋石棺中，莫非朕將死了麼？」嗣是悶悶不樂，坐臥徬徨。嘗見已死諸子孫，環立坐隅，不由的毛髮森豎，悲悔交併，因此飲食無味，形體漸羸。蹉跎過了殘冬，便是趙天王建武十五年的元旦，晉永和五年。虎疾少瘳，自恐餘生有限，不如僭稱帝號，藉以自娛，乃命在南郊築壇，即位稱帝，改元太寧。諸子進爵為王，百官各增位一等，頒制大赦。唯前東宮衛卒等萬餘人，謫戍涼州，不在赦例。見上文。

衛卒中有一隊長，呼做高力督，姓梁名犢，本來有些膂力，此時遇赦不赦，當然生怨；就是一班衛卒，也共抱不平。犢得乘隙煽動，聚眾為亂，自稱晉征東大將軍，攻陷下辯，脅雍州刺史張茂為大都督，連拔秦雍間城戍，戍卒多半依附。進至長安，有眾十萬人。樂平王石苞，為長安鎮帥，盡銳出戰，反為所敗，不得已回城固守。犢遂率眾出潼關，趨洛陽。

趙主石虎，忙命李農為大都督，行大將軍事，統率衛軍將軍張賀度，徵西將軍張良，徵虜將軍石閔等，麾兵十萬，出拒新安。犢眾都挾著一種怨氣，拚死前來，雖然兵甲不整，卻是一可當十，十可當百。李農麾下，人數與犢眾相等，只是氣勢不敵，一戰敗績，再戰又敗，沒奈何退保成皋。犢又東掠滎陽陳留諸郡，聲焰大張。石虎懼甚，舊疾復發，再令燕王斌為大都督，與冠軍大將軍姚弋仲，車騎將軍蒲洪，合兵討犢。

弋仲入朝求見，虎適臥床養疴，傳令免謁，但引弋仲至領軍省，賜給御食。弋仲怒說道：「國家有賊，令我出擊，主上理應面授方略，才可破賊，今乃徒賜我御食，難道我來乞食麼？」說至此，即欲趨歸。當有人報知石虎，虎乃力疾傳見，弋仲搶步進去，怒尚未息，既見虎面，便大聲詆虎道：「為兒生愁麼？何故致病！有兒不教，縱使為逆，因逆加誅，還愁什麼？我想汝病已久，反立幼兒為儲，萬一不測，天下必亂，汝先當憂及此事，賊尚不足憂哩。犢等窮困思歸，相聚為盜，所過殘虐，已失民心，我老羌當為汝出力，一舉平賊。」看他口吻，彷彿《水滸傳》中的李逵。虎聽他出言不遜，也覺生忿，但因亂事日亟，要靠他出兵平亂，只好含忍三分。且弋仲素性戇直，到了氣急時候，往往不顧尊卑，但呼汝我，事成慣例，更不足貴。所以虎耐著性子，囑令旁坐，面授弋仲為徵西大將軍，特賜鎧馬。弋仲並不稱謝，唯起座申語道：「汝看我老羌能破賊否？」說著，即取鎧披身，跨鞍上馬，就中庭馳騁數週，乃揚鞭一揮，躍馬自去。卻是爽快。虎又氣又笑，靜待報命。

約過旬日，便得弋仲捷報，在滎陽大破犢眾，已而捷音復至，將犢擒斬，掃平餘黨。虛寫以省筆墨。虎傳旨褒功，封弋仲為平西郡公，履劍上殿，入朝不趨。蒲洪為侍中車騎大將軍，都督秦雍諸州軍事，領雍州刺史，封略陽郡公。弋仲等尚未回鄴，虎病已日深一日，因授彭城王遵為大

第五十一回　誅逆子縱火焚屍　責病主抗顏極諫

將軍，使鎮關右。燕王斌為丞相，錄尚書事。張豺為鎮衛大將軍，並受遺詔輔政。獨劉后心下不悅，密召張豺入商，意圖害斌，免為後患。豺即為定謀，遣使給斌道：「主上疾已漸瘉，王若留獵，儘可自便。」斌本好獵嗜酒，得了此諭，樂得朝畋暮飲，流連數日。劉后遂與張豺發出矯詔，謂斌藐視父疾，不忠不孝，勒令免官歸第；且使豺弟雄領龍騰軍五百人，逼斌入室，嚴加管束。彭城王遵，時在幽州，奉詔至鄴，劉后不令入省，但飭在朝堂受拜，即發給禁兵三萬，遣往關右。遵涕泣而去。石虎全未預聞，因病得小瘥，勉強起床，出問遵已到否？左右答言去已兩日，虎慍道：「奈何不使見我？」說罷，復親臨西閣，見有龍騰中郎兩軍將士，環拜前面，約有二百餘人。虎問他有何乞請？大眾譁聲道：「聖體不安，宜令燕王入值宿衛，監製兵馬，還有幾個隨後續陳，請改立燕王為太子。」虎驚疑道：「燕王尚未到京麼？」左右詐言燕王病酒，不能入朝。虎又道：「可持輦迎入，當付璽綬。」左右雖然答應，卻是陽奉陰違，並未往迎。虎無力支撐，竟至頭暈心搖，使左右掖還寢宮。張豺竟令雄矯詔殺斌，入報劉后。劉后大喜，擅命豺為太保，都督中外諸軍，錄尚書事。侍中徐統，自語親屬道：「大亂將作，我若再生，恐反遭夷滅了，不如早死為佳。」遂仰藥自殺。鄴宮內外，方無故自擾，那窮凶極惡的趙石虎，已不省人事，暈絕數次，結果是兩眼一翻，兩足一伸，嗚呼畢命了。小子有詩詠道：

如此凶人得善終，上蒼降鑑似非聰。
待看國亂家屠日，才識天心本大公。

虎既斃命，應由太子世入嗣，究竟有無亂端？容至下回續表。

石邃既誅，又有石宣，遣人殺弟，密謀弑父，其惡視邃為尤甚，殺之宜也。但此為石虎淫惡之報，虎不知反省，乃徒以毒刑加宣，令人慘不忍

聞。況前誅邃妻子二十六人，至是又誅宣妻子二十九人，骨肉相關，全不體卹。有罪則固誅之，無罪亦並戮之，待子孫尚且如此，何怪他人之滅其子孫乎？厥後信張豺言，舍長立幼，幼子世為劉女所生，劉曜一門，為虎所殘，留女以禍石氏，亦一顯然之報應也。姚弋仲快人快語，讀之可浮一大白。虎嘗濫殺群臣，獨於出言不遜之姚弋仲，能優容之，並加厚賜。姚氏有昌後之機，固非石虎所能殺，抑亦由虎之隱有疚心，聞姚言而不能無愧歟？石虎禍劉，張豺禍石，一虎一豺，兩兩相對，大造之巧為播弄，尤足使人稱異云。

第五十一回　誅逆子縱火焚屍　責病主抗顏極諫

第五十二回
乘羯亂進攻反失利　弒趙主易位又遭囚

卻說趙太子石世，年甫十一，由張豺等擁他即位，尊世母劉氏為太后。劉氏臨朝稱制，進張豺為丞相，豺面辭不受，情願讓與彭城王遵，義陽王鑑。他恐二王不服，所以有此推薦。劉氏乃命遵為左丞相，鑑為右丞相。豺又與太尉張舉，謀殺司空李農，舉素與農善，遣人密告，農出奔廣宗。豺使舉統領宿衛精兵，往圍李農，一面授張離為鎮軍大將軍，監中外諸軍事，兼司隸校尉，作為己副。鄴中群盜四起，迭相劫掠，豺與離不能禁遏，只好緊守宮門，得過且過。

彭城王遵，往詣關右，途次聞喪，乃屯次河內。可巧冠軍大將軍姚弋仲，車騎大將軍蒲洪，安西將軍劉寧，徵虜將軍石閔等，平亂班師，即前回梁犢之亂。與遵相遇，當下同聲說遵道：「殿下年長且賢，先帝嘗欲立殿下為嗣，至晚年昏耄，乃為張豺所誤，今女主臨朝，奸臣用事，眾心未服，京內空虛，殿下若聲討張豺，鼓行東進，哪有不倒戈開門，歡迎殿下哩？」遵欣然相從，即從河內舉兵，還指鄴都。洺州刺史劉國等，並引兵往會，傳檄至鄴。張豺大懼，飛召張舉還軍。舉未及歸，遵已將到，急得豺形色倉皇，不能不調兵出禦。偏都中耆舊羯士，互相告語道：「天子兒來奔喪，我輩正當出迎，奈何反隨張豺拒守哩？」於是相率逾城，陸續迎遵。豺雖嚴令禁止，濫加殺戮，終不能止。繼聞鎮軍大將軍張離，亦率龍騰軍二千，斬關出迎，越嚇得手足無措。適宮中有旨傳召，只好應命趨

第五十二回　乘羯亂進攻反失利　弒趙主易位又遭囚

入。劉太后向豸泣語道：「先帝梓宮未殯，便遇外禍，今上幼衝，國事盡託將軍，將軍將如何弭亂？現欲加遵重官，未知能撤兵免禍否？」這叫做一廂情願，豸支吾半晌，說不出一句話兒，唯有唯唯聽命。

劉太后乃遣使諭遵，命為丞相，領大司馬大都督，統轄中外諸軍，錄尚書事，並加黃鉞九錫，增封十郡。遵不受命，謝絕來使，且進至安陽亭，鄴中恟懼。張豸一籌莫展，沒奈何硬著頭皮，引眾往迎。遵面加叱責，令左右將豸拘住，當即貫甲耀兵，自太武門馳入，直登太武前殿，擗踴盡哀，退至東閣，命兵士牽出張豸，至平樂市中梟首，並夷三族。且假傳太后令云：「嗣子幼衝，為先帝私恩所授，但皇業至重，非幼子所能承受，今當令彭城王遵，入嗣大位，勉紹洪基」云云。遵偽讓至三，朝臣依次勸進，乃御殿稱尊，照例大赦。廢石世為譙王，食邑萬戶，降劉太后為太妃。未幾將劉氏母子，一併鴆死。可憐十一歲的小皇帝，在位只三十三日，冤冤枉枉的送了性命，就是如花似玉的劉太后，享受了數載尊榮，也落得香消玉殞，一命嗚呼。富貴原似春夢。遵遂立生母鄭氏為太后，妻張氏為皇后，故燕王斌子衍為皇太子，義陽王鑑為侍中太傅，沛王衝為太保，樂平王苞為大司馬，汝陰王琨為大將軍，武興公閔都督中外諸軍事，兼輔國大將軍，錄尚書事，下詔罷廣宗圍，召還張舉。李農亦入都謝罪，仍復原官。遵嗣位僅及七日，鄴中暴風拔樹，雷雨大作，下雹如盂，水火俱下，毀去太武輝華殿，及宮中府庫，所有閶闔諸門觀閣，亦盡成灰燼。乘輿服飾，大半被焚，火焰燭天，兼旬乃滅。已而，天覆雨血，遍及鄴城，時沛王石衝鎮薊，聞遵殺世自立，召語僚佐道：「世受先帝遺命，嗣立為君，遵敢擅加廢弒，罪大惡極，孤當親自往討，可飭內外戒嚴，剋日啟行。」於是留寧北將軍沐堅，居守幽州，率眾五萬，由薊南下，一面傳檄燕趙，所至雲集。及抵常山，有眾十餘萬，進次苑鄉，遇有中使自鄴都

到來，傳示赦書。衝忽變初志，顧語左右道：「遵亦我弟，既得定位，我何必再加殘害？況死不可追，生宜相顧，得休便休，不如歸去罷了。」道言甫畢，部將陳暹閃出道：「彭城篡弒自尊，實負大罪，王欲北旆，臣願南轅，俟平定京師，擒住罪首，然後奉迎大駕，入靖皇宮。」說著，即率部下兵自去。這是石衝的催命鬼。衝見暹前進，倒也不敢中止，只好麾兵隨行。途中復接遵使王擢，齎到遵書，勸令罷兵。衝搖首不答，擢乃歸報。遵假石閔黃鉞金鉦，令與司空李農等，統率精兵十萬，出拒石衝。兩軍共至平棘，便即交鋒，也是衝命數該絕，不幸碰著逆風，被石閔等順風痛擊，殺得七顛八倒，大敗棄逃。衝策馬還走，至元氏縣，馬蹄忽蹶，致為閔軍追及，生生擒住。餘眾一半潰散，一半乞降。閔向遵報捷。遵下詔賜衝自盡，衝當然畢命。閔恐降兵變亂，掘坑誘入，全數活埋，共死三萬餘名，如此暴虐，怎得善終？乃班師還鄴。

　　遵因石衝已平，不復加慮，獨閔入內白遵道：「蒲洪是現今人傑，今領雍州刺史，鎮守關中，恐將來秦雍二州，非國家所得復有，還請早圖為是！」遵信閔言，遂撤去蒲洪官職，洪因此挾嫌；自領部曲，徑歸枋頭，且遣使降晉。晉徵西大將軍桓溫，已探得趙亂消息，出屯安陸，經營北方。趙揚州刺史王浹，舉壽春城歸晉。晉命西中郎將陳逵，往戍壽春。還有征北大將軍褚裒，也想藉此揚威，上表晉廷，請即伐趙，當日戒嚴，直指泗口。朝議謂：「裒任重責大，不應深入，但宜先遣偏師，為漸進計。」這議案傳到京口，裒不以為然，申表固請。略謂：「前遣先鋒督護王頤之等，徑詣彭城，遍示威信，繼遣督護麋嶷，進軍下邳，守賊不戰自潰，已由嶷安據城池，今宜速發大兵，助成聲勢。」晉廷乃加裒為征討大都督，使率眾三萬人，向彭城出發。河朔士民，聞裒出兵，日來降附。朝野人士，各懷奢望，都說是規復中原，就在此舉。唯光祿大夫領司徒蔡謨，引

第五十二回　乘羯亂進攻反失利　弒趙主易位又遭囚

以為憂，嘗語親友道：「此舉未足滅胡，就使胡人得滅，反為國家貽患，故我謂不如勿行。」親友聽了，不免疑問，謨復說道：「古來順天乘時，弘濟蒼生，撥亂世，大一統，類皆由大聖英雄，方能出此。此外只有度德量力，不可妄動。我看今日時局，欲要平胡，非常材所能辦到，必且經營分表，勞民求逞，至才略疏短，終難如願，那時財已盡了，力已窮了，智勇兩困，尚能不憂及朝廷麼？」果然事機不順，竟如所料。

褚裒發兵北進，適有魯郡民五百餘家，起兵來附。裒遣部將王龕李遇，率兵三千，往迎魯民，行至代陂，正值趙都督李農，帶兵二萬，南下防戍，龕等無路可避，不得不上前交戰。究竟寡不敵眾，一場鏖鬥，全軍覆沒。李農進逼壽春，晉將陳逵，恐為所乘，遂焚壽春積聚，毀城遁還。褚裒也不禁膽怯，退屯廣陵，表請自貶。何前勇而後怯？有詔不許，但命他還鎮京口，免去征討都督職銜。會河北大亂，遺民二十餘萬渡河，欲來歸附，偏值褚裒退還，無人撫納，大眾流離蕩析，死亡殆盡。裒還至京口，沿途只聞哭聲，顧問左右，究為何因？左右答道：「代陂覆師，家屬猶存，怎得不哭？」裒未免慚憤。還鎮未幾，即至病終。訃聞晉廷，詔贈侍中太傅，予諡文穆。另遷吳國內史荀羨，持節監徐兗二州，及揚州屬郡晉陵諸軍事，領徐州刺史。羨年方二十有八，東渡以後諸方伯，羨為最少，這真叫做人無大小，達者為先哩。

且說趙樂平王石苞，得著石衝敗死的消息，也動了兔死狐悲的觀感，擬就長安鎮所起兵，進攻鄴都。左長史石光，及司馬曹曜等，固諫不從，反被殺死，因此將吏離心。雍州豪酋，料知苞難成事，統馳使告晉。晉梁州刺史司馬勳，率眾往會，又有仇池公楊初，也遙應晉兵，襲趙西城。仇池自楊茂搜死後，傳子難敵，難敵本降附劉曜，受封武都王，既而病死，子毅嗣立，因劉曜已亡，遣使朝晉，願為藩屬。偏族兄初陰圖篡奪，襲殺

楊毅，據有世祚，稱臣石趙，嗣聞石氏內亂，復向晉通好。晉廷但務羈縻，管什麼篡位不篡位，即冊初為征南將軍，雍州刺史。仇池公初乃與晉兵約為犄角，共攻趙境。補敘前文所未及，且說明聯晉情由。司馬勳領兵出駱谷，破長城趙成，進次懸鉤，距長安約二百餘里，遂遣治中劉煥，進逼長安，陣斬趙京兆太守劉秀離，得拔賀城。三輔豪傑舊稱京兆左馮翊右扶風為三輔。多殺守令應勳，共得三十餘營，數約五萬人。

趙樂平王石苞，只好把攻鄴計謀，暫且擱起，專務防晉。當下派遣部將麻秋姚回，引兵拒勳。趙主石遵，已聞苞有異圖，遂借擊勳為名，使車騎將軍王朗，帶著鐵騎二萬，西趨長安，暗中卻囑使伺苞，俟擊退晉兵，迫苞赴鄴。晉司馬勳聞趙兵大至，卻也自慮兵少，不敢輕進。那趙將石遇，復奉趙主遵命令，攻陷宛城，擒去晉南陽太守郭啟。勳亟移師往援，殺敗石遇，克復宛城，斬趙新署南陽太守袁景，引還梁州。

是時，燕主慕容皝，已經病歿，由世子俊嗣位，平狄將軍慕容霸，也欲乘石氏亂釁，興兵攻趙，因上書白俊道：「石虎窮凶極惡，為天所棄，餘燼僅存，自相魚肉。今中原塗炭，群望仁施，若我軍一出，勢必投戈，此機不宜坐失哩。」北平太守孫興，亦表言：「石氏大亂，宜乘時進取中原。」俊獨以為新遭大喪，謝絕勿許。霸又馳詣龍城，當面語俊道：「時機難得易失，倘石氏衰後復興，或有英雄憑藉遺業，奮然躍起，不但我失此大利，且恐更為後患。」俊躊躇道：「鄴中雖亂，尚有虜將鄧恆，據住樂安，兵精糧足，我若伐趙，樂安當我東路，恐難進取，勢不能不繞道盧龍。盧龍山徑險窄，若被虜乘高據要，夾擊我軍，豈不是首尾受困，何從致勝？」霸又道：「鄧恆雖為石氏拒守，部下將士，已不免聞亂思家，各懷歸志，若大軍一至，當然瓦解。臣願為殿下前驅，東出徒河，西越令支，出彼不意，兩路並進，彼必惶駭，上不過閉城自守，下不免棄城潰去，還

第五十二回　乘羯亂進攻反失利　弒趙主易位又遭囚

有何心禦我呢？殿下儘可安步前行，毋勞多慮。」為後來滅魏伏線。俊尚狐疑未決，轉問五材將軍封弈。弈答道：「敵強用智，敵弱用勢，這是用兵要訣，所以大吞小如狼食豚，治易亂如日沃雪。大王自上世以來，積德累仁，兵強士練，石虎窮極凶暴，死未瞑目，子孫爭國，上下乘亂，民苦倒懸，日望救拔。大王若揚兵南下，先取薊城，繼指鄴都，宣耀威德，懷撫遺民，哪有不扶老攜幼，恭迎大王？凶黨將望旗膽落，逃死不暇，豈尚能為我害麼？」從事中郎黃泓，與折衝將軍慕容恪，亦先後進言。俊乃勉從眾議，即命慕容恪為輔國將軍，慕容評為輔弼將軍，左長史陽騖為輔義將軍，叫做三輔，分統軍事。再令慕容霸為前鋒都督，建鋒將軍，調集大兵二十餘萬，講武戒嚴，定期攻趙。

　　趙尚未接燕軍警信，已是內亂相尋，幾鬧得不可收拾。原來趙主遵入鄴以前，曾許石閔為太子，囑使努力。及入都篡位，自背前言，竟立燕王子衍為太子，遂致閔隱生怨望。閔素驍勇，屢立戰功，為宿將所畏服，又復都督各軍，得總內外兵權，聲威益盛，平時撫循殿中將士，各奏署員外將軍，爵關內侯，並各賜給宮女，隱樹私恩。遵未悉閔意，但將閔所奏署的將士，註明善惡，使知勸戒。眾將士未免介意，怨遵日甚，感閔日深。中書令孟準，左衛將軍王鸞，私下勸遵裁抑閔權，遵因此疏閔，閔益恨遵不置。可巧樂平王苞，自長安至鄴，遵不暇除苞，但欲除閔，當下召苞入宮，並及義陽王鑑，汝陰王琨，淮南王昭等，一併入議。鄭太后亦出御內殿，由遵先曉示道：「閔目無君上，逆跡已萌，今欲設法加誅，是否可行？」鑑等皆隨聲道：「閔既謀逆，應該就誅。」附和同辭，實是一班好亂人物。獨鄭太后搖首道：「河內旋師，若無棘奴，哪有今日？就使棘奴稍稍驕縱，也當格外寬容，怎得驟然處死哩？」看官聽說，這棘奴就是石閔小字，前回中敘及棘子，乃是佛圖澄的隱語，庸耳俗目，怎能預解？此番

禍已臨頭，小子也應該說明了。回應前回。

　　遵聞母言，默然不應。鑑與苞等隨即退出，遵送母入室，自往後庭尋樂，與妃妾等弈棋為歡。才畢數局，忽聽得一片噪聲，由外傳入，不由的驚懼交併，便出琨華殿探視，正值將軍周成蘇彥，帶著許多甲士，持刀執械，蜂擁進來。看他形色猙獰，定非吉兆，一時無從趨避，只好勉強喝問道：「汝等來做什麼？敢是造反不成！」大眾譁聲道：「來誅篡弒的逆賊！」遵又顫聲道：「反……反！究是何人造反？」成厲聲答道：「義陽王鑑，應該繼立。」遵複道：「似我尚有今日，汝等立鑑，能……能有幾時？」說到「時」字，已被成揮眾上前，亂刀砍死。成等遂闖入內庭，索性將鄭太后張皇后太子衍等，隨手斫去，殺得精光。復捕戮孟準王鸞，及上光祿大夫張斐。遵僭位僅一百八十三日，至此一門畢命。比石世多百餘日，地下亦好自誇。

　　看官欲問起亂原因，乃是石鑑出宮，密遣宦官楊環，報知石閔。閔即劫住司空李農，與右衛將軍王基，同謀廢立，當下遣蘇週二將，入行大事。迅雷不及掩耳，竟得僥倖成功。於是擁鑑即位，改元青龍，進武興公閔為大將軍，封武德王，李農為大司馬，錄尚書事，張舉為太尉，郎闓為司空，劉群為尚書左僕射，盧諶為中書監。鑑恃閔得立，心中卻很是忌閔，夜召樂平王苞，中書令李松，殿中將軍張才，使攻石閔李農。三人應命行事，總道是閔等無備，唾手可成，哪知閔卻預防一著，自與農入宿琨華殿，分派殿中將士守衛。將士多係閔腹心，都抖擻精神，目不交睫，通宵守著。石苞等冒昧闖入，立被衛士殺退，霎時間禁中大擾。鑑知事無成，反諉罪石苞，及李松張才，待他還報，竟喝令左右，斫斃三人，然後把三人首級，出示石閔李農，詐言罪人已得，不必驚惶。閔亦料鑑預謀，但既有詞可借，不如將錯便錯，俟後再圖。乃下令將士，各歸部伍，毋得

第五十二回　乘羯亂進攻反失利　弒趙主易位又遭囚

再譁，總算安靜了事。只平白地冤殺三人。新興王石祗，也是石鑑兄弟，久鎮襄國，因聞閔農為亂，遂與姚弋仲蒲洪通和，合兵連謀，起攻閔農。閔請諸石鑑，遣汝陰王琨為大都督，與太尉張舉，侍中呼延盛等，率步騎七萬人，往擊石祗。中領軍石成，侍中石啟，前河東太守石暉，謀誅閔農，反為閔農所殺。龍驤將軍孫伏都劉銖，號召羯士三千人，擬挾鑑討閔農，適鑑在御龍觀中，登臺見伏都等，魚貫而入，驚問何因？伏都答道：「石閔李農謀反，已至東掖門，臣欲嚴兵往討，謹來啟問。」鑑撫慰道：「卿是功臣，好為官家出力，朕在臺上觀卿，事平以後，不吝重賞。」伏都等應聲趨出，徑攻閔農，連戰不利，退屯鳳陽門。閔農卻率眾數千，向金明門突入，來尋石鑑。鑑見閔農等進來，料知伏都等戰敗，忙從臺上傳令道：「孫伏都謀反，卿等何不速討，來此做甚？」又用老法兒來做擋牌。閔農等得了此令，便曉諭衛士，同擊伏都，伏都雖有勇力，畢竟眾寡不敵，眼見是敗績喪身。劉銖亦同時畢命，部下三千羯人，多被殺斃。自鳳陽門至琨華殿，積屍纍纍，流血盈途。閔傳令內外兵民，毋得執械，違令立斬。羯人或奪門竄去，或逾城出走，先後不可勝計。閔遂使尚書王簡，少府王鬱，領眾數千，監守禦龍觀，不準鑑自由進出。就是鑑一飲一食，亦只由觀門懸入，勿許他入進餐。好好一個趙主鑑，反變做甕中鱉，釜中魚了。小子有詩嘆道：

腹中有劍笑中刀，入阱如何不獲逃？
我欲害人人害我，才知作偽總徒勞。

閔既幽鑑，又想出一條計策，殲盡羯人，欲知他如何行計，且看下回表明。

石遵廢世，石鑑又殺遵，石閔又幽鑑，數月之間，迭遭篡逆，石氏之

亂，可云甚矣！夫如石虎之窮凶極惡，應該有此巨譴，不於其身，必於其子孫，固然無足怪也。唯石氏內亂如此，正予晉以可乘之隙，桓溫之出屯安陸，猶不過徒示虛威，褚裒則一再上表，分兵北進，宜其規復中原。掃清宿恥，乃王龕等一敗而即懼，便退屯廣陵，自請貶職，嗒然若喪，是比諸庾亮庾翼，且遜一籌矣。要之東晉諸臣，專尚空談，虛驕之氣盛，實行之略疏，《左氏傳》所云「張脈僨興，外強中乾」者，正此類也，而蔡謨之意料遠已。

第五十二回　乘羯亂進攻反失利　弒趙主易位又遭囚

第五十三回
養子覆宗冉閔複姓　屠主授首石氏垂亡

卻說石閔幽主擅權，復下令城中，略言：「孫劉構逆，已得伏事，支黨並誅，不及良善。此後與官同心，儘可留住，否則任令他去，不復相禁。」遂大開城門，縱使出入。於是羯人相率出城，填門塞道，獨趙人陸續趨入，遠近爭集，閔知羯人不為己用，因頒令內外趙人，斬一羯首送鳳陽門，文官進位三級，武官立拜牙門。看官！試想人生無不欲富貴，得了這種機會，哪有不歡躍奉命的道理？才閱一日，攜首來獻，多至數萬。閔且親率趙人，再行搜誅羯種，羯人共斃二十餘萬，棄屍城外，餧飼豺狼狐犬。就是一班外戍羯士，也由閔分投書札，令身為將帥的趙人，誅戮殆盡。太宰趙庶，太尉張舉，中軍將軍張春，光祿大夫石嶽，撫軍將軍石寧，武衛將軍張季，及諸公侯卿校龍騰軍等萬餘人，至此都恐連累，出奔襄國。汝陰王琨，亦奔據冀州，撫軍張沈據滏口，張賀度據石瀆，建義將軍段勤據黎陽，寧南將軍楊群據桑壁，劉國據陽城，段龕據陳留，姚弋仲據灄頭，蒲洪據枋頭，眾各數萬，皆不附閔。王朗麻秋，也自長安奔洛陽。閔遣人召秋，令圖王朗，秋襲殺朗部羯人千餘名，朗幸逃免，轉奔襄國。秋忽生悔意，亦走依蒲洪。

　　汝陰王琨及張舉王朗，糾眾七萬，向鄴討閔。閔自率騎兵出拒，列陣城北，遙見敵軍如牆而來，便躍馬出陣，手持兩矛，直奔敵軍。敵軍前隊，遠來疲乏，不防閔輕騎殺到，一時不及招架，便致倒退。琨等尚在後

第五十三回　養子覆宗冉閔複姓　屛主授首石氏垂亡

面，見前軍紛紛退後，還道閔軍甚盛，抵敵不住，自己顧命要緊，也即拍馬返奔。為這一走，遂致全軍奔潰，彷彿天崩地塌一般。閔得任情追殺，斬首至三千級，待至琨等逃遠，方收兵還鄴，琨等仍奔還冀州去了。並非石閔善戰，實是琨等無用。閔既大獲勝仗，復與李農率三萬騎兵，往攻石瀆。石鑑被錮御龍觀中，因閔農外出，監守少懈，乃得寫就一書，密令近侍齎送滏口，囑令撫軍張沈等，乘虛襲鄴。哪知近侍不去報沈，反將鑑書持達閔農。石苞李松孫伏都等，都為石鑑所賣，怪不得近侍使刁。閔農當即馳還，突入御龍觀，責鑑反覆，褫去趙主的名目，又復贈他一刀，結果性命。鑑在位只一百零三日。閔索性大誅石氏，捕得石虎孫二十八人，駢戮無遺。唯尚有虎子數人，如石琨石祇等，統居外境，尚未遭難。

鄴中已無石氏遺種，閔即欲僭號稱尊，司徒申鍾，司空郎闓，密承閔旨，聯繫朝臣四十八人，同聲勸進。閔佯為退遜，讓與李農。農不敢受，誓死固辭。辭與不辭相等，始終難逃一死。閔乃語眾道：「我等本是晉人，今晉室猶存，願與諸君分割州郡，各稱牧守公侯，奉表迎晉天子還都洛陽，諸君以為何如？」誠能如是，倒也完名全節，可惜言不由衷。尚書胡睦進言道：「陛下聖德應天，宜登大位，晉氏衰微，遠竄江表，豈尚能總馭英雄，混一四海麼？」看汝能長為閔臣否？閔欣然道：「胡尚書可謂識機知命，我當勉從。」遂至南郊即位，公然稱帝，易趙號魏，複姓冉氏。紀元永興，追尊祖隆為元皇帝，父瞻為高皇帝，奉母王氏為皇太后，妻董氏為皇后，子智為皇太子，餘子亦皆封王。命李農為太宰，領太尉，錄尚書事，加封齊王，農諸子皆為縣公。文武各進位三等，封爵有差。並遣使持節，尉諭各處軍戍，一律免罪。

諸軍屯皆不受命，趙新興王石祇，聞鑑被弒，也在襄國稱帝，改元永寧。用汝陰王琨為相國，並授姚弋仲為右丞相，待以殊禮。弋仲子襄為驃

騎大將軍，時弋仲據灄頭，蒲洪據枋頭，各思稱雄關右，互生疑忌。秦雍流民，相率歸洪，洪有眾至十餘萬。弋仲恐洪過盛難制，遣子襄引兵擊洪，為洪所破。洪遂自稱大都督大將軍大單于，兼三秦王。即前秦之刱始。且因讖文有草付應王一語，乃改姓苻氏。洪第三子健，少嫻弓馬，勇武有力，嘗為石氏父子所親愛，洪因立為世子。趙將麻秋，既往依洪，洪命秋為軍師將軍。秋勸洪先收關中，然後東爭天下，洪深服秋言。哪知人心不測，暗殺難防，洪引秋為知己，秋偏視洪若仇家，一無心，一有心，兩人終夕晤談，繼以宴飲，秋竟置毒入酒，勸洪痛飲數杯。及秋辭宴退出，洪腹中忽然絞痛，不可忍耐，自知遭秋暗算，急召世子健入語道：「我擁眾十萬，據住險要，冉閔慕容儁等，本可指日蕩平，就是姚襄父子，亦在我掌握，所以遲遲入關，實欲先清中原，再行西略；不意為豎子所欺，致我中毒。我死後，看汝兄弟未能肖我，休得再想中原，不如鼓行西進，得踞關中，也好獨霸一方呢。」一麻秋尚不能防，還說能平定中原，也是痴想。言訖竟死。健祕不舉哀，即率親兵往捕麻秋。秋正安排兵甲，將乘喪為亂，不防苻健已先到來，急切不能抵禦，立被健麾眾拿下，一刀兩段，報了父仇，然後為父發喪，承襲遺業。且遣使向晉報訃，自削王號，用晉封爵。原來洪先降晉，見前回。曾受封征北大將軍，都督河北諸軍事，冀州刺史，廣川郡公。此時健即自稱征北將軍，向晉請命。趙石祇甫經稱帝，也欲籠絡苻健，命為鎮南大將軍，健佯為受命，在枋頭修繕宮室，督兵種麥，示不復出；暗中卻部署兵馬，謀取關中。

關中本為趙屬土，由將軍王朗居守。朗自長安奔洛陽，復自洛陽奔襄國，見上文。當時但留司馬杜洪，居守長安。洪常恐苻氏入關，陰加戒備。及苻氏父死子繼，已放心了一大半，嗣聞健課農築舍，更覺不以為意，誰知苻健竟自稱晉征西大將軍，都督關中諸軍事，領雍州刺史，盡眾

第五十三回　養子覆宗冉閔複姓　屛主授首石氏垂亡

西行，在盟津架起浮橋，渡河直進。至大眾畢濟，將橋毀斷，彷彿破釜沉舟，有進無退。健弟雄先驅至潼關，洪始得報，乃遣部將張先出拒，與雄交戰，倒還不分勝負。及健繼至，張先勢孤難敵，敗回關中。健雖得戰勝，猶修箋致洪，並送名馬珍寶，謂將自至長安，奉洪尊號。洪也慮苻健懷詐，顧語屬吏道：「這所謂幣重言甘，明明是誘我呢。」乃盡召關中兵士，東出拒健。健已進次赤水，遣雄略地渭北，又追擊張先至陰槃，把他擒住；再派兄子菁旁徇諸城，所至輒陷。洪出長安才數十里，迭接各處敗報。又聞健乘勝殺來，急得面色倉皇。部眾見主帥失色，越發驚心，你奔我逃，如鳥獸散。洪只剩得數百騎，眼見得不能對敵，並不敢再回長安，索性奔往司竹去了。

　　健竟入長安，據為都城，遣使至晉廷告捷，且向桓溫修好。健有長史賈玄碩等，請依劉備稱漢中王故事，表健為關中大都督大單于秦王。健佯怒道：「我豈就好做秦王麼？況晉使未返，我所應有的官爵，難道汝等所能預知麼？」眾始無言。越年為晉穆帝永和七年，晉使已歸，不聞加封，他復密使心腹，諷玄碩等表上尊號。玄碩等不敢不從，遂請健為天王大單于。健尚假惺惺的謙讓一番，至玄碩等兩次勸進，便自號秦天王大單于，建元皇始。史家稱為前秦。為十六國中之一。當下繕宗廟，置社稷，立妻強氏為天王后，子萇為天王太子，弟雄為丞相，都督中外諸軍事，兼車騎大將軍，領雍州刺史。自餘封拜百官，位秩有差。又遣使四出，問民疾苦，旁求俊義，除去趙時苛政。關中人民，賴是少安。

　　趙主祇方與冉閔相持，無暇西顧，因此健得從容布置，據有西秦。冉閔欲北向攻趙，趙主祇已遣汝陰王琨，及張舉王朗等，統兵十萬，南行攻閔。閔遣人臨江傳語晉使道：「羯賊擾亂中原，已數十年，今我已誅去羯首，只有餘黨未平，江東若能共討，可即發兵前來。」晉使轉報晉廷，廷

議以閔亦亂賊，置諸不睬。閔欲自出拒敵，恐李農居中為變，竟將農誘入殺死，並戮農三子。與人共事，人得利而己先受害，如李農輩，最不值得。還有尚書令王謨，侍中王衍，中常侍嚴震趙升等，俱連坐農黨，盡被駢誅，乃遣衛將軍王泰為前鋒，出擊趙兵，自為後應。

會趙汝陰王琨，南入邯鄲，與鎮南將軍劉國，會師並進。途次遇著王泰，一戰敗績，死傷萬餘人。琨退歸邯鄲，國亦還屯繁陽。既而國與段勤張賀度靳豚等，復會兵攻鄴，閔遣劉群為行臺都督，率同諸將王泰崔通周成等，共十二萬眾，出堵黃城。閔自統精卒八萬繼進，與劉國大戰蒼亭，劉國等雖然連兵，卻是將令不齊，眾心未一，反不如魏兵一致，鼓動一股銳氣，東衝西撞，斫斃劉國連合軍，共二萬八千人。國等敗遁，靳豚稍遲一步，中槊被殺，殘眾盡潰。閔振旅歸鄴，旌旗鉦鼓，綿亙百餘里，彷彿如石氏全盛時。既入鄴城，行飲至禮，群下歡舞。閔且欲籠絡人心，求才興學，特備玄纁束帛，禮徵隴西辛謐。謐字處道，少有志操，博學能文，精草隸書，為時楷法，及長，嘗杜門晦跡，謝絕交遊。劉聰石勒，再三徵召，終不肯起，及得閔徵書，依然不就，但覆書答閔道：

昔許由辭堯，以天下讓之，全其清高之節。伯夷去國，之推逃賞，皆顯史牒，傳之無窮，此往而不返者也。然賢人君子，雖居廟堂之上，無異山林之中，斯窮理盡性之妙，豈有識之者耶？是故不嬰於禍難者，非為避之，但冥心至趣，而與吉會爾。謐聞物極則變，冬夏是也，致高則危，累棊是也。君王功已成矣，而久處之，非所以顧萬全，遠危亡之禍也。宜因茲大捷，歸身本朝，指晉。必有許由伯夷之廉，享喬松之壽，永為世輔，豈不美哉？

覆書既去，尚恐閔不肯放過，竟自甘絕粒，不食而死。不沒高人。閔怎肯聽從謐言，又起步騎十萬人，往攻襄國。封次子胤為太原王，進號大

第五十三回　養子覆宗冉閔複姓　屏主授首石氏垂亡

單于，署驃騎大將軍，配以降胡千人，令他居守。光祿大夫韋祐諫言：「降胡難恃，且不宜仿稱單于。」哪知閔聞言大怒，反責祐離間戎夷，把他處斬，並殺諛子伯陽，直抵襄國城下，四面圍攻。上築土山，下穿道地，仰登俯鑿，誓破堅城。趙主祗督兵固守，支持至百餘日，幸還無恙。閔令軍士築室返耕，為久持計，於是祗相顧惶急，自去帝號，改稱趙王。使張舉詣燕乞師，許送傳國璽，遣張春赴灄頭，向姚弋仲處求援。弋仲即命子襄率騎兵三萬八千，往援襄國，就是燕王慕容俊，也令將軍悅綰，率騎兵三萬人，救趙拒魏。再加趙汝陰王石琨，又從冀州赴急，三方會合，共得勁卒十餘萬，直逼閔壘。閔使將軍胡睦御襄，孫威御琨，並皆戰敗，子身遁還。閔自擬出擊，衛將軍王泰諫阻道：「今襄國未平，外援雲集，若我軍出戰，必至腹背受敵，豈非危道？不若固壘相持，伺隙而動，方保萬全。況陛下親臨行陣，萬目共瞻，一或挫失，大事去了，請持重勿出，臣願率諸將為陛下破敵。」閔點首稱是。忽由道士法饒進言道：「陛下圍攻襄國，曠日踰年，尚無尺寸功效，今群寇趨至，又避難不擊，試問將如何使眾哩？且太白入昴，當應趙分，百戰百克，何待躊躇。」閔被他一說，不由的眉飛色舞，攘袂大言道：「我計決了，敢言不戰者斬！」乃傾壘出發，與姚襄對陣交鋒。可巧石琨從東面馳來，悅綰從西面趨至，塵頭大起，驚動閔軍。趙主石祗，又由城中衝出，前後左右，四集攻閔。閔軍在外日久，已經疲敝，哪裡擋得住四面兵馬，頓時大潰，先走的得逃性命，後走的都做鬼奴。

閔與十餘騎拚命飛跑，走還鄴城，那知次子冉胤，已被降胡執住，往降襄國。鄴中大亂，所有司空石璞，尚書令徐機，車騎將軍胡睦，侍中李絣，中書監盧諶以下，盡被殺死，人物殲盡，盜賊蜂起，司冀大飢，人自相食。閔已潛入鄴中，鄴人尚未聞知，內外恟恟。訛言閔已敗沒，射聲校

尉張艾，勸閔親出撫慰，安定眾心。閔乃至南郊收勞軍士，訛言少息，遂誅道士法饒父子，支解以徇，追尊韋謏為大司徒，已經遲了。一面搜卒補乘，再圖禦敵。姚襄已還軍灄頭，姚弋仲責他不擒冉閔，杖襄百下，唯不復用兵。燕將悅綰，也即退去，獨趙主祗更遣部將劉顯，率眾七萬，再攻冉閔，進次明光宮，去鄴止二十三里。閔急召衛將軍王泰，商議拒敵方法。泰恨前言不用，託病不入。至閔親往訪問，泰仍固稱病篤，不能參議。閔不禁大怒，還宮語左右道：「可恨巴奴，乃公豈定要靠他，才得保命嗎？我當先滅群孽，再斬王泰。」說著，便悉眾盡出，拚死殺去，得破顯軍，追至陽平，乘勢斬殺，得首級三萬餘顆，殺得顯窮蹙失措，幾乎無路可奔，不得已遣使乞降，情願殺祗自效。閔乃縱顯使去，自還鄴中。左右密承閔旨，誣言王泰將叛奔入秦。閔正要殺泰，聽得此語，好似火上添油，立命將泰處斬，並夷三族。

　　過了匝月，果得劉顯來文，報稱殺趙主祗，及丞相樂安王炳，太保張舉，太宰趙庶等十餘人，據定襄國，納質請命。閔喜如所望，尚未答覆，那趙主祗的頭顱，已自襄國獻入鄴中。閔令懸示三日，焚諸通衢，乃封顯為大單于，領冀州牧。看官聽著！趙主祗稱帝襄國，只越一年，便即遭弒，後趙至是乃亡，總計後趙自石勒建國，至祗已易六人，共得七主，只合成二十三年。了結後趙。劉顯降閔，才閱百日，又欲自上尊號，謀襲冉閔，偏被閔預先探知，發兵邀擊，殺退顯兵，顯狼狽走還。但閔雖得勝，所轄各土，已皆瓦解。徐州刺史劉啟，兗州刺史魏統，豫州刺史張遇，荊州刺史樂弘，俱舉州降晉。還有魏平南將軍高崇，徵虜將軍呂護，執住洛州刺史鄭系，也向晉請降。又如故趙將周成屯廩邱，高昂屯野王，樂立屯許昌，李歷屯衛國，亦陸續歸晉，就是劉顯據住襄國，雖經屢敗，也居然僭號稱尊，且率眾攻魏常山。常山太守蘇彥，飛使至鄴城乞援。閔使太子

第五十三回　養子覆宗冉閔複姓　屛主授首石氏垂亡

智留守鄴城，以大將軍蔣幹為輔，自率銳騎八千人，往救常山，一戰卻敵。顯前軍大司馬石寧，舉棗強城降閔，閔勢益盛，更進兵追顯。顯奔還襄國，大將軍曹伏駒，知顯無成，竟為閔內應，開門納入追軍。顯無處奔避，眼見為閔軍所困，亂刃分屍，所有家眷及偽署公卿，一古腦兒屠殺淨盡。又放起一把無名火來，毀去襄國宮室；凡襄國遺民，盡被閔驅至鄴中。可憐石氏遺種，單剩了一個汝陰王琨，係是石虎幼子，他已弄得無兵無餉，沒奈何挈領妻妾，南走建康，向晉乞憐，保他一脈。晉廷追念宿仇，怎肯相容，立將琨綁縛起來，驅出市曹，一刀兩段。琨妻妾亦同時骈首，於是石氏遂絕。小子有詩嘆道：

莫道貽謀可不臧，祖宗積惡播餘殃。
羯胡一敗無遺類，到底凶人是速亡。

晉既殺死石琨，又想趁這機會，規復中原。欲知成功與否，待小子下回再詳。

冉閔乘石氏之敝，起滅石氏，掃盡羯胡，僭帝號，復原姓，說者謂其志不忘晉，臨江呼助，設晉果招而用之，亦一段匹磾之流亞。吾意不然。段匹磾之害劉琨，吾猶恨其昧公徇私，不能以譍次數言，遂為之恕。彼閔蒙乃父之餘蔭，受石氏之豢養，予以高官，給以厚祿，犬馬猶知報主，閔猶人耳，何竟不顧私恩，對寵我榮我者而反噬之？況羯雖異族，遠系從同，必欲盡殲無遺，設心何毒？是可忍孰不可忍？而謂其能顧祖國，必無是理。其所以臨江相呼者，懼趙主祇之扼其背，與秦王健之掣其肘，不得已而為將伯之求耳。晉廷之置諸不理，吾猶幸晉吏之不為李農也。若趙主祇之終歸隕滅，與汝陰王琨之被殺建康，覆巢之下，致無完卵，此乃石勒父子之孽報，不如是不足以暴其惡也，於他人乎何尤？

第五十四回
卻桓溫晉相貽書　滅冉魏燕王僭號

　　卻說晉徵西大將軍桓溫，因石氏亂亡，已屢請經略中原，輒不見報。晉穆帝年尚幼衝，褚太后女流寡斷，一切國政，均歸會稽王昱主持，領司徒光祿大夫蔡謨，本已實授司徒，詔書屢下，終不就職。褚太后遣使敦勸，謨仍固辭，且自語親屬道：「我若實任司徒，必為後人所笑，義不敢受，只好違命罷了。」雖是謙讓，但謂必貽笑後人，毋乃過慮。永和六年，覆上疏陳疾，乞請骸骨，繳上光祿大夫領司徒印綬。有詔不許。會穆帝臨朝會議，使侍中紀璩，與黃門郎丁纂，召謨入商。謨自稱病篤，不能入朝。會稽王昱，謂謨為中興老臣，定須邀他與議，從旦至申，使人往返，幾十數次，謨終不至。殊太偃蹇。時穆帝尚只八歲，不耐久持，顧問左右道：「蔡司徒尚不見來，究懷何意？臨朝已將一日，為他一人，遂致早晚不顧，豈不可恨？難道他不到來，今夕不能退朝麼？」左右轉稟太后，太后亦自覺疲倦，乃詔令罷朝。

　　會稽王昱，不禁懊恨起來，顧語朝臣道：「蔡公傲違上命，無人臣禮，若我輩都似蔡公一般，試問由何人議政呢？」群臣齊聲應道：「司徒謨但染常疾，久逋王命，今皇帝臨軒，百僚齊立，候謨終日，若謨願止退，亦宜詣闕自辭，今乃悖慢如此，自應明正國法，請即拘付廷尉，依律擬刑。」這番議案，尚未定奪，已有人傳達謨第。謨方才惶懼，率子弟詣闕待罪。當有一人趨入朝堂，厲聲大言道：「蔡謨今日，果無疾來闕麼？欺君罔上，

第五十四回　卻桓溫晉相貽書　滅冉魏燕王僭號

應當何罪？宜置諸大辟，為中外戒。」朝臣聽他語言激烈，也覺一驚，連忙注視，乃是中軍將軍殷浩。當下互相討論，議久未決，浩尚與固爭，還是徐州刺史荀羨，私語殷浩道：「蔡公望傾內外，今日被誅，明日必有人藉口，欲為齊桓晉文的舉動了，公何苦激成亂釁呢？」暗指桓溫。浩乃無言。大眾遂請由太后裁決，太后謂：「謨係先帝師傅，宜從末減，不忍驟加重闢。」乃詔免謨為庶人。

那桓溫聞浩擅權，很是動忿，一時無詞劾浩，只把北伐為名，呈入一篇表文，略稱：「朝廷養寇，統為庸臣所誤。」這句話明明是指斥殷浩。浩在內揞住溫表，不使批答，誰知溫竟率眾數萬，順流東下，屯兵武昌，隱然有入清君側的寓意。廷臣聞報，相率駭愕。浩亦急得沒法，至欲去位避溫。實是沒用。吏部尚書王彪之，進白會稽王昱道：「浩若去職，人情必更張皇，殿下首秉國鈞，倘有變亂，何從諉責呢？」又顧語殷浩道：「溫若抗表問罪，必舉卿為首惡，卿雖欲自作匹夫，恐亦未能保全，不如靜鎮勿動，且由相王指會稽王。先與手書，為陳禍福，彼若不從，更遣中詔，再若不從，當用正義相裁，奈何無故匆匆，先自滋擾呢？」浩與昱依彪之議，即命撫軍司馬高崧，代昱草表，遣使致溫。略云：

寇難宜平，時會宜接，此實為國遠圖，經略大算，能弘新會，非足下而誰？然異常之舉，眾情所駭，遊聲嘩沓，想足下應亦聞之。苟或望風震擾，一時奔散，則望實並喪，社稷之事去矣。吾與足下，雖職有內外，安社稷，保國家，其致一也。天下安危，係諸明德，當先寧國而後圖其外，使王基克隆，大義弘著，此吾之所深望於足下者也。區區誠懷，豈可復顧嫌而不盡哉？幸足下察之！

果然一緘書札，足抵十萬雄師，才閱數日，即得溫謝罪表文，自願收軍還鎮去了。晉廷上下，才得放心。

已而姚弋仲遣使來降，有詔授弋仲為車騎大將軍，六夷大都督，子襄為平北將軍，兼督并州。弋仲年逾七十，有子四十二人，嘗召集與語道：「我因晉室大亂，起據西偏，嗣石氏待我甚厚，我欲替他討賊，借報私情，今石氏已滅，中原無主，從古以來，未有戎狄可作天子，我死後，汝籌便當歸晉，竭盡臣節，毋得多行不義，自取咎戾呢。」越年為永和八年，弋仲老病纏身，竟致不起，卒年七十三。子襄祕不發喪，竟率眾攻秦。

秦王苻健，自僭稱天王后，安據關中，嗣聞晉梁州刺史司馬勳，與故趙將杜洪相應，侵入秦川，當即出堵五丈原，擊退勳兵，再移兵往攻杜洪。洪正由司竹出屯宜秋，洪奔司竹見前回。欲應晉軍，不料司馬張琚，忽生變志，誘眾殺洪。琚自立為秦王，分置官屬，部署未定，健軍已經掩至。他卻冒冒失失的出來拒敵，一戰敗死，身首兩分。健奏凱入關，即僭稱秦帝。進封諸公為王，命子萇為大單于，又遣弟雄及兄子菁分略關東，招納晉降將豫州刺史張遇，仍命鎮守許昌。姚襄與苻氏挾有宿嫌，所以父喪不發，便即與秦為難。但苻氏氣勢方盛，將勇兵精，憑你姚襄如何驍悍，也一時攻不進去。襄轉向洛陽，行次麻田，與故趙將李歷相遇，兩下酣鬥，襄馬首忽中流矢，將襄掀下，部眾相顧駭愕。李歷乘隙闖入，飛馬取襄，幸虧襄弟萇先到一步，把襄扶起，自將乘騎讓兄，翼他出險，但經此一跌，部眾已經奔散，喪亡無數。襄走回灄頭，草草治喪，自悔前事冒昧，乃承父遺命，單騎南下，向晉款關，走依晉豫州刺史謝尚。尚自去仗衛，幅巾出見，推誠相待，歡若平生。襄為尚畫策，令遣建武將軍戴施，進據枋頭。施奉令前往，果然得手，兵不血刃，即將枋頭據住。可巧魏主冉閔，與燕鏖兵，戰敗被擒。閔子智尚守鄴城，由將軍蔣幹為輔，派人至謝尚處乞援。尚即調戴施援鄴，助守三臺。

第五十四回　卻桓溫晉相貽書　滅冉魏燕王僭號

　　究竟冉閔如何戰敗，應該由小子表明大略。閔既克襄國，遊食常山中山諸郡。故趙立義將軍段勤，聚胡羯至萬餘人，保據繹幕，自稱趙帝。燕王慕容俊，已遣輔國將軍慕容恪略地中山，收降魏太守侯龕及趙郡太守李邽。還有輔弼將軍慕容評，亦奉俊命，往攻魯口，擊斬魏戍將鄭生。至是俊又命建鋒將軍慕容霸，出擊段勤，更調慕容恪專攻冉閔。閔率兵禦恪，行至魏昌城，與恪相遇，即欲交戰。大將軍董閏，車騎將軍張溫，俱向閔進諫道：「鮮卑兵乘勝前來，銳不可當，且彼眾我寡，不如暫避敵鋒，待他驕惰，然後添兵進擊，不患不勝。」閔瞋目道：「我引軍至此，方欲掃平幽州，擒慕容俊，今但遇一慕容恪，便這般膽小，將來如何用兵呢？」說畢，便將董張二人叱出。狃於襄國一勝，故有此驕態。司徒劉茂，及特進郎闓，私相告語道：「我君剛愎寡謀，此行必不返了，我等怎好自取戮辱，不如速死為宜。」遂皆服藥自盡。

　　閔素有勇名，部兵雖不過萬人，卻是個個強壯，善戰衝鋒，當下與燕兵接仗，十蕩十決，燕兵統被擊退。閔兵俱係步卒，因燕皆騎士，恐被意外衝突，乃引趨林中。慕容恪巡勞軍士，遍加曉諭道：「冉閔有勇無謀，不過一夫敵呢。且士卒飢疲，不堪久用，俟他怠弛，再擊未遲。我軍可分為三隊，互相犄角，可戰可守，怕他什麼？」參軍高開獻議道：「我騎兵利用平地，不宜林麓，今閔引兵入林，倚箐自固，不可複製。為目前計，應速遣輕騎挑戰，只許敗，不許勝，得能誘他轉身，仍至平地，然後好縱兵挾擊了。」恪依開計，便撥兵誘敵，且行且罝。冉閔聽了，那裡忍受得住，當即麾兵殺回。燕騎並不與戰，拍馬便走，唯口中辱罵如故。閔追了一程，停住不趕。燕騎復笑罵道：「冉賊！冉賊！我料你只能避匿林中，怎敢再至平地，與我等大戰一場？」這數語傳入閔耳，閔越覺動怒，索性還就平地，列陣待戰。確是有勇無謀。

恪已分軍為三隊，部署妥當，見閔復來就平原，喜他中計，因誡令諸將道：「閔性輕躁，又自知兵寡，不便久持。今復來迎戰，必拚死來突我軍，我但嚴陣以待，守住中堅，諸君亦在旁靜候，但看中軍與閔合戰，便好前來夾擊，左右環攻，定可破賊。」諸將應命而去。恪複選得鮮卑箭手，共五千人，各使乘馬，連環鎖住，成一方陣，令充前隊，自率勁兵後列，豎起一面大纛旗，作為全軍耳目，徐徐前進。那冉閔跨一駿馬，號為朱龍，每日能行千里，此時拍馬來爭，當先突出，左操一桿雙刃矛，右持一柄連鉤戟，直至燕軍陣前，連挑連撥，無人敢當。燕兵慌忙射箭，有幾個腳忙手亂，連箭都發不出來。閔毫不畏怯，左手用矛飛舞，所來各箭，盡被撥開。右手用戟亂鉤，燕兵稍不及避，便被鉤落馬下。閔眾挾刃齊上，隨手下刃，所有落馬的燕兵，頭顱都不知去向。閔殺得性起，怎肯罷休，又望見前面有一大旗豎著，料是燕軍中堅，索性趁勢衝入，直攻慕容恪。恪正勒馬觀戰，專待閔親來送死，可巧閔引兵殺到，便令勇士搖動大旗，指揮各軍，於是騎士大集，合力擊閔。中軍原一齊奮勇，抵敵閔軍，就是左右兩路，也從旁殺到，包圍冉閔，環至數匝。究竟閔兵有限，單靠著自己勇力，總敵不住數萬人馬，他尚捨命衝突，形似獅犬，好容易殺透重圍，向東奔去。狂走二十餘里，距敵已遠，方敢下馬少息。旁顧左右，不滿百人，只有僕射劉群，與將軍董閏張溫等，還算隨著。閔形色慘沮，如喪魂魄，身上亦血跡淋漓，創痕累累，勉強按定了神，想與劉群等商議行止。

　　不防鼓聲四震，燕兵從後面追來，閔自知不能再戰，倉皇上馬，揮鞭急馳。劉群等也即隨行。哪知燕兵來得真快，才經里許，便被追及，群回馬與戰，未及數合，即被殺死。董閏張溫，無路可逃，雙雙就擒。閔所騎的朱龍馬，本來是瞬息百里，迅速異常，偏偏跑了一程，無緣無故的停住

第五十四回　郤桓溫晉相貽書　滅冉魏燕王僭號

不行，閔用鞭亂擊，直至鞭折手痛，馬仍然不動，反頹然向地倒下；仔細一瞧，已是死了。總由臨敵受傷之故，史稱朱龍忽斃，關係閔命，亦未盡然。閔失了坐騎，好像失去性命，就使腳長力大，也是逃走不脫，眨眼間燕將攢集，七手八腳，把閔活捉了去，解送燕都。燕王慕容俊，面加呵責道：「汝乃奴僕下才，怎得妄自稱帝？」閔仍不少屈，抗聲答道：「天下大亂，汝等凶橫，人面獸心，還想篡逆，我乃中土英雄，為什麼不得稱帝呢？」卻是個硬漢，可惜仁智不足。俊當然動怒，命左右鞭閔三百，拘禁獄中。

會接慕容霸軍報，偽趙帝段勤，已與弟思聰舉城出降。尋又得慕容恪捷書，謂已陣斬魏將金光，進據常山。俊即令恪為常山留守，召霸還軍，另派慕容評等攻鄴，鄴中大震。閔子智與將軍蔣幹，閉城拒守，城外一帶，俱被燕軍陷沒。智與幹當然惶急，不得已遣使降晉，向謝尚外乞師。尚將戴施，率壯士百餘人，往鄴助守。蔣幹見來兵甚寡，大失所望。施得間給幹道：「汝主既降順我朝，應該將傳國璽出獻。現今燕寇在外，道路不通，就使汝果獻璽，也未便齎送江南，不如暫付與我，我當專使馳告天子，天子聞璽在我所，信汝至誠，必遣重兵，發厚餉，來救鄴城。燕寇見我軍大至，自然退去，保汝無恙。」好似一個大騙子。幹尚懷疑未決，不肯出璽。適鄴中大飢，人自相食，守兵無從覓糧，就將故趙宮人，烹食充飢。滋美如何？幹弄得沒法，只好將璽取出，交與戴施。施佯令參軍何融，往枋頭運糧，暗將傳國璽付給融手，使至枋頭轉報謝尚。尚得融報，亟遣振武將軍胡彬，率騎兵三百，至枋頭迎璽，送入建康。晉廷交相慶賀，不消細敘。

且說鄴城被困，已經月餘，城中孤危得很，還虧枋頭運到糧米數百斛，暫救眉急，守兵暫免枵腹，勉力支撐。燕將慕容評，屢攻不克，燕王俊又遣廣威將軍慕容軍，殿中將軍慕容根，右司馬皇甫真等，統率步騎二

萬人,至鄴助評。鄴城守將蔣幹,聞燕兵繼至,焦急萬分,意欲乘夜出襲,期得一勝,當下挑選銳卒五千人,俟至夜半,開城殺出,直搗燕營。不防慕容評早已預備,四面設伏,等到蔣幹馳至,一聲號令,伏兵齊起,把幹軍盡行圍住,逞情殺戮。幹棄去盔甲,扮做小兵模樣,才得混出圍中,奔還鄴城;五千人盡致覆沒,守卒益懼。慕容評等圍攻益急,魏長水校尉馬願等,開城迎降。蔣幹戴施,縋城出走,逃往倉垣。魏后董氏,太子冉智,及太尉申鍾,司空條攸等,一古腦兒做了俘虜,送往燕都。唯魏尚書令王簡,左僕射張乾,右僕射郎蕭,並皆自殺。冉氏篡趙建國,閱三年即亡。

是時,燕王俊方出巡常山,遣將分徇魏地,及鄴城傳到捷報,乃返至薊郡,命將冉閔牽送龍城,祭告先祖考廆皝廟中,然後推閔往遏陘山,梟首徇眾。不料閔一殺死,山中草木,亦皆枯凋,並且連月不雨,蝗蟲四起。自從閔被執至薊,直至閔死後三月有餘,尚是亢旱。俊疑閔暗中作祟,乃使用王禮葬閔,遣官致祭,諡為悼武天王。是日,遂得大雪三寸。崔鴻《十六國春秋》內,載冉閔被擒,係在四月,燕王殺閔,乃在八月,案八月深秋,草木應枯,且連月不雨,係是偏災。閔何能為祟?俊之所為,不值一噱。旱災未靖,符瑞盛傳,是年燕都正陽殿,有燕來巢,生下三雛,項上統有直毛。各城又競獻五色異鳥,於是群僚附會穿鑿,共上美詞,或說燕首有直毛,便是大燕龍興,應戴通天冠的徵驗,燕生三子,數應三統。或說神鳥五色,便是國家將繼五行帝籙,統御四海。彼獻頌,此貢諛,說得天花亂墜,斐然成章。燕相封弈,遂聯繫一百二十人,勸燕王俊即稱尊號。俊尚作遜詞道:「我世居幽漠,但知射獵,俗尚被髮,未識衣冠,帝籙非我所有,何敢妄想?卿等無端推美,如孤寡德,不願聞此」云云。

第五十四回　卻桓溫晉相貽書　滅冉魏燕王僭號

　　既而冉閔妻子等，由慕容評解送至薊，凡趙魏相傳的乘輿法物，一併獻入。儁詐稱閔妻董氏，實獻傳國璽，特別傳見，好言慰諭，封董氏為奉璽君，賜冉智爵為海濱侯，用申鍾為大將軍右長史，並授慕容評為司州刺史，使鎮鄴中。故趙將王擢等，前時擁兵，據有州郡，至此俱聞燕聲威，遣使請降。儁任王擢為益州刺史，夔逸為秦州刺史，張平為并州刺史，李歷為兗州刺史，高昌為安西將軍，劉寧為車騎將軍。唯故趙幽州刺史王午，尚據住魯口，自稱安國王。儁命慕容恪往討，恪出次安平，儲糧整械，為討午計。適中山人蘇林，起兵無極，偽稱天子，恪乃先往討林，又值慕輿根前來會攻，馬到成功，將林擊死，再攻王午。午已為部將秦興所殺，恪乃奉表勸進。燕臣一致同詞，共上尊號。儁始置百官，進相國封弈為太尉，恪為侍中，左長史陽騖為尚書令，右司馬皇甫真為左僕射，典書令張悕為右僕射，其餘文武均拜授有差。然後在薊城即燕帝位，大赦境內，自謂得傳國璽，改年元璽，追尊祖廆為高祖武宣皇帝，父皝為太祖文明皇帝，立妻可足渾氏為皇后，子曄為皇太子。晉廷方遣使詣燕，與燕修和，儁語晉使道：「汝歸白汝天子，我承人乏，為中原所推，已得做燕帝了。此後如欲修好，不宜再齎詔書。」晉使怏怏自歸。相傳石虎僭位時，曾使人探策華山，得玉版文，內有四語云：「歲在申酉，不絕如線，歲在壬子，真人乃見。」燕主儁僭號稱帝，正當晉穆帝永和八年，歲次壬子，燕人即援作瑞應，史家號為前燕。即十六國中三燕之一。小子有詩詠道：

　　符讖遺文寧足憑，但逢戰勝即龍興。
　　須知亂世無真主，戎狄稱尊問孰膺。

　　燕既稱帝，與秦東西分峙，各稱強盛，偏晉臣不自量力，又想規復中原。欲知底細，且看下回續表。

桓溫之出屯武昌，脅迫朝廷，已啟不臣之漸，然實由殷浩參權而起。浩一虛聲純盜者流，而會稽王昱，乃引為心膂，欲以抗溫，是舉卵敵石，安有不敗？高崧代昱草書，而溫即退兵還鎮，此非溫之畏昱服昱，特尚憚儒生之清議，未勇驟逞私謀耳。北伐北伐，固不過援為口實已也。彼冉閔之盡滅石氏，乃石虎作惡之報。閔一莽夫，寧能雄踞一方？燕王俊乘亂伐閔，得慕容恪之善算，即擒閔而歸，誅死龍城，閔妻董氏，及嗣子冉智，尚得濫叨封爵，未受駢誅，此猶為冉氏之幸事耳。閔惡未稔而即斃，故妻子猶得倖存，彼慕容俊以草枯天旱，疑閔為祟，反追諡而禮祭之，毋乃慎歟！

第五十四回　卻桓溫晉相貽書　滅冉魏燕王僭號

第五十五回
拒忠言殷浩喪師　射敵帥桓溫得勝

　　卻說晉中軍將軍殷浩，累蒙遷擢，都督揚豫徐兗青五州軍事。他本來大言不慚，至此因桓溫屢請北伐，便想自擔重任，得能僥倖一勝，方好壓倒桓溫，免受奚落。當下擬定草表，自請北出許洛，相機恢復。尚書左丞孔嚴，向浩進規道：「近來眾情搖惑，很足寒心，不識使君當如何善後哩？愚意以為材分文武，職區內外，韓彭應專征伐，蕭曹宜守管鑰，各有所司，方免誤事。且廉藺屈身，始能全趙，平勃交歡，方得安劉，使君材識過人，亦當先弭內釁，穆然無間，然後好保大定功呢。」浩不能從，竟將表文呈入。有詔依議，浩遂使安西將軍謝尚，北中郎將荀羨為督統，進屯壽春。右軍將軍王羲之，貽書諫浩，並不見報。謝尚既奉浩令，即約姚襄同攻許昌，襄方寓居譙城，招集部眾，便出兵會浩，相偕北行。姚襄奔晉見前回。

　　許昌為秦降將張遇居守，聞晉軍將至，即向關中乞援。秦主苻健，使弟雄領兵往救，與謝尚等交戰潁上，尚等大敗，死亡至萬五千人。尚奔還淮南，襄送尚至芍陂。尚盡將後事付襄，使屯歷陽。苻雄擊退晉軍，馳入許昌，索性將張遇家屬，及民戶五萬餘家，遷到關中，另用右衛將軍楊群為豫州刺史，留守許昌。張遇無法，只好隨雄入關。遇有後母韓氏，年逾三十，華色未衰，豐姿依舊，入關以後，為健所聞，特別召見。韓氏應石入謁，由健仔細端詳，果然是絕世芳容，不同凡豔。健妻強氏，曾冊為皇

第五十五回 拒忠言殷浩喪師 射敵帥桓溫得勝

后，姿貌不過中人，就是後宮妾媵，也沒有與韓氏相似，惹得健目迷心眩，不肯放還。韓氏嫠居有年，傷心別鵠，每遇春花秋月，未免增愁，此時身入秦宮，撩起一番情緒，也不覺心神失主，如醉如痴。況苻健春秋鼎盛，面貌魁梧，端的是個亂世梟雄，番廷狼主，彼此互相慕悅，當然湊成了一對佳偶，顛倒鴛鴦，交歡數夕，居然由苻健下旨，冊韓氏為昭儀，授張遇為司空。遇不免懷慚，但寄人籬下，如何反抗？只好含垢忍恥，模糊過去。只恐對不住乃父。嗣聞江東又要出兵，當即令人探聽虛實，想乘此襲殺苻健，報復私仇。究竟晉軍再舉，是由何人主張？說來說去，仍是那有名無實的殷深源。浩字深源，已見前文。殷浩自謝尚敗還，未免扼腕，但雄心究還未死，仍擬整兵再舉。王羲之因前諫不聽，已遭敗衄，一誤不堪再誤，乃更剴切陳書，重諫殷浩道：

　　近聞安西敗喪，公私悵悒，不能須臾去懷。以區區江左，所營如此，天下寒心，固已久矣，而加之敗喪，益令氣沮。往事豈復可追？願思弘濟將來，令天下寄命有所，自隆中興之業；正以道勝，寬和為本，力爭武功，非所宜也。自寇亂以來，處內外之任者，未有深謀遠慮，括囊至計，而疲竭根本，竟無一功可論，一事可記。忠言嘉謨，棄而莫用，遂令天下將有土崩之勢。任其事者，豈得辭四海之責哉？今軍破於外，資竭於內，保淮之志，非所復及，莫若還保長江，令督將各復舊鎮。自長江以外，羈縻而已，秉國鈞者，引咎責躬，深自貶降，以謝百姓，更與朝賢，思布平心，除其煩勞，省其賤役，與百姓更始，庶可允塞群望，救倒懸之急。使君起於布衣，任天下之重，尚德之事，未能事事允稱，當重統之任，而喪敗至此，恐闔朝群賢，未自與人分其謗者。今亟修德補闕，廣延群賢，與之分任，尚未知獲濟所期。若猶以前事為未工，復求之於分外，宇宙雖廣，自容何所？明知言不必用，或反取怨執政，然當情慨所在，正自不能

不盡懷極言,唯使君諒之!

這書去後,又上會稽王昱一箋,無非是諫阻北伐,大致說是:

古人恥其君不為堯舜,北面之道,豈不願尊其所事,比隆往代?況遇千載一時之運,何可自沮?顧智力有所不及,豈得不權輕重而處之也?今雖有可欣之會,內求諸己,而所憂乃重於所欣。傳曰:「自非聖人,外寧必有內憂。」今外不寧,內憂以深。古之弘大業者,或不謀於眾,傾國以濟一時功者,亦往往而有之。誠獨運之明,足以邁眾,暫勞之弊,終獲永逸者可也。求之於今,可得擬議乎?夫廟算決勝,必宜審量彼我,萬全而後動。功就之日,便當因其眾而即其實;今功未可期,而遺黎殲盡,勞役無已,徵求日重,以區區吳越,經緯天下十分之九,不亡何待?而不度德,不量力,不敝不已,此封內所痛心嘆悼,而莫敢吐誠者也。往者不可諫,來者猶可追,願殿下更垂三思,解而更張,令殷浩荀羨,還據合肥。廣陵許昌譙郡梁彭城諸軍,皆還保淮南,為不可勝之基,俟根立勢舉,謀之未晚,此實當今策之上者。若不行此,社稷之憂,可計日待也。殿下德冠宇內,以公室輔朝,最可直道行之,致隆當年,而未允物望,受殊遇者所以寤寐長嘆,實為殿下惜之。國家之慮深矣,常恐伍員之憂,不獨在昔,麋鹿之遊,將不止林藪而已。願殿下暫廢虛遠之懷,以救倒懸之急,可謂以亡為存,轉禍為福,則宗廟之慶,四海有賴矣。

一書一箋,統是直言讜論,痛切不浮,無如殷浩是情急貪功,不顧利害。會稽王昱,又是深信殷浩,總道他有作有為,一敗不至再敗,所以羲之書箋,都付高閣,並不見行。浩復出屯泗口,遣河南太守戴施據石門,滎陽太守劉遯戍倉垣,甚至餉源無著,停辦太學,遣歸生徒,把經費撥充軍需。不啻因噎廢食。謝尚留屯芍陂,亦遣冠軍將軍王俠,攻克武昌,秦豫州刺史楊群,退守弘農。那晉廷卻徵尚為給事中,尚乃還戍石頭。最可

第五十五回　拒忠言殷浩喪師　射敵帥桓溫得勝

怪的殷深源，未出兵時，不能聽信良言，但好剛愎；既已出兵，又不能推誠任人，但務疑猜。他聞姚襄安次歷陽，廣興屯田，訓厲將士，未嘗表請北伐，總道他別有異圖，意欲先加除滅，免滋後患，乃屢遣刺客刺襄。襄雅善拊循，頗得士心，刺客陽奉浩命，到了歷陽，反將實情轉告。襄因此加防，日夕巡邏。浩復遣心腹將魏憬，率眾五千，潛往襲襄，偏被襄預先探知，出城邀擊，殺死魏憬，並有憬眾。浩恨計不成，索性明下軍書，遷襄至梁國蠡臺，表授梁國內史。襄益加疑懼，因使參軍權翼，詣浩陳情。浩問翼道：「我與姚平北共為王臣，休戚相關，為何平北嘗舉動自由，與我異趣呢？」晉封姚襄為平北將軍，見前回。翼答道：「姚平北英姿絕世，擁兵數萬，乃不憚路遠，來歸晉室，無非因朝廷有道，宰輔明哲，想做一個盛世良臣。今將軍輕信讒言，與彼有隙，愚謂咎在將軍，不在平北。」浩忿然道：「平北擅加生殺，又縱小人掠奪我馬，這豈還好算得王臣麼？」翼又道：「平北歸命聖朝，怎敢妄殺無辜？唯內奸外宄，有違王法，理宜為國行刑，怎得不殺？」浩又問何故掠馬？翼正色道：「聞將軍猜忌平北，屢欲加討，平北為自衛計，或至使人取馬，誠使將軍坦懷相待，平北也有天良，何至出此？」浩不禁笑語道：「我也何嘗欲加害平北，盡請放懷！」試問你何故屢遣刺客？遂遣翼歸報，翼拜辭而去。

　　浩又陰使人招誘秦將雷弱兒等，令殺秦主苻健，許以關中世爵。王師宜堂堂正正，乃專為鬼祟，如何成事？弱兒等複稱如約，且請師接應。浩遂調兵七萬，自壽春出發，進向洛陽。哪知弱兒等將計就計，偽稱內應，並非真心從浩。唯一個降將張遇，為了苻健奸占後母，且居然呼他為子，心有不甘，因賄通中黃門劉晃，擬夜入襲健，偏偏事機不密，為健所聞，立將遇捕入處死。唯察得韓昭儀未曾與謀，不使連坐，仍然寵愛如常。想韓氏正交桃花運，所以有此僥倖。浩接得苻秦內變消息，未悉確狀，還道

是弱兒等已經發難,即調姚襄為先鋒,自督大軍急進。吏部尚書王彪之,奉箋與昱,謂秦人多詐,浩不應率軍輕行。昱似信非信,延宕多日,始擬著人往詢軍情,偏敗報已經到來,姚襄叛命,返襲浩軍,山桑一戰,浩軍大潰,輜重盡失,浩已走還譙城了。昱乃語王彪之道:「果如君言,張良陳平,亦不過如是哩。」有了張陳,惜無劉季。原來姚襄已經仇浩,佯作前驅,誘浩至山桑,返兵襲敗浩軍,俘斬萬餘人,盡得浩軍資仗,乃使兄益守山桑,自己仍往淮南。浩遭襄暗算,且慚且憤,復遣劉啟王彬之,往攻山桑。襄從淮南還援,內外夾攻,劉王以下,並皆敗亡。前已死傷萬餘人,尚嫌不足,乃復以二將部曲加之,浩之不仁極矣!襄遂進屯盱眙,招掠流民,有眾七萬,分置守宰,勸課農桑。復遣使至建康,陳浩罪狀,並自陳謝。詔乃命謝尚都督江西淮南諸軍事,往鎮歷陽。嗣是殷浩大名,一落千丈,投井下石的疏文,陸續進呈。就中有一疏最為利害,署名非別,便是那殷浩的仇家桓溫。疏云:

按中軍將軍殷浩,過蒙朝恩,叨竊非據。寵靈超卓,再司京輦,不能恭慎所任,恪居職次,而侵官離局,高下在心。前司徒臣蔡謨,執義履素,位居臺輔,師傅先帝,朝之元老,年登七十,以禮請退,雖臨軒固辭,不順恩旨,適足以明遜讓之風,弘優賢之禮,而浩虛生狡說,疑誤朝聽,獄之有司,幾致大辟。自羯胡天亡,群凶殄滅,而百姓塗炭,企遲拯接,浩受專征之重,無雪恥之志,坐自封殖,妄生風塵,遂致寇仇稽誅,奸逆並起,華夏鼎沸,黎元殄悴。浩懼罪將及,不容於朝,外聲進討,內求苟免,出次壽陽,即壽春。頓甲彌年,傾天府之資,竭五州之力,收合亡賴以自衛,爵命無章,猜害罔顧。羌帥姚襄,率命歸化,浩不能撫而用之,陰圖殺害,再遣刺客,為襄所覺,襄遂惶懼,用致逆命。生長亂階,自浩始也。復不能以時掃滅,縱放小豎,鼓行毒害,身狼狽於山桑,軍破

第五十五回　拒忠言殷浩喪師　射敵帥桓溫得勝

碎於梁國，舟車焚燒，輜重覆沒，三軍積實，反以資寇，精甲利器，更為賊用。神怒人怨，眾之所棄，傾危之憂，將及社稷，臣所以忘寢屏營，啟處無地。夫率正顯義，所以致訓，明罰敕法，所以齊眾。伏願陛下上追唐堯放命之刑，下鑑春秋無君之典，即不忍誅殛，且宜遐棄，擯之荒裔，雖未足以塞山海之責，亦粗可以宣誠於將來矣。謹此表聞。

　　晉廷接到溫疏，因憚溫威勢，不得已廢浩為庶人，徙浩至信安郡東陽縣，浩抵徙所，口無怨言，夷神委命，談詠不輟。唯有時憂從中來，輒用筆書空，作「咄咄怪事」四字，浩甥韓伯，為浩所愛，隨浩至東陽，經歲還都。浩送至渚側，口吟古詩云：「富貴他人合，貧賤親戚離。」本曹顏遠詩。吟畢泣下。未免有情。後來桓溫權傾內外，語掾屬郗超道：「浩有德有言，使作令僕，亦足儀型百揆，前時朝廷用為外藩，原非所長，今擬起浩為尚書令，卿可為我致他一書，看他如何復我？」超當即繕就一書，寄與殷浩。浩覽書大喜，便即裁答，寫了許多套話，無非是感激願效的意思。當下折就方勝，用函封固，又恐語中尚有錯誤，開閉至十數次，弄得精神恍惚，反將信箋遺落案下，竟把那一個空函，復達桓溫。溫展函檢閱，並無一字，疑浩故意使刁，大為忿恨，遂不復起召。越二年，浩竟病死。強作鎮定，實是熱中，患得患失，不死何為。且說桓溫既劾去殷浩，料知朝廷不敢反對，遂於永和十年二月，抗表伐秦。統率步騎四萬，出發江陵，且命水師並進，自襄陽入均口，直達南鄉，步兵由淅川趨武關，命梁州刺史司馬勳出子午谷，直搗長安，別軍攻上洛，擒住秦荊州刺史郭敬，進擊青泥，連破秦兵。秦王苻健，遣太子萇，丞相雄，淮南王生，平昌王菁，北平王碩等，率兵五萬，出屯藍田。雄與菁已見前文，生、碩皆苻健子。生幼即無賴，一目盲瞽，祖洪在日，甚不悅生，嘗對生語左右道：「我聞瞎兒一淚，未知信否？」左右答聲稱是。生竟拔佩刀，從瞽目

中自刺出血，指示洪道：「這豈不是一淚麼？」洪不禁驚駭，尋又用鞭撻生。生不覺痛苦，反大喜道：「性耐刀槊，不宜鞭捶。」洪叱道：「汝乃賤骨，只配為奴。」生複道：「難道如石勒不成？」洪正任石氏，恐因生妄言招災，急起掩生口，且召健與語道：「此兒狂悖，將來必破人家，應早除滅為是」。健雖然應諾，究竟情關父子，不忍下手，因轉與弟雄熟商。雄勸阻道：「待兒長成，自當改過，何必無故加誅。」說著，又向洪前替生緩頰，生得不死。既而年已成丁，力舉千鈞，雄悍好殺，能手格猛獸，走及奔馬，擊刺騎射，冠絕一時。至桓溫入關，與太子萇等相偕出拒，生單騎前驅，一遇溫軍，便恃勇突入。溫將應誕，上前攔阻，才經交手，便被生大喝一聲，劈落馬下。他將劉泓，又挺槍接戰，才經數合，覆被殺死。溫軍前隊大亂，由生執刀旋舞，出入自如，再加太子萇等，隨生殺入，幾乎把晉軍前隊，梟斬略盡。善戰者頗多暴虐，敘此事以明苻生之發跡，為後文伏案。

　　忽聽得晉軍陣後，發出一聲鼓號，聲尚未絕，那箭桿似飛蝗一般，攢射過來。生用刀撥箭，毫不慌忙，偏背後有人狂叫，音帶悲酸，急忙回首顧視，已見一人落馬，那時不能不救，下馬扶起，並非別人，乃是行軍統帥太子萇。萇身中兩矢，因此墜下，氣息僅屬，生只好掖他上馬，保護回營。不防晉軍紛紛殺來，勢似暴風疾雨，不可遮攔，秦兵頓時披靡。苻生雖勇，只好保住太子萇，奔回要緊，不能再逞威風，眼見得全軍潰散，一敗塗地。看官閱此，應益知晉帥桓溫，確是有些能耐呢。溫弟桓衝，進軍白鹿原，再與秦丞相雄交鋒，又得勝仗。溫亦轉戰直前，進至灞上。秦太子萇等退屯城南，秦主健領老弱兵六千，保守長安小城，盡發精兵三萬，使雷弱兒為大司馬，統率出城，會同萇軍，併力禦溫。溫撫諭居民，概令復業，禁兵侵犯。秦民多牽牛擔酒，迎犒軍前，男女多夾道聚觀，耆老相

第五十五回　拒忠言殷浩喪師　射敵帥桓溫得勝

顧淚下道：「不圖今日復睹官軍。」於是三輔郡縣，亦多遣使請降。三輔注見前。忽有一介儒生，從容前來，身上穿著一件褐衣，不衫不履，進謁桓溫。溫志在延攬人才，不拒貧士，當下傳入相見。他但對溫長揖，昂然就坐，捫蝨而談，旁若無人。頓使一軍皆驚，目為怪物。小子有詩詠道：

何來狂客謁軍門？絕肖當年辯士髠。
豈是讀書遵孟訓，巍巍勿視大人尊。

究竟來人為誰，待下回表明姓名。

王羲之之諫殷浩，與桓溫之劾殷浩，皆深中浩之過失，諫之者為愛浩起見，而其言固關痛切；劾之者為排浩起見，而其言亦非虛誣。浩不能從諫於先，安能免劾於後乎？浩一鄙夫，既忌姚襄而複用之，不敗何待？且與桓溫齟齬已久，而晚得溫書，即欣喜過望，以致神情顛倒，誤達空函，多疑寡斷，嗜利無恥，彼嘗咄咄書空，嘆為怪事，吾謂如彼之行止，乃真可怪耳。桓溫出師伐秦，藍田一戰，力挫苻氏，關中父老，牛酒歡迎，不可謂非一時傑；但進銳退速，外強中乾，能敗秦而不能滅秦，此貪功者之所以難成功也。

第五十六回
逞刑戮苻生縱虐　盜淫威張祚殺身

卻說桓溫方進逼長安，屯兵灞上，驀來了一個狂士，被褐捫蝨，暢談當世時務，不但溫軍驚異，就是溫亦怪詫起來。當下問他姓名，才知是北海人王猛。猛為苻秦智士，故特筆書名。猛字景略，幼時貧賤，嘗鬻畚為業，販至洛陽，有一人向猛購畚，願出重價，但自云無錢，令猛隨同取值，猛乃隨往，不知不覺的行入深山，見一白髮父老，踞坐胡床，由買畚人引猛進見。猛當即下拜，父老笑語道：「王公何故拜我哩？」說著，即命左右取償畚值，並送他白鏹十兩，即使買畚人送出山口。猛回顧竟無一人，只有峨峨的大山。走詢土人，乃是中州的嵩嶽。當下懷資歸家，得購兵書，且閱且讀，深得祕奧。嗣是往來鄴都，無人顧問。及入華陰山中，得異人為師，隱居學道，養晦待時。至是聞溫入關，方出山相見。溫既問明姓氏，料非庸流，乃復詢猛道：「我奉天子詔命，率銳兵十萬西來，為百姓掃除殘賊，乃三秦豪傑，未見趨附，究是何因？」猛答道：「公不遠數千里，深入秦境，距長安不過咫尺，尚逗留灞上，未渡灞水，百姓未識公心，所以不至。」溫沉吟多時，復注目視猛道：「江東雖多名士，如卿卻甚少哩。」遂署猛為軍謀祭酒。

　　秦丞相苻雄等，收集敗卒，再來攻溫。溫與戰不利，傷亡至萬餘人。溫初入關中，因糧運艱難，意欲藉資秦麥，偏秦人窺透溫計，先期將麥刈去，堅壁清野，與溫相持。溫無糧可食，不得已下令旋師，招徙關中三千

第五十六回　逞刑戮苻生縱虐　盜淫威張祚殺身

餘戶，一同南歸。臨行時賜猛車馬，拜為高官督護，邀與同還。猛言須還山辭師，溫準猛返辭，與約會期。及屆期不至，溫乃率眾自行。原來猛還入山中，向師問及行止，師慨然道：「汝與桓溫豈可並世？不若留居此地，自得富貴，何必隨溫遠行呢。」猛乃不復見溫，但寄書報謝罷了。溫循途南返，為秦兵所追，喪失不貲，就是司馬勳出子午谷，孤軍失援，也被秦兵掩擊，敗還漢中。溫馳出潼關，徑抵襄陽，由晉廷派使慰勞，毋庸瑣敘。唯溫嘗自命不凡，私擬司馬懿劉琨，有人說他形同王敦，大拂彼意。及往返西南，得一巧作老婢，舊為劉琨妓女，與溫初見，便潸然淚下。溫驚問何因？老婢答道：「公甚似劉司空。」溫聞言甚喜，出外整理衣冠，又呼老婢細問，謂與劉司空究相似否？老婢徐徐答道：「面甚似，恨薄；眼甚似，恨小；須甚似，恨赤；形甚似，恨短；聲甚似，恨雌。」溫不禁色沮，自往寢處，褫冠解帶，昏睡了一晝夜。至睡醒起床，尚有好幾日不見歡容。不及劉琨，也非真是恨事。這且待後再表。

且說秦主苻健，既擊退晉軍，正擬論功行賞。那丞相東海王苻雄，得病身亡，健聞訃大哭，甚至嘔血，且嘔且語道：「天不欲我定四海麼？奈何遽奪我元才呢？」彷彿石勒之哭張賓。元才就是雄表字，雄位兼將相，權侔人主，獨能謙恭奉法，下士禮賢，所以望重一時，交相推重。次子名堅，承襲雄爵，相傳堅母苟氏，嘗遊漳水，至西門豹祠中祈子，豹系戰國時魏臣。是夜夢與神交，遂致有娠。豹嘗禁為河伯婦，豈此時反崇苟氏麼？越十二月生堅，有神光從天下降，照御庭中。堅生時背有赤文，隱起成字，仔細辨認，乃是「草付臣又土王咸陽」八字。祖洪很是奇異，因即將臣又土三字，拼做一字，取名為堅。堅幼即聰穎，狀貌過人，臂垂過膝，目有紫光，及長，頗具孝思，博學有才藝。苻健嘗夢見天使降臨，命拜堅為龍驤將軍，及醒寤後，詫為異事，因在曲沃設壇，即將龍驤將軍印

綬，親自授堅，且囑語道：「汝祖曾受此號，今汝為神明所命，當思上承祖武，毋貽神羞。」堅頓首受命。嗣是厚自激厲，遍攬英豪，如略陽名士呂婆樓強汪梁平老等，皆與交遊，為堅羽翼。堅因此馳譽關中，不讓乃父。也隱為下文寫照，堅既蒙父蔭，得襲王爵，此外如淮南王生，因功進中軍大將軍，平昌王菁，升授司空，大司馬雷弱兒，代雄為相，太尉毛貴，晉官太傅，太子太師魚遵，得為太尉，唯太子萇箭瘡復發，竟至逝世。健因讖文有三羊五眼，疑為生當應讖，乃立生為太子。命司空平易王菁為太尉，尚書令王墮為司空，司隸校尉梁楞為尚書令。未幾，健忽罹疾，不能視事。平昌王菁，陰謀自立，獨勒兵入東宮，欲殺太子。偏太子生入宮侍疾，無從搜尋，空費了一番舉動。自思一不做，二不休，索性移攻東掖門，訛稱主上已殂，太子暴虐，不堪為君，藉此煽惑軍心。不意秦主健力疾出宮，自登端門，陳兵自衛，並下令軍士，速誅禍首，餘皆不問。菁眾見健尚活著，當然駭愕，統棄仗逃生。菁亦拍馬欲遁，經健指揮親軍，出門追捕，把菁拘住，面數罪狀，梟斬了事。此外一概赦免，便即還宮。越數日，健病加劇，授叔父武都王安為大將軍，都督中外諸軍事，一面召入丞相雷弱兒，太傅毛貴，太尉魚遵，司空王墮，尚書令梁楞，左僕射梁安，右僕射段純，吏部尚書辛牢等，囑咐後事，受遺輔政；並語太子生道：「六夷酋帥，及貴戚大臣，如有不從汝命，宜設法早除，毋自貽患！」教猱升木，能無速亂。生欣然受教。又越三日，健乃病歿，年三十有幾。如何處置韓氏？太子生當日即位，大赦境內，改元壽光。群臣俱進諫道：「先帝甫經晏駕，不應即日改元。」生勃然大怒，叱退群臣。嗣令嬖臣窮究議主，乃是右僕射段純所倡，因即責他違詔，立處死刑。總算恪遵先命。已而追諡苻健為明皇帝，廟號世宗，尊母強氏為皇太后，立妻梁氏為皇后，命太子門大夫趙韶為右僕射，太子舍人趙誨為中護軍著作郎，

第五十六回　逞刑戮苻生縱虐　盜淫威張祚殺身

董榮為尚書。這三人素以諂佞見幸，故同時登庸。又封衛大將軍苻黃眉為廣平王，前將軍苻飛為新興王。兩苻原係宗室，但也是與生莫逆，因得受封。命大將軍武都王苻安領太尉，弟晉王柳為征東大將軍并州牧，出鎮蒲坂。魏王庾為鎮東大將軍豫州牧，出鎮陝城。二王受命辭行，由生親出餞送，乘便閒遊，驀見一縞素婦人，跪伏道旁，自稱為強懷妻樊氏，願為子延請封。實來尋死。生便問道：「汝子有何功績，敢邀封典？」婦人答道：「妾夫強懷，前與晉軍戰歿，未蒙撫卹。今陛下新登大位，赦罪銘功，妾子尚在向隅，所以特來求恩，冀沾皇澤。」生復叱道：「封典須由我酌頒，豈汝所得妄求？」那婦人尚未識進退，還是俯伏地上，泣訴故夫忠烈，喃喃不休。當下惹動生怒，取弓搭箭，颼的一聲，洞穿婦項，輾轉畢命。生亦怏怏回宮。越宿視朝，中書監胡文，中書令王魚入奏道：「近日有客星孛大角，熒惑入東井，大角為帝座，東井乃秦地分野，恐不出三年，國有大喪，大臣戮死，願陛下修德禳災。」生默然不答。及退朝後，飲酒解悶，自言自語道：「星象告變，難道定及朕身？朕思皇后與朕，對臨天下，若皇后死了，便是應著大喪，毛太傅呢，梁車騎呢，梁僕射呢，統是受遺輔政的大臣，莫非應該戮死麼？」想入非非。近侍聽了，還道他是醉語呶呶，莫名其妙，誰知過了數日，他竟持著利刃，趨入中宮。梁后見御駕到來，當然起身相迎，語未開口，刃已及頸，霎時間倒斃地上，玉殞香消。這難道是乃父教他。生既殺死梁后，立即傳諭倖臣，往拘太傅錄尚書事毛貴，車騎將軍尚書令梁楞，左僕射梁安，不必審問，即飭推出法場，一同斬首。貴係梁皇后母舅，安且是皇后生父，楞亦與后同族，朝臣俱疑椒房貴戚，有什麼謀逆情事？哪知他們並無罪過，但為了胡文王魚數言，平白地斷送性命，這真是可悲可痛呢！

　　生遂遷吏部尚書辛牢為尚書令，右僕射趙韶為左僕射，尚書董榮為右

僕射，中護軍趙誨為司隸校尉。兩趙有從兄名俱，曾為洛州刺史。生本欲召俱為尚書令，俱託疾固辭，且語韶誨道：「汝等不顧祖宗，竟敢做此滅門事麼？試想毛梁何罪，乃竟誅死？我有何功，乃得升相？我情願速死，不忍看汝等夷滅呢。」未幾，果以憂憤告終。丞相雷弱兒，剛直敢言，見趙韶董榮等用事，導主為惡，往往面加指斥，不肯少容。榮等遂暗地進讒，誣他構逆，生因殺死弱兒，並及他九子二十二孫。弱兒係南安羌酋，素得羌人信服，至無辜受誅，羌人當然怨生。生不以為意，名為居喪，仍然遊飲自若，彎弓露刃，出見朝臣，錘鉗鋸鑿，備置左右。即位未幾，凡後妃公卿，下至僕隸，已被殺斃五百餘人。司空王墮，又為董榮所譖，說是天變相關，把他處斬。墮甥洛州刺史杜鬱，亦連坐受誅。

一日，生在太極殿召宴群臣，命尚書辛牢為酒監，概令極醉方休。群臣飲至盡醉，牢恐他失儀，不便相強。生大怒道：「汝何不使人飲酒，乃坐視無睹麼？」說至此，手中已取過雕弓，搭矢射去，適貫牢項，便即倒斃。嚇得群臣魂魄飛揚，不敢不滿舺強飲，甚至醉臥地上，失冠散髮，吐食汙衣，弄得一塌糊塗。生反拍手歡呼，引為大樂，又連喝了數大觥，也自覺支持不住，方返身入寢去了。群臣如蒙恩赦，乃跟蹌散歸。

越年二月，生諭征東將軍晉王柳，命參軍閻負梁殊，出使涼州，招諭歸附。涼州牧張重華，自擊退趙兵後，重任謝艾，事必與商。應五十回。偏庶長兄長寧侯祚，與內侍趙長等，表裡為奸，交譖謝艾，惹得重華也起疑心，復出艾為酒泉太守。嗣是重華不免驕怠，希見賓佐。晉廷嘗遣御史俞歸，冊授重華為侍中，都督隴右關中諸軍事，封西平公，重華方謀為涼王，不願受詔，經歸再三勸導，方才無言。嗣因燕降將王擢，為秦所逼，率眾奔涼，即命擢為秦州刺史，使與部將張弘宋修，會兵攻秦，被秦將苻碩殺敗，擄去弘修，唯擢得脫身逃遷。重華不加擢罪，再撥眾二萬，使復

第五十六回　逞刑戮苻生縱虐　盜淫威張祚殺身

秦州。擢感激思奮，拚死報恩，果得大敗苻碩，仍將秦州奪還。重華乃拜表晉廷，請會師伐秦。晉但遣使慰諭，實授重華為涼州牧。重華因晉未出師，也不敢冒昧用兵。

天下不如意事，十常八九，最難堪的是中冓貽醜，敝笱含羞，防不勝防，說無可說，遂令一位年富力強的藩帥，釀成心疾，鬱郁而亡。史未詳言重華病因，作者讀書得間，故有此論。重華嫡母嚴氏，奉居永訓宮，生母馬氏，奉居永壽宮。馬氏本有姿色，為重華父駿所寵，駿歿時年將四十，還是豐容盛鬋，螓首蛾眉。就中有一個登徒子，暗暗垂涎，靠著那宗室懿親，脂韋媚骨，出入宮禁，侍奉寢帷，費盡了許多心思，竟得將馬氏勾搭上手，演成一回鶼鶼緣。那馬氏美等宣姜，淫同夏姬，倒也不惜屈尊降貴，甘獻禁臠，兩口兒朝棲暮宿，非常狎暱，只瞞過了一個張重華。後來年深月久，不免暴露，竟被重華聞知，懊惱得不可名狀。看官道淫夫為誰？就是重華庶長兄長寧侯祚。祚雖非馬氏所生，名分上也稱母子，此時以子烝母，怎得不使重華恨煞？重華意欲誅祚，計尚未定，忽有廄卒入報，廄馬四十匹，一夜都自斷後尾，轉令重華驚愕得很，只恐誅祚生變，未敢徑行。既而十月聞雷，日中現三足烏，變異迭出，益使重華寒心，且憂且憤，竟致成病，漸漸的沉重起來。乃命子耀靈為世子，且手詔徵謝艾入侍。艾尚未至，重華已歿，年才二十有四。《晉書》作二十七。在位只八年。

耀靈甫及十齡，承襲父位，內事由祖母馬氏主張，外政當然被伯父張祚，把持了去。名為伯父，實可呼為祖父了。右長史趙長尉緝等，向與祚祕密往來，結為異姓兄弟。至是矯託遺命，授祚為撫軍大將軍，都督中外諸軍事。祚意尚未足，再嗾長等建議，說是時難未平，應立長君，一面自求馬氏，乞從長意，立己為主。馬氏身且委祚，哪有不從之理？這是枕蓆

效勞的好處。當下廢耀靈為寧涼侯,由祚自立,稱大都督大將軍涼州牧涼公。祚既得志,索性大肆淫虐,重華妃裴氏,年方花信,也生得嫵媚可人,他竟召令入室,逼使伴寢;就是重華妾媵,俱脅與宣淫,甚至未嫁諸妹,也公然納入,輪流姦汙。專喜姦淫本家婦女,也是奇癖。重華有女,才閱十齡,玲瓏嬌小,未解風情,偏又被祚引誘入內,強褫下衣,任情擺布。幼女怎堪承受,徒落得床褥呻吟,無從訴苦。三代被淫,不知是何果報。涼州人士,爭賦牆茨三章,作為諷刺,祚還管什麼清議,但教自快肉慾,徹夜尋歡罷了。

　　越年正月,趙長尉緝等,覆上書勸進,祚竟就謙光殿中,僭登王位,《晉書》作帝位,但觀他尊三代為王,當是稱王無疑。立宗廟,置百官,郊祀天地,用天子禮樂,下書謂:「中原喪亂,華夷無主,因勉徇眾請,攝行大統,俟得掃穢二京,再當迎帝舊都,謝罪天闕」云云。先是涼州遵晉正朔,未嘗改元,唯沿用愍帝建興年號,直至祚篡位時,尚稱建興四十一年,及是乃改建興四十二年為和平元年,赦殊死,賜鰥寡粟帛,加文武爵各一級,追尊曾祖軌為武王,祖實為昭王,從祖茂為成王,父駿為文王,弟重華為明王。立妻辛氏,次妻叱幹氏,俱為王后。何不立刻裴二氏?長子泰和為王太子,次子庭堅為建康王,弟天錫為長寧王,耀靈弟玄靚為涼武侯。是夕,天空有光,狀如車蓋,聲若雷霆,震動城邑。翌日,大風拔木,日中如晦。祚反誘誅謝艾,大肆淫威。尚書馬岌,直諫免官;郎中丁琪,再諫被殺。適晉徵西大將軍桓溫入關,見前回。秦州刺史王擢,時鎮隴西,遣使白祚,謂:「溫善用兵,如得克秦,必將及涼。」祚不禁惶懼,又恐擢乘急反噬,仍召馬岌復位,與謀刺擢。密遣心腹將往隴西,不得下手,反被擢查出殺死。祚得報益駭,號召士卒,託詞東征,實欲西保敦煌。嗣聞溫已南歸,更遣平東將軍牛霸等攻擢。擢拒戰失利,奔

第五十六回　逞刑戮苻生縱虐　盜淫威張祚殺身

降苻秦。河州刺史張瓘，為祚宗室，外鎮枹罕，士馬盛強，祚常加猜忌，容忍了一年有餘，不能再止，乃遣部將易揣張玲，帶領步騎萬餘人，往擊張瓘，併發兵三十餘道，分剿南山諸夷。張掖人王鸞，素通術數，入殿白祚道：「軍不可行，出必不還。涼州將有大變，不可不防。」祚叱為妖言。鸞即直陳祚惡，說他無道三大事，惱得祚氣衝牛斗，立命推出斬首。鸞至法場大呼道：「我死後不出二十日，兵敗王死，定難倖免了。」想鸞亦自知該死，故自來徼禍。祚不但殺鸞，又夷鸞族，然後發兵，再遣張掖太守索孚，往代張瓘。瓘不肯依令，斬孚誓眾，出擊易揣張玲。玲正前驅渡河，瓘軍掩至，猝不及防，被打得落花流水，盡入洪波。只易揣尚在岸上，單騎奔回。瓘遂濟河追躡，直逼涼州，且傳檄州郡，擬將祚廢去，仍立耀靈。驍騎將軍宋混，與弟澄聚眾應瓘，引瓘並進。祚情急倉皇，想出一個釜底抽薪的計策，潛令親將楊秋胡，趨入東苑，拉死耀靈，埋屍沙坑。他還道是斬草除根，免得外兵藉口，哪知宋混等越覺有詞，即為耀靈縞素舉哀，一片白旗白甲，直搗姑臧。姑臧就是涼州的治所，祚愈急愈憤，命收瓘弟琚及瓘子嵩，先擬加誅。琚與嵩召集市人數百名，隨處傳呼道：「張祚淫虐無道，我父兄糾合義旅，已到城東，若再敢與祚同惡，無故拿人，罪及三族。」兵民等相率袖手，不敢干預。琚嵩等便殺死門吏四百餘人，斬關招納外軍。祚避入神雀觀，祚將趙長等懼罪，急忙入閣，呼馬太后出謙光殿，改立耀靈弟玄靚為主，一面大開宮門，迎宋混等趨入殿中，頓時齊聲已經平亂，便出觀慰勞，誰知殿外列著，統是宋混等軍，此時已無從躲避，只好拔劍大呼，飭令左右死戰。左右無一答應，紛紛避去。從前極力逢迎的趙長，反手持長槊，向祚亂刺。祚仗劍招架，短劍不及長槊的利害，竟被刺中面頰，鮮血直噴，自知不能再戰，還是逃命要緊，乃轉身就跑，馳入萬秋閣。兜頭來了一個廚師，執刀劈來，正中祚首，立即暈斃閣

下。小子有詩詠道：

　　殘賊由來號獨夫，況兼烝報效雄狐。
　　刀光一閃頭顱落，如此淫凶應受誅。

　　欲知廚師姓名，容至下回續詳。

　　苻生張祚，同時肆惡，一在關中，一在隴右。吾不知兩人具何肺腸，而顧若此之稔惡為也，生之好殺過於祚，而祚之好淫，亦甚於生。自古未有好淫好殺，而可以長享國祚者。況無故殺妻，滅絕人倫，公然烝母，遍汙親族，古稱桀紂為無道，以苻生張祚較之，吾猶謂其彼善於此矣。宇宙之下，竟有此人面獸心，至於斯極者，雖曰速亡，其亦戾氣之獨鍾乎？

第五十六回　逞刑戮符生縱虐　盜淫威張祚殺身

第五十七回
具使才說下涼州　滿惡貫變生秦關

　　卻說張祚被殺，下手的廚師，叫做徐黑。名足副實。黑既劈倒張祚，便出報外兵，宋混等入閣梟祚，取首懸竿，宣示中外，並暴屍道旁。涼州士民，同稱萬歲。祚二子泰和庭堅，均遭駢戮。總計祚篡國僭位，僅閱三年，已是惡貫滿盈，身死子滅。將軍易揣等，也已與宋混聯繫，引兵入殿，拿下趙長，並所有張祚倖臣，一一聲罪伏誅。張瓘亦馳入姑臧，推立玄靚為大將軍大都督涼王，尊馬氏為太王太后。淫婦何堪再尊？怪不得涼亂未已。玄靚年才七歲，由瓘秉持政柄，自為尚書令涼州牧，行大將軍事，都督內外兵馬。授宋混為尚書僕射，改易百官，廢去和平年號，復稱建興四十三年。隴西人李儼，據郡抗命，擅殺大姓彭姚，自立為王，遙奉東晉正朔，旬月間有眾萬人。瓘遣將軍牛霸往討，霸至中途，忽聞西平太守衛綝，亦據郡為亂，與儼相應，霸眾頓時大潰，單剩霸一人奔還。瓘更遣弟琚擊綝，得破綝兵。西平人田旋，密勸酒泉太守馬基，起兵應綝，謂：「綝攻東面，我攻西面，不出六旬，可定涼州。」基信為奇謀，也即發難。哪知瓘司馬張姚王國，已奉瓘命，兼程到來，突入酒泉。基部署兵馬，尚未辦齊，怎能與他對敵，眼見得束手就擒。就是主謀人田旋，亦被拿下，兩人殺死一雙，好頭顱送入姑臧。綝聞酒泉失敗，當然不敢再出，就是李儼亦負嵎自守，不敢出兵。

　　瓘兄弟自恃有功，浸成驕侈，也不免跋扈起來。適秦使閻負梁殊，到

第五十七回　具使才說下涼州　滿惡貫變生秦闕

了姑臧，與瓘相見。回應前回。瓘啟問道：「我涼州世為晉臣，不敢擅交外使，二君來此做甚？」閻負答道：「我秦王現鎮雍州，與貴國同為鄰藩，所以遣使修好，何為見怪？」瓘又道：「我君臣盡忠事晉，迄今六世，今若與苻征東通使，便是上違先訓，下墮臣節，故不願聞命。」負殊齊聲道：「晉室衰微，久失天命，所以令先王嘗幡然變計，稱臣二趙，知機順時，應該如此。今大秦威德方盛，涼王欲自帝河右，必非秦敵，誠使以小事大，亦何如舍晉事秦，得長保福祿呢？」瓘微笑道：「中州無信，好食誓言，從前中國與石氏通好，使車方返，戎騎即來，如此欺詐，怎得令人信服？中國已不願再聞和議了。」負殊又道：「三王異政，五帝殊風，豈可相提並論？況趙多奸詐，秦尚信義，本來是政教不同，風俗互異。今上更道合二儀，仁施四海，信義交孚，不分中外，奈何以二趙相比呢？」語多虛詐，但外交之道，應作別論。瓘復說道：「果如君言，秦已威德無敵，何不先取江南，使天下盡為秦有？乃徒勞君等跋涉，來做說客，苻征東亦未免失計哩。」梁殊道：「我先帝大聖神武，開構鴻基，強燕納款，八州效順。是二語更屬虛言。今主上纘承遺緒，威愛兼施。以為吳會倔強，必須力征，涼州柔順，可以義服，故遣行人等先申大好，免動兵戈。如涼人未達天命，中國當緩圖吳會，先討涼州，恐河右便非君有了。」瓘勃然道：「我地跨三州，帶甲十萬，西包蔥嶺，東阻大河，伐人尚且有餘，何況自守，難道便怕秦不成？」閻負道：「貴州山河雖固，未若崤函，五郡雖眾，未若秦雍，試想杜洪張琚，因趙成資，據天險，策銳卒，內陸外海，勁士風集，驍騎如雲，兵強財富，自謂關中可據，天下可平。我先帝戎旗西指，冰消雲散，才經旬月，便致易主。見五十四回。燕雖虎視關東，尚且震慴天威，俯首帖服。餘如單于屈膝，名王內附，不可勝計。若我主上因貴州不服，赫然震怒，控弦百萬，鼓行西來，未識涼州將如何對待哩？」

好一副廣長舌。瓘複道：「秦果威德普及天下，江南何不入朝？」問及此語，瓘已未免退怯了。梁殊道：「江南為紋身舊俗，負阻江山，從古以來，道汙必先叛，化盛且後賓，所以古詩有云：『蠢爾蠻荊，大邦為仇。』這正說他頑梗無知，不應與語德義，只好兵甲示威，才能制服，豈涼州也復如是麼？」瓘又問及秦相如何？秦將如何？越問越餒。負殊兩人，把苻氏王親國戚，以及內外文武，都一一陳報出來。不是譽他經世奇才，便是稱他折衝健將，你一唱，我一和，端的把關中人士，一古腦兒抬高聲價，恍似伊呂重出，周召復生。這一席舌戰詞鋒，說得瓘無言可駁，只能諉諸涼王玄靚，謂當稟命後行。負殊再逼進一步道：「涼王雖英睿夙成，但年尚幼衝，究難明決，君居伊霍重任，關係安危，見機而作，責無旁貸，何必互相推諉呢？」瓘自思國亂初平，河西又所在兵起，倘或秦兵再至，勢不可敵，不若暫與修和，再作計較。乃用玄靚命令，特派行人，與負殊偕行入秦，願為藩屬。秦王生即將來表所署官爵，授冊賜封，毋庸細敘。

　　會姚襄遣使降燕，燕主慕容儁，命襄夾攻苻秦，襄復報如約，儁乃遣將軍慕輿長卿等，率兵七千人，自軹關攻幽州，襄亦引眾攻平陽，晉將軍王度，也乘隙攻青州。秦主苻生聞報，命建節將軍鄧羌拒燕，新興王飛御晉，遙飭晉王柳救平陽。羌至裴氏堡南，與燕兵交戰，大破燕兵，擒住長卿，梟得甲首二千七百餘級。晉將王度，接得燕兵敗沒消息，不戰自退。獨姚襄轉戰無前，擊退苻柳援軍，陷入平陽城外的匈奴堡，殺斃守將苻產，且將產眾悉數坑死。既而襄卻向秦假道，願回隴西，秦主生欲從襄請，東海王堅諫阻道：「襄乃當今人傑，若縱還隴西，還當了得！不如誘以厚利，伺彼無備，擊死了他，方絕後患。」生乃依堅議，遣使拜襄官爵。襄不願受，殺死秦使，扯碎來冊，又進兵侵掠河南。生當然大怒，適并州刺史張平，棄燕降秦，由生授為大將軍，令率部眾數萬人擊襄。襄自

第五十七回　具使才說下涼州　滿惡貫變生秦闕

恐寡不敵眾，乃卑辭厚幣，與平結歡，面訂盟約，結為兄弟，始各撤兵退回。

生因戰事已平，樂得經營土木，遂發三輔民修治渭橋。金紫光祿大夫程肱謂：「有害農時，不應勞民。」反被生驅出斬首。未幾，大風拔木，行人顛僕，秦宮中訛傳賊至，自相驚擾，宮門晝閉，五日方息。生查得造謠數人，刳心剖胃，慘加極刑。光祿大夫強平，為生母舅，實在看不過去，便入殿切諫，勸生愛民事神，緩刑崇德，才能上弭災祲，下息訛回。語尚未完，已惹動生怒，命左右取鑿過來，鑿穿平頂，不得少延。衛將軍廣平王黃眉，前將軍新興王飛，建節將軍鄧羌，時正在側，急忙叩頭固諫，謂：「平係強太后弟，應從薄譴。」生哪裡肯聽，但促左右鑿平。可憐平腦破漿流，死於非命。生且黜黃眉為左馮翊，飛為右扶風，羌為咸陽太守。這三人素有勇名，所以生尚不忍加誅，但示薄懲。那強太后卻哭弟過哀，恨子不道，竟致憂鬱成疾，絕食而亡。生毫無戚容，反自書手詔，頒示中外，略云：

朕受皇天之命，君臨萬邦，嗣統以來，有何不善？而謗讟之聲，扇滿天下，殺不過千，而謂之殘虐，行者毗肩，未足為希，方當強刑極罰，復如朕何？

是時，潼關以西，長安以東，虎狼為害，日中阻道，夜間發屋，不食六畜，專務食人，百姓不敢耕桑，都徙居城邑。百官奏請禳災，生獰笑道：「野獸腹饑，自然食人，飽即不食，何必過慮。天道本來好生，正因民多犯罪，特降虎狼替朕助威，為什麼要去祈禳呢？」可笑可恨。一日，出遊阿房，見有男女二人，行過道旁，容貌都尚秀麗，便令左右拉住二人，當面問道：「汝二人卻是佳偶，已結婚否？」二人答道：「小民乃是兄妹，不是夫妻。」生笑道：「朕賜汝為夫婦，汝即可就此交歡，毋庸推辭。」

奇語。二人固執不從，生即拔劍出鞘，把他砍死。旋與繼妻登樓眺望，繼妻指問樓下一人，是何官職姓名？生望將下去，乃是尚書僕射賈玄石，儀容秀偉，素有美名，禁不住惹起醋意，便顧語道：「汝莫非豔羨此人麼？」虧你聰明，能知妻意。說著，即召過衛士，交與佩劍，囑使取玄石首來。衛士攜劍下樓，才閱片時，已取玄石首覆命。生擲與繼妻道：「贈汝何如？」繼妻又慚又悔，弄得侷蹐不安，匍匐待罪。生卻憐妻有色，扶使起身，攜手回宮去了。只枉死了玄石。

生平時最喜食棗，嘗患齒痛，令太醫令程延診視。延診畢語生道：「陛下並無他疾，不過食棗太多，因致損齒。」說至此，忽聽得一聲狂吼道：「咦！汝非聖人，怎知我多食棗？」延心膽俱落，急擬下跪謝過，不料劍鋒已到，首即墜地。嗣又使別醫合安胎藥，加入人蔘，嫌太細小。醫謂：「參質雖細，未具人形，但已可合用。」生怒道：「汝敢譏笑我嗎？」遂使左右剜出醫目，然後梟首。醫官到死，尚未知所犯何罪，及他人察及剜目情由，才料到苻生誤會，還道是借參寓譏，與自己瞖目有關，所以冤冤枉枉的殺死該醫。

越年，為秦主生壽光三年，就是晉穆帝昇平元年。穆帝年閱十五，預行冠禮，褚太后撤簾歸政，故改永和十三年為昇平元年。秦與晉東西分峙，年號原是不同，唯史家推晉為正統，因此隨筆敘明，聊醒眉目，看官不要嗤我夾七夾八呢。是年二月，太白犯東井，秦太史令康權上言道：「東井係秦地分野，太白罰星，恐主暴兵犯京師。」生狂笑道：「太白入井，想是因渴求飲，與人事有何關係呢？」不但生自己好笑，就是我亦聞言笑倒了。

又越兩月，接得邊地急報，乃是姚襄入據黃落，將逼長安。生不得不遣將調兵，出擊姚襄。襄前時出沒淮北，隳突河南，自稱大將軍大單于，

第五十七回　具使才說下涼州　滿惡貫變生秦闕

據住許昌,並窺洛陽。洛陽本由魏將周成駐守,及冉魏敗亡,成舉城降晉,仍得晉廷委任。晉大將軍桓溫,嘗請遷都洛陽,修復園陵,穆帝未許,但命溫為征討大都督,使討姚襄。適周成復叛,襄亦引兵回洛,彼此相持,未分勝負。溫乃自江陵發兵,遣督護高武據魯陽,輔國將軍戴施屯河上,自率大軍繼進。溫登船樓北望中原,慨然嘆道:「使神州陸沈,百年邱墟,王夷甫諸人,實難諉責呢。」當下進次伊水。襄撤洛陽圍,移兵拒溫,先使部下精銳,避匿林中,乃遣人語溫道:「公率大軍遠來,襄願奉身歸命,與公相見,但請公敕兵少退,即當拜謁路旁。」溫知襄有詐,掀鬚微哂道:「我自來恢復中原,敬謁山陵,幹君甚事?君既歸順,便當來見,何必煩勞使人,多費糾纏呢。」襄使返報,襄知所謀不遂,乃與溫夾水對壘。溫親被甲胄,督眾過擊,襄眾大敗,死傷數千人,奔往北山。溫追襄不及,進略洛陽,周成率眾出降。溫執成送建康,自徙屯金墉城,修復諸陵,分置陵令,表請調鎮西將軍謝尚,都督司州諸軍事,鎮守洛陽。尚有疾不行,未幾去世。溫乃留戴施為河南太守,使與冠軍將軍陳祐,居洛衛陵,自率大軍還鎮。

　　襄西奔平陽,收降秦并州刺史尹赤,乃改圖關中,進屯杏城。羌胡及秦民,陸續趨附,得五萬餘戶,遂據黃落。黃落在長安南境,相距不過二三百里,秦即遣廣平王黃眉,東海王堅,及將軍鄧羌,率步騎萬五千人,直抵黃落。襄深溝高壘,固守不戰。羌向黃眉獻策道:「襄被桓溫殺敗,銳氣已盡,今固壘不戰,明明是驚弓傷鳥,未肯輕發,但我若長此頓兵,亦非良計。襄性剛狠,可以剛克,今宜鼓譟揚旗,直壓襄壘,使他怒不可遏,勃然前來,我用埋伏計誘他入阱,必擒無疑。」黃眉依計施行,便令羌率騎兵二千,前往誘襄,自與堅埋伏三原,專待襄至。羌引兵至襄壘門,大聲詬罵,襄果忍耐不住,盡銳出戰。羌且戰且卻,退至三原,

始回馬力戰。襄恃兵眾，麾兵圍羌，喊殺聲震動山谷。俄而黃眉與堅，左右殺到，反將襄軍裹入裡面，羌從內殺出，黃眉等從外殺入，把襄兵衝得七零八落。襄所乘駿馬，叫做黧眉騧，雄駿非常。此時襄思急遁，慌忙揮鞭，不防馬忽自倒，將襄傾落馬下，即被秦兵擒住，牽至堅前。堅見襄年少面悍，料不可制，不如乘此翦除，乃叱令斬首，餘眾盡降。襄嘗載父柩從軍，亦為秦虜，堅因此招襄弟姚萇，謂萇若不降，當梟乃父屍。萇乃率諸弟投誠。堅能料襄，不能料萇，也是苻堅氣運。秦兵奏凱班師，秦主生命葬襄父弋仲柩於孤磐，許用王禮，並用公禮葬襄，授萇為揚武將軍。獨黃眉等未得重賞，反加叱辱，黃眉忿甚，潛謀殺生，事發被誅。王公親戚，亦多連坐，駢戮至數百人。

生嘗夢大魚食蒲，以為不祥，又聞長安有歌謠云：「東海有魚化為龍，男便為王女為公，問在何所洛門東。」這三語是陰寓苻堅。堅為東海王，兼龍驤將軍，住宅正在洛門東。生不明玄旨，反疑及廣寧公魚遵，平白地把他殺死，並誅及七子十孫。誰叫你姓魚？長安市民，復起一種歌謠道：「百里望空城，鬱郁何青青？瞎兒不知法，仰不見天星。」生聽悉是歌，命將境內空城，悉數毀去。其實謠言預兆，乃是指清河王法。法為堅兄，後來起兵發難，便屬此人，生怎能預知，一味兒輕舉妄動罷了。

金紫光祿大夫牛夷，慮不免禍，乞請外調。偏生命為中軍將軍，召入與謔道：「牛性遲重，善持轅軛，雖無驥足，能負百石。」夷答道：「雖服大事，未經峻壁，願試過載，乃知勳績。」生笑道：「爽快得很，公尚嫌所載過輕麼？朕將把魚公爵位處公。」夷叩謝而出。轉思生言，寓有別意，恐不免為魚遵第二，遂服毒自殺。

生荒暴益甚，日夜狂飲，連月不出視事，或至日入時御朝，每醉必妄加殺戮，妻妾臣僕，誤言殘缺偏隻字樣，常以為譏他眇目，置諸死刑。

第五十七回　具使才說下涼州　滿惡貫變生秦闕

　　暇時輒問左右道：「我自臨天下以來，外人以我為何如主？想汝等應有所聞。」或答言：「聖明治世，舉國謳歌。」生怒叱道：「汝為何媚我？」立即殺斃。他日又問，左右不敢再諛，只答言陛下稍覺濫刑。生又叱他何故謗我？亦令處斬。真是別有肺腸。所以臣下得保一日，如度十年。他尚有一種奇嗜，專喜觀男女淫褻事，往往上坐飲酒，呼令宮人與近臣，裸體交歡，如有不從，立殺無赦。或生剝牛羊驢馬，活焰雞豚鵝鴨，縱諸殿前，看它慘死。又嘗剝死囚面皮，迫令歌舞，種種怪劇，不勝列舉。

　　壽光三年六月，太史令康權入奏，謂：「昨夜三月並出，孛星入太微，光連東井，且自去月上旬，沈陰不雨，直至今日，恐有下人謀上的隱禍。」生拍案道：「汝又敢來造妖言麼？」立命撲死。御史中丞梁平老等，與東海王堅友善，便私語堅道：「主上失德，人懷貳心，燕晉二方，伺隙欲動。一旦禍發，家國俱亡，殿下何不早圖呢？」堅頗以為然，但畏生趫勇，未敢遽動。會有宮婢報堅道：「主上昨夜飲酒，曾言『阿法兄弟，亦不可信，便當除滅』云云。堅令轉告兄法，法亟與梁平老強汪等密商。梁汪俱主張先發，法便遣人告堅，自與梁汪兩人，號召壯士數百，潛入雲龍門。堅亦與侍中尚書呂婆樓，帶領麾下三百餘人，鼓譟繼進。宿衛將士，皆釋仗相從。生尚醉臥床中，至堅兵殺入，方起問左右道：「這等人何故擅入？」左右答言：「是賊。」生醉眼矇朧，尚滿口胡言道：「既說是賊，何不拜他？」左右相將竊笑，連堅兵亦且笑且譁。生又催言何不速拜，不拜就斬。堅應聲道：「不要汝拜，但教汝徙居別室。」說著，即指麾眾士，至臥榻前，把生拖下，牽拉出去。生醉後無力，一任他擁入別室去了。小子有詩嘆道：

　　　　不防天變不憂人，似此凶狂正絕倫。
　　　　待到蕭牆生變禍，暴君毒已遍西秦。

欲知苻生性命如何，待至下回續敘。

閻負梁殊，受秦主苻生之命，往說張瓘。掉三寸舌以服涼州，大有戰國策士遺風。本回特從詳敘，寓有微意。為世道計，則以尚詐少之，為使才計，則以專對多之。抑揚並見，固非浪費筆墨也。姚襄往來侵掠，卒死黃落，善戰必亡，可以概見。苻生之惡，古今罕有，依史敘入，窮極凶頑，此殆真喪心病狂者。二年乃亡，吾猶恨其不速誅也。

第五十七回　具使才說下涼州　滿惡貫變生秦闕

第五十八回
圍廣固慕容恪善謀　戰東河諸葛攸敗績

　　卻說苻生被徙入別室，醉尚未醒，當即有人傳入，廢生為越王，生亦不知為何人所授。及醒後已失權威，雖然懊惱異常，但已似鳥入籠中，無從跳躍，只好再向酒中尋樂，終日沈酗。那苻法苻堅，已廢去暴主，無人反抗，遂議另立嗣君。法與堅互相推讓，法謂：「堅係嫡嗣，且有賢名。」堅謂：「法年較長，應該序立。」兄弟謙說多時，迄無定議。唯群臣多主張立堅，堅母苟氏趨入道：「社稷重事，我兒既自知不能，不如讓人。若謬膺大位，他日有悔，當由諸君任咎哩。」看到後文，才知苟氏所言，寓有深意。群臣一齊頓首，盛稱堅賢，必能安邦定國。苟氏乃喜。遂由堅升殿即位，自立帝號，稱大秦天王。誅董榮趙韶等二十餘人，復遣使逼生自盡。生臨死時，尚飲酒數鬥，醉倒地上，不省人事，當被堅使拉斃，年只二十三，在位二年有餘，堅諡生為厲王。生子䀾尚值幼衝，許襲越王封爵，總算是秦王堅的仁恩。句中有刺。當下大赦改元，年號永興，追諡父雄為文桓皇帝，尊母苟氏為皇太后，妻苟氏為天王后，子宏為太子，兄法為丞相，都督中外諸軍事。諸王皆降封為公。從祖永安公侯為太尉，晉公柳為車騎大將軍尚書令，封弟融為陽平公，雙為河南公，子丕為長樂公，暉為平原公，熙為廣平公，叡為鉅鹿公，命李威為左僕射，梁平老為右僕射，強汪為領軍將軍，呂婆樓為司隸校尉，王猛為中書侍郎。

　　猛自還居華陰後，隱遁如故。應五十六回。堅欲圖生，令呂婆樓廷訪

第五十八回　圍廣固慕容恪善謀　戰東河諸葛攸敗績

人才,婆樓與猛有舊交,因即舉薦。堅遂使婆樓往召,猛應召而至,與堅談及時事,口若懸河,滔滔不絕,說得堅傾心悅服,自謂如劉玄德遇孔明,竭誠相待。及斬關廢立,猛亦與謀。李威為苟太后姑子,堅事威如父,威亦知猛賢,勸堅委猛國事。堅嘗語猛道:「李公知君,不啻管鮑。」所以猛事威如兄。堅又任薛贊為中書侍郎,權翼為給事黃門侍郎,令與猛並掌機密。贊與翼皆姚襄參軍,降秦事堅,堅任為心膂,事輒與商,這且不在話下。

唯堅母苟氏,尊為太后,嘗恐眾心未附,嗣主不安,又因法為庶長,得攬大權,將來未免生變,特別加防。一日出遊宣明臺,路過法第,留心注視,正值車馬盈門,非常熱鬧,他遂憂上加憂,返與李威密謀,即夕發出內旨,收法賜死。堅倉猝聞報,趨往東堂,與法訣別,流涕悲號,甚至嘔血。法雖由內旨賜死,堅豈真不可挽回?乃佯為慟哭,欺人可知。及法死後,諡曰獻哀,封法子陽為東海公,敷為清河公,於是舉異才,修廢職,課農桑,恤困窮,禮神祇,立學校,旌節義,如前時魚遵雷弱兒王墮毛貴梁楞梁安段純辛牢等後嗣,俱量能授用,且追複本身官爵,依禮改葬,吏民大悅。無非噢咻小惠。尚書左丞程卓,案多不治,勒令免官,代以王猛。既而并州鎮將張平,據州叛命,堅遣建節將軍鄧羌往討,殺敗平軍,擒平養子蠔,送入長安。平乃悔罪投誠,堅特旨赦免,仍署平為右將軍,並命蠔為武賁中郎將,但徙平部曲三千戶入關。是年秋季天旱,堅減膳撤懸,發出金帛錦繡,充作賑資。後宮後妃,悉去羅綺,開墾山澤,與民共利,因此旱不為災。看官!試想從前苻生在位時,如何暴虐,如何昏狂,此次得了這位英主,與苻生判若天淵,真是倒懸立解,事半功倍,還有何人不歌功頌德,想望太平呢?其實是牢籠手段。

且說燕主慕容俊,僭號稱帝,雄長朔方,接應五十四回。大封宗室諸

臣，多授王爵。慕容軍得封襄陽王，慕容恪得封太原王，慕容評得封上庸王，慕容霸得封吳王，慕容疆得封洛陽王。軍為撫軍將軍，恪為大司馬侍中大都督，錄尚書事，皆留居薊城。唯遣評為征南將軍，都督秦雍益梁江揚荊徐兗豫十州諸軍事，使鎮洛水。疆為前鋒，都督荊徐二州諸軍事，進屯河南。霸為安東將軍，領冀州刺史，留守舊都龍城。霸有勇略，前曾得乃父皝歡心，特名為霸，恩遇比世子為優。俊頗懷嫉忌，不過因霸常立功，未便加罪。霸少好畋遊，墮馬折齒，俊既僭位，令霸改名為㐷，霸不願受命，至是乃令減去右旁，但留垂字。霸始易名為垂。垂既鎮龍城，撫眾課民，得收東北大利。俊又恐他勢盛，仍復召還。俊母段氏，係出徒河，與段遼從子龕，有中表誼。龕父名蘭，蘭死後，龕收遺眾，東屯廣固，自號齊王，向晉稱藩，襲燕郎山，擊走俊將榮國，乃貽書與俊，抗稱中表，斥俊僭號。俊得書甚怒，即遣太原王恪為征討大都督，尚書令陽騖為副，同討段龕。先是俊父皝臨終時，曾有遺言囑俊云：「恪智勇兼濟，才堪任重，騖志行高潔，忠幹貞固，可託大事。」俊謹記勿忘，凡軍國重要，統與二人商決。此次因龕眾方盛，特遣二人出師。龕弟羆驍勇過人，且有智謀，聞燕軍將至，即向龕獻議道：「慕容恪素善用兵，更有陽騖為助，率眾前來，恐不可當，若聽彼渡河，頓兵城下，雖欲乞降，亦不可得。王但固守城中，由羆帶領精銳，往拒河上；幸得戰勝，王可合兵力追，乘勝殲虜，使他匹馬不返，萬一不勝，即可請降，尚不失為萬戶侯哩。」龕不肯從。已而羆聞燕軍近河，重申前議，龕仍不許，羆情急語戇，竟觸龕怒，拔劍殺羆。未曾遇敵，先將親弟殺死，安得不亡。那慕容恪方屯兵河上，安排舟楫，好幾日不敢渡河，也恐龕遣兵掩擊，格外持重。至探得殺羆消息，才知龕無能為，麾兵急渡，陸續東進，行至淄水南岸，方見龕自來拒戰。恪與騖分軍為二，包抄龕兵，龕左右遇敵，招抵不

第五十八回　圍廣固慕容恪善謀　戰東河諸葛攸敗績

上，遂至敗退。龕弟欽被擒，右長史袁範等，統皆戰死。恪追龕至廣固城下，龕閉門固守，恪但令軍士築柵，四面兜圍，另分兵招撫旁郡。龕所有諸城，依次附燕。恪或仍令故吏居守，或請派新官往署，從容布置，進退咸宜；獨未嘗督攻圍城，鎮日裡按兵不動。諸將莫名其妙，群請速攻。恪乃與語道：「用兵不宜執一，或宜緩行，或宜急取，若彼我勢均，外有強援，一或頓兵，腹背受敵，自應急攻為是，冀速大利；倘我強彼弱，又無外援，不如羈住守兵，靜待彼斃，兵法所謂十圍五攻，便是此意。龕恩結賊黨，眾未離心，前此淄南一戰，彼非不銳，不過用兵未善，為我所敗；今我得憑阻天險，上下戮力，攻守勢倍，行軍常法，必欲急攻，諒亦數旬可克，但恐困獸猶鬥，必須惡戰，傷我士眾，定在意中。中國家連年用兵，未得休息，我每念士卒瘡痍，幾忘寢食，奈何再輕殘民命哩？故我意持久以取，勿貪近功。」諸將始皆下拜，自稱未及。我亦佩服。就是軍士聞言，亦皆悅服。於是嚴固圍壘，屯田課耕。齊民亦爭運糧芻，饋給燕軍。

好容易過了半年，城中糧儲已盡，樵採路絕，甚至人自相食，龕不得已悉眾出戰。恪早防到此著，開壘接仗，潛令騎兵抄到龕兵背後，截他歸路。龕兵統皆枵腹，怎能殺得過燕軍？一經交鋒，便即敗卻，龕只好退回。不意到了城邊，又被燕騎截住，弄得進退兩難，沒奈何拚死殺入，才得衝開走路，跟蹌入城。燕騎也不去追逼，唯驅殺龕眾，斬馘殆盡，守兵從此奪氣，莫有固志。龕窮蹙萬分，因使部將段蘊，縋城夜出，詣晉乞援。晉遣北中郎將荀羨，率兵往救，進次琅琊，探得燕軍強盛，不敢輕進。陽郡守將王騰，方背龕降燕，他想討好恪前，立些功績，遂不待恪命，欲乘虛襲晉鄧城。將士方調發出去，誰知晉軍已掩到城下，原來晉將荀羨，自恐逗留得罪，正思進攻陽郡，求功補過，湊巧陽郡出兵，城內空

虛，遂引軍撲城，日夜不休。老天有意做人美，連宵下雨，衝坍城牆，羨即乘隙攻入，把騰擒住，殺死了事。欲侮人者反為人侮，可見貪足殺身。騰所遣赴鄴將士，中途聞耗，當然駭散，不消細敘。唯段龕待援不至，無法支持，且經恪許他不死，乃面縛出降。恪入城安民，禁止侵掠，人民大悅，遂定齊地。命龕為伏順將軍，同返薊城。留鎮南將軍慕容塵居守廣固。龕後為俊所殺。

晉將荀羨，聞廣固失陷，退還下邳，留泰山太守諸葛攸，及高平太守劉莊，率兵三千守琅琊。參軍戴遂，率兵二千守泰山。燕將慕容蘭屯汴城。羨順道進擊，斬蘭而去。越年燕太子曄病逝，諡曰獻懷。俊立第三子暐為太子，改元光壽。是年即晉穆帝昇平元年。晉泰山太守諸葛攸，攻燕東郡，進兵武陽。俊復遣慕容恪陽鶩，及樂安王臧，俊之子。引兵拒攸。攸才略有限，哪裡是慕容恪的對手，一戰即敗，逃回泰山，恪遂進兵渡河，連陷汝穎譙沛諸郡縣，分置守宰，振旅北歸，還據上黨，收降河內太守馮鴦，略定河北全境。燕主俊遂自薊城徙都鄴中，繕修宮殿，復作銅雀臺。注見前。命昌黎遼東二郡，建廟祀廆。范陽燕郡，建廟祀皝，即派護軍平熙，領將作大匠，監造二廟。獨吳王垂素遭俊忌，垂妃段氏，為故鮮卑單于段末柸女，才高性烈，自恃貴姓，又不肯尊事俊後。後可足渾氏引為深恨，遂與中常侍涅浩密謀，誣稱段氏為巫蠱事，收付廷尉訊驗。虧得段氏抵死不認，垂始得免連坐。段氏不堪箠楚，竟死獄中。俊頗加悔憫，乃授垂為東夷校尉，領平州刺史，出鎮遼東。幸有此婦，應該終身頂禮。

秦右將軍張平，復叛秦降燕，據有并州壁壘三百餘所，得胡晉遺民十餘萬眾。會燕調降將馮鴦為京兆太守，改令別將呂護代任。鴦與護陰相聯繫，通款晉廷，就是張平亦模稜兩可，意欲聯晉。俊遣上庸王慕容評討鴦，鴦固守不下，再由燕領軍將軍慕輿根，奉命助評，合兵急攻。鴦乃開

第五十八回　圍廣固慕容恪善謀　戰東河諸葛攸敗績

　　城夜遁，奔投呂護。評又移兵往攻張平，平正與兗州刺史李歷，安西將軍高昌，通使連盟，陽事燕主，暗通秦晉。張平歷見前文，李歷高昌見五十四回中。評偵實報聞，燕主儁使陽騖討昌，樂安王臧討歷。歷從濮陽奔滎陽，昌從東燕奔樂陵，平勢日孤，所署徵西將軍諸葛驤，鎮東將軍蘇象，寧東將軍喬庶，鎮南將軍石賢等，又舉并州壁壘百餘所，降順燕軍。那時平支撐不住，也率眾三千奔平陽，竟遣使向晉乞降。

　　儁因晉屢納叛將，遂思大舉南下，並擬經略關西，當下命州郡校閱現丁，詳核隱漏，每戶只準留一丁，餘悉充當兵役，定額一百五十萬，約期來春大集，進臨洛陽。武邑人劉貴上書，極陳民力雕敝，不應過事徵調，並陳時政失宜十三事。儁乃寬限徵發，改來春為來冬，但中使仍然四出，募兵徵餉，絡繹道旁。郡縣不堪供億，相率諮嗟。太尉封弈，謂：「調發事宜，儘可責成州郡，不必另行遣使，所有從前使臣，概請召還，以省煩擾。」儁總算依議。已而晉北中郎將荀羨，攻入山茌，擒住燕泰山太守賈堅。堅祖父本皆晉臣，羨因勸堅降順，且與語道：「君世代事晉，不應忘本歸虜。」堅答說道：「晉自棄中原，並非堅甘心忘本。今既身為燕臣，怎得再思改節呢？」遂絕粒而死。愚忠亦不足道。

　　忽由燕將慕容塵，遣司馬悅明來救泰山。羨與戰失利，只好退走，山茌覆被燕軍奪去，羨憤恚成病，上書求代。晉廷乃遣吳興太守謝萬為西中郎將，監督司豫冀並四州軍事，領豫州刺史。再命散騎常侍郗曇為北中郎將，都督徐兗青冀幽五州軍事，領徐兗二州刺史。二人才具，均不及羨，唯曇為故太尉郗鑑次子，萬為故鎮西將軍謝尚從弟，皆以門閥邀榮，得列方鎮。右將軍王羲之曾貽萬書，說他用非所長，既已受職建牙，應與士卒共同甘苦。萬不能用。萬兄謝安，亦誡萬道：「汝為元帥，須常接待諸將，聯繫歡心，不宜自命風流，矜才傲物。」萬亦不少悛。臨行時，由安親託

諸將，一一慰勉。萬還道阿兄多事，怏怏而去。為後文敗歸伏線。苟羨解職還都，旋即去世。穆帝很加悲悼，嘆為折一股肱，因追贈驃騎將軍。羨尚有令名，故敘及病歿。

未幾為昇平三年，晉泰山太守諸葛攸，大起水陸兵士，共得二萬餘人，再往伐燕，自石門進次河渚，分遣部將匡超據磝磝，蕭館屯新柵，督護徐冏，帶領水軍三千，遊弋河中，泛舟上下，作為東西聲援。燕主俊即命上庸王評，率同長樂太守傅顏等，領兵五萬，往拒攸軍。評屢經戰陣，紀律頗嚴，部下又統皆精銳，踴躍爭先，行至東阿相近，正與攸軍遇著，不待列營休息，便即麾兵上前，步騎相間，縱橫馳驟。攸雖有志平虜，怎奈才力不濟，徒靠著一時血氣，究竟敵不過百戰雄師，兩下交戰多時，攸軍多半受傷，眼見是旗靡轍亂，不能再奮，沒奈何敗退下去。評趣兵追擊，大殺一陣，俘斬不可勝計，遂乘勝圍攻東阿，且分兵進窺河洛。

晉廷詔令西中郎將謝萬，出駐下蔡，北中郎將郗曇，出駐高平。萬在軍中，仍然嘯詠自如，未嘗拊循士卒，每經升帳，不發一言，但手執如意，指麾四座。將士統不服萬，萬尚不以為意，引眾出渦潁間，擬援洛陽。途次聞郗曇退屯彭城，不禁惶駭，也即拍馬逃歸。部將見他傲慢無能，相率鄙視，恨不得將他刃斃，只因受安囑託，未敢妄言，但各走各路，分道引歸罷了。究竟曇為何事退兵？後來傳下詔書，才知曇因病自歸。朝廷格外原諒，僅降曇為建武將軍，唯謝萬無故潰退，罪難輕恕，著即免為庶人。還是失刑。

燕上庸王慕容評，正想略定河洛，會接燕主俊寢疾消息，乃收兵還鄴。俊自太子曄逝世，不免追悼，嘗對群臣流涕，謂此兒若在，我可無憂。又因嗣子暐年輕質弱，未及乃兄，深以為慮，因此寢饋不安，釀成心疾。一夕，夢見石虎闖入，牽臂亂齧，不由的猛呼一聲，才將夢魘驅出，醒後尚

第五十八回　圍廣固慕容恪善謀　戰東河諸葛攸敗績

覺臂痛,乃命發掘虎墓,有棺無屍。尋復懸賞百金,購人告發。適有故趙宮女李菟,得知石虎葬處,在鄴宮東明觀下,因即應募報聞。俊遂令李女引示,發掘至數丈以下,果得一棺,剖棺出屍,僵臥不腐。俊親往驗視,用足蹴踏,對屍怒叱道:「死羯奴敢夢擾活天子麼?」說著,又命御史中丞楊約,數他罪惡,計數百件,遂加鞭撻,打得筋斷骨折,乃投諸漳水中。死尚被罰,人何苦生前作惡?屍尚倚著橋柱,終未漂沒。及苻秦滅燕,王猛始收屍埋葬,並殺女子李菟,這是後話。王猛亦未免好事。唯俊既棄去虎屍,病仍未瘥,因召大司馬太原王恪,入室與語道:「我病恐不起,將與卿等長別。人生壽數,本有定限,死亦何恨,但秦晉未平,景茂尚幼,暐字景茂。怎能遽當大位?我欲效宋宣公故事,即以社稷付汝,汝意以為何如?」恪答道:「太子雖幼,秉性寬仁,必能勝殘去殺,為守成令主。臣實何人,怎敢上干正統?」俊變色道:「兄弟間還要虛飾麼?」恪從容道:「陛下既稱臣能主社稷,難道不能輔少主嗎?」俊乃轉怒為喜道:「汝果能為周公,我復何憂?」恪便趨退。俊復召吳王垂還鄴,尋因病體少瘥,復欲遣兵寇晉。越年正月,且出郊閱兵,派定大司馬恪,及司空陽騖為正副元帥,定期出兵。是夕還宮,自覺勞倦。翌日,舊疾復發,遂至危篤,即召恪與陽騖,暨司徒評,領軍將軍慕輿根等,受遺輔政,言畢遂殂,年五十三,在位十有二年。燕人稱俊為令主,小子有詩嘆道:

六朝衰運慨泯棼,遍地胡腥不忍聞。
但得一方中主出,民間已是號賢君。

俊既病逝,百官複議立恪,究竟恪是否從眾,容至下回敘明。

慕容俊僭號稱尊,國勢日盛,所恃者莫如慕容恪,次為慕容垂,而慕容評尚不足道也。觀恪之往圍廣固,不欲急攻,非特深諳兵法,並且體恤

全軍。迨段龕出降，禁止侵掠，不嗜殺而齊地自定，雖古之良將，無以過之。儁能承父遺命，倚恪為重，並及陽騖，其致強也宜哉。且平時雖嘗忌垂，而不忍加罪。垂妻被誣，仍免垂連坐，使鎮遼東，儁其固有知人之明乎？慕容評粗具策略，視恪與垂，相去實遠，而晉將諸葛攸等，尚為所敗，晉實無人，此燕之所以橫行河朔，而益得稱雄也。

第五十八回　圍廣固慕容恪善謀　戰東河諸葛攸敗績

第五十九回
謝安石應徵變節　張天錫乘亂弒君

　　卻說慕容恪受遺輔政，當然擁立太子暐。百官多傾心事恪，意圖推戴，恪哪裡肯從，但言國有儲君，不容亂統，乃由暐升殿嗣位。暐年方十一，恪率百官入朝，謹守臣節，當下循例大赦，改元建熙，追諡儁為景昭皇帝，廟號烈祖。尊儁后可足渾氏為太后，進太原王恪為太宰，專掌百揆。上庸王評為太傅，司空陽騖為太保，領軍將軍慕輿根為太師，夾輔朝政。根自恃勳舊，舉動倨傲，且有異圖，適太后可足渾氏，干預外事，根欲從中播弄，煽亂徼功，乃先向恪進言道：「今主上幼衝，母后干政，殿下宜預防不測，亟思自全，且安定國家，全是殿下一人的功勞，兄終弟及，古有常制，應俟山陵事畢，廢去幼主，由殿下自踐尊位，永保國基，方為長策。」恪驚詫道：「公莫非酒醉麼，奈何敢出此言？我與公同受先帝遺詔，口血未乾，怎得異議？」根不禁懷慚，赧顏退去。恪轉告吳王垂，垂勸恪速即誅根，恪搖首道：「今國家新遭大喪，二鄰方在旁觀釁，若宰輔自相誅夷，就使內亂不生，亦招外侮，不如暫忍為是。」祕書監皇甫真，又謂：「根已謀亂，不可不除。」恪仍然不聽。無非慎重。哪知根竟入宮進讒，密白太后道：「太宰太傅，將謀不軌，臣願率禁兵捕誅二人。」太后可足渾氏，素好猜忌，一聞根言，便欲依議。還是嗣主暐從旁進言道：「二公係國家親賢，先帝特加選任，託孤寄命，想彼必不願出此，莫非太師自欲為亂，因有此言？」小時了了，大未必佳。可足渾氏乃拒絕根議。

第五十九回　謝安石應徵變節　張天錫乘亂弒君

根又思歸東土，入白太后及暐道：「今天下蕭條，外寇不一，國大憂深，不如仍還舊都。」太后與暐亦未從所請。

恪得聞根言，知根必將為亂，乃與太傅評聯名，密陳根罪，即使右衛將軍傅顏，引兵至內省誅根，並拘根妻子黨與下獄，酌處死刑。中外未悉詳情，還疑燕廷驟誅大臣，不免驚愕。恪獨鎮定逾恆，絕不張皇，每有出入，只令一人步從，或勸恪宜自戒備。恪答說道：「人情方懷疑貳，非靜鎮不足安眾，怎得自相驚擾呢？」果然不到數日，人心復定。唯各郡縣所徵兵士，乍聞大喪，並有內亂謠傳，往往乘間散歸，自鄴以南，路人擁擠，幾至斷塞。恪授垂為鎮南將軍，都督河南諸軍事，領兗州牧，兼荊州刺史，出鎮蠡臺。又令孫希為并州刺史，傅顏為護軍將軍，帶領騎士二萬，觀兵河南，臨淮而還。於是全國兵民，各知朝內無事，相率安堵，不復生疑了。如恪才為社稷臣。

且說晉穆帝自親政後，立散騎常侍何準女為皇后，準兄充嘗為驃騎將軍，後以名門應選，受冊後正位中宮，柔順有儀，毋庸細敘。司徒會稽王昱，奉表歸政，穆帝不許，內政仍付昱參決，外政多為桓溫把持。前領司徒蔡謨，雖由褚太后特詔起復，仍使為光祿大夫。謨稱疾固辭，不復朝見，尋即病歿。詔贈侍中司空，賜諡文穆。謨不失為良臣，故錄及終身。自昇平紀元，荏苒五年，江淮一帶，尚無大變，不過與燕兵爭戰數次，均皆失利。西中郎將謝萬，不戰即潰，尤損國威。且王謝素號世家，當時風俗人心，統重門閥階級，謝萬得罪被黜，不但國家感受影響，就是謝氏門第，亦為一落。萬兄謝安，幼即風神秀徹，長益智識深沈，善行書，工詩文，朝中權貴，互相欽慕，累徵不起。祖籍本為陽夏人氏，隨晉東渡建康。安獨寓居會稽，與王羲之等為友，遊山眺水，歌詠自娛。有司奏安屢不就徵，性情乖僻，應禁錮終身，安不以為意，索性棲遲東土，放情

邱壑，每出必挾妓從遊，不拘小節。會稽王昱素聞安名，嘗語僚屬道：「安石與人同樂，必肯與人同憂。」安石就是安小字。安妻劉氏，為丹陽尹劉惔妹，見伯叔多半富貴，獨安隱居不仕，常語安道：「大丈夫當不若是呢。」婦人終難免勢利。安掩鼻道：「卿所見未能免俗，豈丈夫定要富貴麼？」及萬已褫職，門第減色。安年已四十餘，免不得顧慮家門，轉思仕進。君亦未能免俗了。可巧徵西大將軍桓溫，表請闢安為徵西司馬，朝旨立即召安。安便至都中。自新亭啟行，朝士多往餞送，中丞高崧戲語道：「卿累違朝旨，高臥東山，諸人互相私議，謂安石不出，如蒼生何？蒼生今亦將如卿何？」說畢大笑。安被他一嘲，也不禁慚愧起來，勉強支吾，終席即去。

　　既到江陵，與溫相見，談笑竟日，甚愜溫意。及安趨出，溫問左右道：「汝等曾見有如此佳客否？」嗣溫有事訪安，至安居室，安適早起理髮，久不出見。溫在外坐待，始聞室內有人傳呼，令人取幘。溫即朗聲道：「不必，不必，請司馬即戴便帽，就好相見了。」安依言見溫，坦然與語，取決如流。溫滿意乃去。晉廷復起謝萬為散騎常侍，萬受職未久，便即病死。安本不欲隨溫，無非借溫干進，暫作過渡思想。及萬已去世，遂假弟喪為名，投箋求歸。溫準令返家治喪，安此後不復詣溫。尋由朝廷授為吳興太守，便一麾赴郡去了。昇平五年五月，穆帝有疾，數日即逝，年僅十有九歲，在位十七年，帝尚無子，當由會稽王昱等，入白褚太后，請迎成帝長子琅邪王丕嗣位，褚太后依議施行，因即下令道：

　　帝奄不救疾，胤嗣未建，琅邪王丕，中興正統，明德懋親，昔在咸康，屬當儲貳，以年在幼衝，未堪國難，故顯宗高讓。今義望情地，莫與為比，其以王奉大統，毋墜厥命！這令下後，當由百官備齊法駕，至琅邪王第迎丕入宮，升殿即位，是為哀帝。丕時年二十有二，曾納司徒左長史

第五十九回　謝安石應徵變節　張天錫乘亂弒君

王濛女為妃，至是冊為皇后。封弟奕為琅琊王，奉葬穆帝於永平陵，廟號孝宗。尊所生母周氏為皇太妃，穆帝后何氏為穆皇后，又詔諭中外道：

顯宗成皇帝顧命，以時事多艱，弘高世之風，樹德博重，以隆社稷，而國故不已，康穆早世，祚胤不融。朕以寡德，復承先緒，感唯永慕，悲痛兼摧，夫昭穆之義，固宜本之天屬，繼體承基，古今常道，宜上嗣顯宗以修本統。特此詔告中外，俾使周知。

越年，改元隆和。會聞北方降將呂護，又背晉歸燕，將攻洛陽。乃命吳國內史庾希為北中郎將，領徐兗二州刺史，鎮守下邳；前鋒監軍袁真為西中郎將，監督司豫并冀四州軍事，領豫州刺史，鎮守汝南。兩將方才蒞鎮，那燕呂護已驅動燕軍，進逼洛陽。守將河南太守戴施，聞風奔宛，只冠軍將軍陳祐，飛使至桓溫處告急。溫留戴施陳祐守洛陽事，見五十七回。溫急檄北中郎將庾希，及竟陵太守鄧遐，同率水師援洛陽。遐為建武將軍廣州刺史鄧嶽子。嶽見前文。嶽鎮交廣二州，垂十餘年，嶺南頗仰嶽聲威，相率畏服。嶽又得擊破夜郎，加督寧州，進徵虜將軍，遷平南將軍。當時伏波將軍葛洪，遷官避地，居羅浮山煉丹，嶽素重洪，極力勸挽，表請任洪為東官太守。洪固辭不就，只留兄子望在廣州，為嶽記室參軍。洪自號抱樸子，著書一百十六篇，類言長生要訣，分作內篇外篇，即以《抱樸子》名書。此外著作，不一而足，大約以方技雜事為最多，如《金匱藥方》百卷，《肘後要急方》四卷，闡究醫藥，流傳後世，醫家奉為金針。洪至八十一歲時，寄書與嶽，自言將遠行尋師。嶽即往送別，及抵羅浮山石室中，見洪兀坐不動，撫視已無氣息，不過顏色如生。嶽乃為棺殮，瘞葬山間。役夫舉棺甚輕，因皆疑為屍解成仙。未幾嶽亦謝世。因鄧遐事，補敘及嶽，復因嶽補敘葛洪，俱是文中銷納法。子遐勇力絕人，時人比諸樊噲，桓溫闢為參軍，從戰有功。晉任冠軍將軍，累充各郡太守。

襄陽城北沔水中，有蛟螯伏，屢為人害。遐拔劍入水，與蛟角鬥。蛟繞住遐足，遐揮劍斬蛟，截為數段，攜蛟首而出，自是遂無蛟患。可與周處齊名。及為竟陵太守，受溫檄使，便引兵進屯新城。庾希遣部將何謙為先驅，駕舟援洛，與燕將劉則交戰檀邱，得獲勝仗。劉則敗去。西中郎將袁真，又從汝南運米五萬斛，接濟洛陽。洛城既得外援，復足糧食，當然支撐得住。

桓溫復表請遷都洛陽，謂：「自永嘉以後，東遷諸族，須一切北徙，仍返故土，再由御駕朝服濟江，儀表兩河，宅中馭外。臣雖庸劣，願宣力先鋒，廓清中原」云云。看官！試想河洛一帶，迭經戎馬，已鬧得亂七八糟，不可收拾，此時雖經桓溫規復，終究是劫灰滿目，景物蕭條。況燕人又屢次窺伺，烽火不絕，怎好倉猝遷都，舉乘輿為孤注哩？只是滿廷大臣，多半畏溫，明知溫言難從，卻又不敢駁斥。獨散騎常侍兼著作郎孫綽上疏道：

昔中宗龍飛，非唯信順協於天人，實賴萬里長江，畫而守之耳。今自喪亂以來，六十餘年，洛河邱墟，函夏蕭條，士民播流江表，已經數世。存者老子長孫，亡者邱隴成行，雖北風之思，感其素心，而目前之哀，實為交切。溫今此舉，試欲大覽終始，為國遠圖，而百姓震駭，同懷危懼，豈不以反舊之樂賒，而趨死之憂促哉！何者？植根江外數十年矣。一朝頓欲拔之，驅蹴於窮荒之地，提挈萬里，逾險浮深，離墳墓，棄生業，田宅不可復售，舟師無從得依，舍安樂之國，適習亂之鄉，將頓僕道塗，漂溺江川，僅有達者，此仁者所宜哀矜，國家所宜深慮也。臣之愚見，以為且宜遣將帥有威名資實者，先鎮洛陽，掃平梁許。清一河南，運漕之路既通，開墾之積已豐，豺狼遠竄，中夏小康，然後可徐圖遷徙耳。奈何舍百勝之長理，舉天下而一擲哉？謹此疏聞，伏希睿鑑！

第五十九回　謝安石應徵變節　張天錫乘亂弒君

綽係晉初馮翊太守孫楚孫，表字興公，少慕高尚，嘗著《遂初賦》以見志。自此表為溫所聞，溫甚是不樂，特遣人傳語道：「致意興公，何不尋君《遂初賦》，乃來預人家國事呢。」時朝廷憂懼，將遣使止溫。揚州刺史王述道：「溫但欲虛聲威人，並非實事，朝廷亦何妨允許哩。」乃有詔復溫道：

在昔喪亂，忽涉五紀，戎狄肆暴，繼襲凶跡，眷言西顧，慨嘆盈懷。如欲躬率三軍，盪滌氛穢，廓清中畿，光復舊京，非忘身殉國，孰能若此？諸所處分，委之高算，但河洛邱墟，所營者廣，經始之勤，致勞懷也。

溫得詔後，果然不行，何必虛張聲勢！尋且議遷洛陽鍾簴。晉廷因述智足料溫，覆命述答辭道：「永嘉不靖，暫都江左，方期蕩平區宇，旋軫舊京，萬一不克如期，亦當改遷園陵，不應先徙鍾簴。」這數語理直氣壯，又使溫無可置喙，只好罷議。全是無謂。

會燕將呂護攻洛，中箭受傷，退守小平津，瘡裂而死。他將段崇收兵北去，晉得解嚴。庾希自下邳還屯山陽，袁真自汝南還屯壽陽，這且待後再表。

且說涼州大將軍張瓘，恃功驕恣，陰蓄異圖。僕射宋混，素性忠直，為瓘所憚，瓘謀殺混及混弟澄，即廢主自立，乃徵兵數萬，會集姑臧。混詗悉瓘謀，遂與澄率壯士數十人，奮入南城，宣告諸營道：「張瓘謀逆，我兄弟奉太后令，速誅此賊。汝等助順有賞，從逆立誅。」各營兵聽到此言，立即趨附，得眾二千，隨混攻瓘。瓘出戰敗卻，混策馬追瓘，忽刺斜裡有一槊刺來，幾中腰下，虧得身穿堅甲，槊不能入。混將槊奪住，與他堅持，宋澄等復引兵擁上，那人料不可敵，棄槊返奔。混乘他轉身，用槊

橫擊，那人站立不住，倒地成擒，訊明姓氏，叫做玄臚。臚係張瓘部下的勇士，既被擒住，餘眾皆投械乞降。瓘勢孤力盡，即與弟琚同時刎死。混夷瓘家族，聲罪安民。涼王玄靚，乃進混為驃騎大將軍，代瓘輔政。混勸玄靚去涼王號，複稱涼州牧。又召玄臚與語道：「卿前刺我，幸得不傷，今我輔政，卿可知懼否？」臚答道：「臚受瓘恩，當時但知有瓘，不知有公，尚恨刺公未深，有何足懼？」混稱為義士，親為釋縛，優加待遇，臚始拜謝。

既而混罹重疾，不能起床。玄靚及祖母馬氏，同往探視，且與語道：「將軍倘有不測，寡婦孤兒，將託誰人？可否以林宗繼任？」混答說道：「臣兒林宗，年尚幼弱，不堪重任，殿下若不棄臣家，臣弟澄尚可參政，但恐他材質迂緩，未足達權，還望殿下隨時策勵，才免誤事。」既知澄之迂緩，不宜推薦，且玄靚幼弱，能知策勵乃弟麼？及玄靚隨馬氏同歸，混復召誡子弟道：「我家受國厚恩，當以死報，慎勿挾勢傲人。」嗣見朝臣俱來問疾，又唯舉忠君愛國四字，一再勸勉，餘無他言，尋即歿世。路人聞喪，統皆揮涕。

玄靚即命澄為領軍將軍，使代兄任。才閱半年，偏有一右司馬張邕，惡澄專政，竟脅眾殺澄，並滅澄族。未始非夷瓘宗族之報。澄雖不及乃兄的賢明，唯驕恣卻不若張瓘，邕敢擅殺大臣，罪應立誅，乃玄靚反授邕為中護軍，使與叔父中領軍天錫，同掌國政，說來也有一種原因。玄靚祖母馬氏，本來是個淫婦班頭，前次曾與張祚私通，祚死後復傷岑寂，見邕身材雄偉，不亞張祚，復不禁暗暗動心。邕知情識意，樂得乘間湊奉，居然兩相情願，合成好事。此番擅殺宋澄，馬氏非不預聞，所以並未加罪，反令他代執政權。玄靚衝幼無知，一由馬氏作主，從此淫人得志，生殺自專，復為國患。天錫年未及壯，所結黨羽，亦多屬少年。有郭增劉肅二

第五十九回　謝安石應徵變節　張天錫乘亂弒君

人，年皆止十八九，嘗為天錫腹心，因密白天錫道：「國家恐將復亂了。」天錫驚問何因？二人齊聲道：「今護軍出入，彷彿長寧，張祚封長寧侯見前。怎得不亂？」天錫道：「我亦早疑此人，未敢出口，今當如何處置？」肅答道：「何勿早除了他。」天錫道：「何人可使？」肅便自請效力。天錫道：「汝年太少，須更求臂助。」肅又道：「同僚趙白駒，頗有膽力，得他為助，便足誅邕。」天錫大喜，便召集壯士四百人，詰旦入朝。肅與白駒，當然隨入，正值邕在門下省，肅即拔刀斫邕，被邕閃過。白駒繼進，持刀亂斫。邕頗有勇力，跳躍盤旋，巧為趨避。嗣見壯士齊集，乃翻身逸去。天錫急與肅等馳入禁中，閉住禁門。才過須臾，即聞門外有呼噪聲，由天錫登屋俯望，見邕領著甲士數百，前來攻門，便憑高大呼道：「張邕凶逆，橫行不道，既滅宋氏，又欲傾覆我家，汝將士世為涼臣，何忍兵戈相向？我不怕死，實恐先人廢祀，不得不為除逆計。今我但欲取邕，他無所問，天地有靈，我不食言。」汝心亦未必可質天地。邕眾聞言，陸續散去。天錫即下屋開門，引眾出擊。邕只剩孤身，自知不能脫逃，遂引刃自殺。天錫悉誅邕黨，入見玄靚，備陳邕罪。玄靚便令天錫為冠軍大將軍，都督中外諸軍事，執掌朝政。天錫乃奉東晉正朔，改去建興年號，並遣使通好建康。晉授玄靚為大都督，領涼州刺史，護羌校尉，封西平公。

　　已而玄靚祖母馬氏，得病而死，該死久矣。因尊生母郭氏為太妃。郭氏以天錫權盛，與疏宗張欽等密謀，擬誅天錫，偏為天錫所聞，搜殺張欽，並引兵入宮，質問玄靚母子。玄靚大懼，情願讓位。天錫不應，悻悻趨出。劉肅已升任右將軍，便向天錫進言，勸他自立。天錫遂使肅等入弒玄靚，詐稱暴卒，年才十四，諡曰沖公；自稱大都督，大將軍，護羌校尉，涼州牧，西平嚴氏為太王太后，生母劉美人為太妃，且遣司馬綸騫奉表建康，請命乞封。小子有詩詠道：

世變紛紛太不平，亂臣賊子敢胡行。

江東氣運衰微久，誰奉天威仗鉞徵？

欲知晉廷曾否給封，待至下回再表。

　　謝安放情山水，無心仕進，及弟萬被黜，即應溫召，可見當時之屢徵不起，無非矯情，而益嘆富貴誤人，非真高尚者，固不能擺脫名韁也。高崧戲言，可抵《北山移文》一篇，幸謝安聰敏過人，借溫干進，旋即辭溫告歸，不致連汙逆名耳。彼桓溫之屢請遷洛，但驚虛聲，王述且能逆料之，固無待謝安也。涼州之亂，始之者張祚，終之者天錫，而實皆成於馬氏，不有馬氏之通祚，則祚不得廢耀靈，而張瓘之禍可免矣。不有馬氏之通邕，則邕不得殺宋澄，而天錫之亂可免矣。張氏世篤忠貞，而誤於一婦人之手，此尤物之所以萬不可近也。

第五十九回　謝安石應徵變節　張天錫乘亂弒君

第六十回
失洛陽沈勁死義　阻石門桓溫退師

　　卻說涼州使臣，奉表至晉，晉廷徒務羈縻，管什麼篡逆情事，但教他奉表稱臣，已是喜出望外，當下厚待來使，即將前封玄靚的官爵，轉授天錫，來使拜謝自去。天錫又使人向秦報喪，並陳即位情形。秦王苻堅，亦遣大鴻臚至涼州，拜天錫為大將軍涼州牧，兼西平公。天錫受兩國封冊，安然在位，遂以為太平無事，樂得縱情酒色，坐享歡娛。越年元日，專與嬖倖褻飲，既不受群僚朝賀，又不往謁太后太妃。從事中郎張廬，輿櫬切諫，並不見從。少府長史紀錫，上疏直言，又復不答。那太王太后嚴氏，本來是靜居深宮，不預外事，及內變迭起，已不免憂懼交乘，天錫嗣位，名為尊奉，仍然不見禮事，越覺惹起懊恨，憂鬱以終。天錫亦沒甚悲戚，但循例喪葬罷了。話分兩頭。

　　且說晉哀帝不嗣位踰年，又改元興寧。太妃周氏，在琅邪第中壽終，帝出宮奔喪，命會稽王昱，總掌內外諸務。嗣因燕兵入寇滎陽，太守劉遠棄城東走，乃加徵西大將軍桓溫為侍中大司馬，都督中外諸軍事，並假黃鉞。且命西中郎將袁真，都督司冀並三州軍事。北中郎將庾希，都督青州諸軍事。桓溫令王坦之為長史，郄超為參軍，王珣為主簿。超多鬚，時人號為髯參軍；珣身矮，時人號為短主簿。嘗有歌謠云：「髯參軍，短主簿，能令桓公喜，能令桓公怒。」溫嘗睥睨一切，予智自雄，唯謂超才不可測，待遇甚厚。超亦深自結納，為溫效忠。又有謝安兄子玄，亦為溫掾

第六十回　失洛陽沈勁死義　阻石門桓溫退師

屬，溫輒語左右道：「謝掾年至四十，擁旄仗節，王掾當作黑頭公，二人皆非凡才，前途正不可限量呢。」

越年，哀帝寢疾，復請褚太后臨朝攝政，拜溫為揚州牧，使侍中顏旄，宣溫入朝參政。溫上表固辭，朝旨不許，再發使徵溫。溫乃啟行至赭圻，不料來了尚書車灌，止溫入都，無非說是「秦燕內侵，仍須賴公外鎮」云云。想是慮他權重難制，故使中止。溫不肯即還，便在赭圻築城，暫時駐節，遙領揚州牧。那哀帝因迷信方士，好餌金石，以致毒性沉痼，生就一種慢性症，一時不至遽死，亦不能復愈。遷延過了一年，已是興寧三年了，皇后王氏，卻得了暴病，驟致不起，因即棺殮治喪，追諡曰靖。上元令節，變作哀期，適燕太宰慕容恪，復擬取晉洛陽，先遣鎮南將軍慕容塵，攻陷許昌汝南諸郡，然後使司馬悅希駐盟津，豫州刺史孫興駐成皋，漸漸的進逼洛水。洛陽守將陳祐，檢閱部兵，不過二千，糧餉又不過數月，自知不能固守，不如引眾先走，遂借援許為名，出城徑去，但留長史沈勁守洛陽。勁係王敦參軍沈充子，充受誅後，勁逃匿鄉里，年三十餘，不得入仕。吳興太守王胡之，受調為司州刺史，特請免勁禁錮，起為參軍。有詔依議。偏胡之忽嬰疾病，未得蒞鎮。勁獨上書自請，願至洛陽效力。晉廷乃命勁為冠軍長史，使自募兵士，赴洛從軍。勁募得壯士千人，入洛助祐，前此得卻燕圍，勁力居多，至祐出城自行，將士多由祐帶去，只剩下五百人，隨勁留守。勁明知孤危，卻反欣然道：「我志在致命，今可償我初志了。」遂率五百人誓死守城。

那陳祐自洛陽出發，並未往許，竟奔趨新城。晉廷得報，即由會稽王昱，親赴赭圻，與大司馬桓溫議御燕事。溫乃移鎮姑孰，表薦右將軍桓豁監督荊州揚州的義城，及雍州的京兆諸軍事，振威將軍桓沖，監督江州荊州的江夏的隨郡，及豫州的汝南西陽新蔡潁川諸郡軍事。豁與沖俱係溫

弟，溫雖是舉不避親，究竟有陰布羽翼，廣拓聲威的意思。直誅其心。會聞哀帝大漸，會稽王昱匆匆返都，及抵建康，哀帝已經升遐了。昱入見太后，與議嗣位事宜。哀帝無子，只好令哀帝弟奕，入承大統，當由太后褚氏下令道：

帝遂不救厥疾，艱禍仍臻，遺緒泯然，哀慟切心。琅琊王奕，明德茂親，屬當儲嗣，宜奉祖宗，纂承大統，俾速正大禮以寧人神，特此令知。

昱奉令出宮，頒示百官，當即迎奕入殿，纘承帝祚，頒詔大赦，奉葬哀帝於安平陵。哀帝崩時才二十五歲，在位只閱四年。晉廷喪君立君，方忙碌的了不得，那燕兵竟乘隙進攻洛陽，遂使壯士喪軀，園陵再陷，河洛一帶，復為強虜所有了。言之慨然。

燕太宰慕容恪，探知洛陽兵寡，遂與吳王垂，率兵數萬，共攻洛陽。恪語諸將道：「卿等嘗患我不肯力攻，今洛陽城雖高大，守卒孤單，容易攻下，此番可努力進取，不必疑畏。倘或頓兵日久，敵得外援，恐反不能成功了。」緩攻廣固，急攻洛陽，慕容恪卻是知兵。諸將得了恪令，個個是摩拳擦掌，踴躍直前。一到洛陽城下，便四面猛撲，奮勇爭登。城中只有五百兵士，怎能擋得住數萬雄師？守將沈勁，見危授命，明知城孤兵寡，當不可支，但一息尚存，不容少懈，因此登陴守禦，力拒燕軍。起初是備有矢石，擲射如注，就使燕軍志在拔幟，前仆後繼，究竟是血肉身軀，不能與矢石爭勝，所以攻了數日，那一座孤危萬狀的圍城，兀自保持得住。後來矢盡石空，守城無具，尚仗著一腔熱血，赤手空拳，與敵鏖鬥，待至糧食已盡，兵士飢疲，五百人喪亡一大半，眼見得勢窮力盡，不能再持。燕兵併力登城，城上不過一二百人，如何攔阻？遂遭陷沒。勁尚引著殘卒，拚死巷鬥，畢竟雙拳不敵四手，被燕兵左右攢集，把他活捉了去，牽往見恪。恪勸勁降燕，勁神色自若，連說不降。恪暗暗稱奇，欲加

寬宥。中軍將軍慕容度道：「勁雖奇士，看他志趣，終不肯為我用，今若加宥，必為後患。」恪乃將勁殺死，令左中郎將慕容築為洛州刺史，鎮守金墉，留衛洛陽；自與吳王垂略定河南，直至崤澠，關中大震。秦王堅親率將士，出屯陝城，備禦燕軍。恪見秦有備，方收兵還鄴，唯使垂為征南大將軍，領荊州牧，都督荊揚洛徐兗豫雍益涼秦十州軍事，配兵一萬，駐守魯陽。晉廷始終不發一兵，往復河洛，但追贈沈勁為東陽太守，聊旌忠節罷了。勁若有知，尚留餘恨。

是年七月，帝奕立妃庾氏為皇后，後為前荊江都督庾冰女，親上加親，當然乾坤合德，中外臚歡。只是帝奕後來被廢，歿無尊諡，歷史上但稱帝奕，小子不得不沿例相呼。特別提明。庾氏得列正宮，好像是預知廢立，不願久存。才閱十月，便安然歸天，予諡曰孝，當即奉葬。進會稽王昱為丞相，錄尚書事，入朝不趨，贊拜不名，履劍上殿。是年，改元太和，算是帝奕嗣位的第一年。益州刺史周撫病歿，詔令撫子楚繼任。撫鎮益州三十餘年，甚有威惠，遠近讋服。梁州刺史司馬勳，久思據蜀，只因撫有威名，憚不敢發，及撫死楚繼，遂舉兵造反，自稱成都王，攻入劍閣，圍住成都。周楚遣使至下流告急，桓溫遣江夏相朱序往援，會同楚兵，內外夾攻，得將司馬勳擊斃，蜀地復平。序收兵東歸。

唯燕兵復屢寇晉境，燕撫軍將軍慕容厲寇兗州，連陷魯高平數郡。晉南陽督護趙億，舉宛城降燕。燕令南中郎將趙盤戍宛。越年初夏，燕鎮南將軍慕容塵，又寇晉竟陵，虧得晉太守羅崇，應變有方，出兵擊退燕軍，又與荊州刺史桓豁，合兵攻宛，走趙億，逐趙盤，奪還宛城，崇還戍竟陵。豁追趙盤至雉城，復殺敗盤兵，且將盤活擒歸來，燕人始稍稍奪氣，斂兵自固。並且燕室長城慕容恪，得病垂危，不能視事，所以境外軍務，暫從擱置，不復進兵。

恪嘗慮燕主庸弱，太傅評又好猜忌，將來軍國重任，無人承乏，因此時在記心。適樂安王臧前來探疾，恪即握手與語道：「今南有遺晉，西有強秦，二寇都想伺機進取，只因我未有隙，不敢來侵。從來國家廢興，全靠將相，大司馬總統六軍，更宜量能授職，若果推才任忠，和衷協恭，就使混一四海，亦非難事，怕什麼秦晉二寇呢？我本庸才，猥受先帝顧託，每欲掃平關隴，蕩一甌吳，續成先帝遺志，乃忽罹重疾，勢且不起，豈非天命？我死後以親疏論，大司馬一職，若非授汝，應該輪著中山王沖。汝兩人未始無才，但少不更事，難免疏忽。唯吳王垂天資英敏，才略過人，汝等能交相推讓，使握軍權，自足安內攘外，幸勿貪利徇私，不顧國計哩。」臧唯唯而出。已而慕容評至，恪又申述大意，及病至彌留，由燕主暐親往省視，恪復將垂面薦，再三叮嚀，未幾即歿，追諡曰桓。臨死薦賢，不得謂其非忠。

　　暐偏不從恪言，竟令中山王沖為大司馬。沖為暐弟，才不及垂。暐總道是懿親可恃，所以舍垂任沖，但進垂為車騎大將軍。會秦將苻庾舉陝降燕，請兵接應，暐欲發兵救庾，因圖關右。太傅評素無經略，謂不宜遠出勞師。魏尹范陽王慕容德，表請乘機出兵，又為評所阻。時太尉陽騖，又相繼謝世，繼任的乃是司空皇甫真。真與垂統主張西略，並得苻庾來箋，極力慫恿，當由垂私下語真道：「今我所患，莫若苻堅王猛。主上年少，未能留心政事，太傅才識，遠不及苻堅王猛，現在秦方有釁，可取不取，恐正如苻庾來箋，將有甬東後悔哩。」《春秋左傳》越滅吳，置吳王於甬東，苻庾箋中，曾引此為喻。真答道：「我亦與殿下同意，但言不見用，奈何奈何！」說著，與垂相對唏噓，揮涕而別。

　　旋聞陝城失守，苻庾被殺，還有庾黨苻雙苻柳苻武等，俱由秦王猛等討平，一場好機會，坐致失去，垂與真更太息不已，徒恨蹉跎，俄而警報

第六十回　失洛陽沈勁死義　阻石門桓溫退師

大至，晉兵大舉西犯，前鋒攻陷湖陸，寧東將軍慕容忠，已經敗沒了，垂即自請出拒。燕主暐尚未肯任垂，但飭下邳王慕容厲為征討大都督，給兵二萬，使他前往。厲受命即行，究竟晉兵由何人率領，原來是晉大司馬桓溫。先是燕主慕容儁病歿，晉廷將相，統說是中原可圖，獨溫謂慕容恪尚存，未可輕視。及聞恪死耗，溫乃疏請伐燕，擬即大舉。適平北將軍徐兗二州刺史郗愔，因病辭職，朝旨授溫兼代愔任，準令出師。溫遂率弟南中郎將桓沖，及西中郎將袁真等，引兵五萬，大舉西進。參軍郗超，謂漕運未便，不如緩行。溫不肯依議，遣建威將軍檀玄為先鋒，進攻湖陸，一鼓即下，擒住守將慕容忠。溫聞捷甚喜，即率大軍進次金鄉。

　　時為太和四年六月，天氣亢旱，水道不通。溫使冠軍將軍毛虎生，鑿通鉅野三百里，引汶水會入清水，乃從清水挽舟入河，舳艫達數百里。郗超又入諫道：「清水入河，仍難通運，若寇堅持不戰，運道必絕，再思因寇為資，復無所得，豈非危道？計不若率眾趨鄴，彼憚公威，或即望風奔潰，北歸遼碣，我即唾手可得鄴城，若彼能出戰，便與交鋒，一戰可決，倘恐勝負難必，務欲持重，何如頓兵河濟，控引漕運？待糧儲充足，來夏乃進，捨此兩策，徒連兵北上，進不速決，退更為難。寇得遷延歲月，設法困我，漸及秋冬，水更滯涸，北方早寒，三軍未帶裘褐，必嘆無衣，不但無食可憂哩。」溫仍然不從。超為溫所信任，何此時兩不見從？豈勝敗果有數麼？已而慕容厲領兵來戰，溫與厲對壘黃墟，麾兵猛鬥，大敗厲眾，厲匹馬奔還。燕高平太守徐翻，望風降晉。溫復分遣前鋒將鄧遐朱序，往攻林渚，擊敗燕將傅顏，溫節節進兵。適燕樂安王臧，奉燕王命，再統各軍堵截晉師，被溫迎頭痛擊，又大敗虧輸，逃之夭夭了。晉軍隨溫進駐武陽，燕故兗州刺史孫元，挈領族黨，起應溫軍，溫直至枋頭。

　　是時，燕主暐及太傅評，連綫敗報，嚇得魂魄飛揚，一面遣散騎常侍

李鳳，向秦求救，一面召集大臣，謀奔和龍。吳王垂奮然道：「臣願統兵擊敵，如再不勝，走亦未遲。」暐乃命垂為南討大都督，使與征南將軍范陽王德等，調集步騎五萬，出禦晉軍。垂請令司空左長史申胤，黃門侍郎封孚，尚書郎悉羅騰，皆為參軍。暐當然允准，唯尚恐垂難卻敵，再遣散騎侍郎樂嵩，馳赴關中，催促援兵，情願將虎牢西境，作為贈品。秦王堅與群臣集議東堂，群臣俱進言道：「從前桓溫侵我，屯兵灞上，燕未嘗發兵相援，今溫自攻燕，與我無涉，我何必往救。且燕從未向我稱藩，我更不宜往救呢。」溫至灞上，見五十五回。大眾異口同聲，並作一詞，只王猛在旁默坐，不發片言。胸有成竹。秦王堅退入後庭，召猛入問。猛答說道：「燕雖強大，慕容評實非溫敵，若溫舉山東，進屯雒邑，收幽冀兵士，得並豫食粟，觀兵崤澠，恐陛下大事去了。今不若與燕合兵，併力退溫，溫退燕亦疲，我可承他勞敝，一舉取燕，豈不是良策麼？」計固甚是，可惜太毒。堅撫掌稱善。因遣將軍苟池，洛州刺史鄧羌，率步騎二萬人救燕，出自洛陽，進至潁川。更遣散騎常侍姜撫，至燕報使，名為赴援，實是藉此觀釁，要想併吞燕土哩。

　　且說燕大都督慕容垂，帶領將士，行近枋頭，擇地駐營，按兵不動。參軍封孚，密向申胤道：「溫眾強士整，乘流直進。今我軍徒逡巡南岸，兵不接刃，如何能擊退強敵哩？」胤答道：「如溫今日聲勢，似足有為，但我料他決難成功。現在晉室衰弱，溫跋扈專制，想晉臣未必盡肯服溫，所以溫得逞志，眾必不願，勢且多方阻撓，使溫無成。且溫恃眾生驕，應變反怯，率眾深入，應該急進，今反逍遙中流，坐誤事機，彼欲持久取勝，豈不思糧道懸絕，轉運為難麼？我料他師勞糧匱，情見勢絀，必且不戰自潰了。」孚喜道：「誠如君言，我可坐待勝仗哩。」

　　翌日，慕容垂升帳，但命參軍悉羅騰，與虎賁中郎將染干津等，引兵

第六十回　失洛陽沈勁死義　阻石門桓溫退師

五千，授他密計，出營拒溫。騰行至中途，遙見一敵將躍馬前來，背後引著晉兵千餘人。仔細辨認，乃是燕人段思，叛燕降晉，便語染干津道：「可恨此賊，定是來作嚮導，卿可誘他過來，我當設法擒他。」染干津聽著，便率五百人前進，遇著段思，便與交鋒。才經數合，便虛晃一槍，拍馬就走。思不知是計，縱馬追去，不料悉羅騰縱兵殺出，染干津亦回馬夾攻。段思能有偌大本事，禁得起兩路兵馬？一場廝殺，被騰生擒活捉去了。騰將思解送大營，自與染干津共往魏郡。可巧兜頭碰著李述，乃是故趙部將，歸屬晉軍，當下告染干津道：「我都督曾料晉兵旁掠，特遣我等到此。今果與敵相遇，須力斬來將，方好挫他銳氣。」借騰口中，敘明密計。染干津便躍馬搖槍，往戰李述。述非染干津敵手，戰了片時，力怯欲遁。悉羅騰縱響出陣，向述一刀，砍去左肩，返身墜地。染干津下馬梟首，述眾皆遁，被騰殺死大半，回營報功。垂已令范陽王德，與蘭臺侍御史劉當，分率騎士萬五千人，往屯石門，截溫運漕。更使豫州刺史李邦，帶領州兵五千，截溫陸運。溫方命袁真攻克譙梁，擬通道石門，以便運糧。偏燕將慕容德等，已在石門扼住，不能前進。德復令將軍慕容寅，前往挑戰，引誘晉軍追來，用埋伏計，殺斃晉軍多人。溫聞糧道梗塞，戰又失利，當然不能久留，且探得秦兵又至，沒奈何焚舟棄仗，遵陸退歸。小子有詩嘆道：

行軍第一是糧需，餉道艱難即險途。
銳進由來防速退，事前何不用良謨。

欲知溫退兵情形，本回不及再表，須看下回自知。

洛陽可救而不救，徒致沈勁之死節，晉廷可謂無人。然屍其咎者非他，桓溫也。哀帝崩，帝奕立，當交替之際，晉廷之不能援洛，猶為可原，溫自

赭圻移鎮姑孰，何不即日出師，往援洛陽乎？彼沈勁能蓋父之愆，為晉殉節，變凶逆之族，為忠義之門，此本回之所以特從詳敘也。桓溫利恪之死，乃大舉伐燕，不知恪雖死而垂尚存。垂之才不亞於恪，寧必為溫所敗？況郗超二策，上則悉眾趨鄴，次則頓兵河濟，誠為當日不易之良謨，溫兩不見聽，徒迂道兗州，被阻石門，師已老而屢戰無功，糧將竭而欲輸無道，卒致焚舟卻走，倉猝退師。人謂溫智，溫亦自謂予智，智果安在哉？故洛陽之陷，有識者已為溫咎，至枋頭之敗，溫之咎更無可辭云。

第六十回　失洛陽沈勁死義　阻石門桓溫退師

第六十一回
慕容垂避禍奔秦　王景略統兵入洛

　　卻說桓溫自枋頭奔歸，焚舟棄仗，喪失不資，但命毛虎生督東燕等四郡軍事，領東燕太守。溫從東燕出倉垣，鑿井而飲，沿途飢渴交乘，很覺困頓。那燕大都督慕容垂，卻未曾急追。諸將爭請追擊，垂與語道：「我並非不欲往追，但行軍須知緩急，不應輕動。今溫方引兵退去，必嚴兵斷後，我若驟然追擊，恐難得志，不如展緩一兩日，他見追兵未至，定當晝夜疾趨，速離我境，至離我已遠，力盡氣衰，然後我倍道往追，無慮不勝了。」如垂智謀彷彿似恪，故恪之推薦，確有特識。說著，乃親督精騎八千人，徐徐進行。溫果兼程疾馳，力行至七百里，總道是去敵已遙，可以無憂，乃安營休息。早有燕騎探知消息，向垂返報。垂遣范陽王德，率勁騎四千名，從間道抄至襄邑，埋伏東澗中，截溫去路，自引四千騎急進，直逼溫營。溫麾下尚有數萬人，只因連日奔波，不堪再戰，忽遇燕兵追到，頓時人人失色，個個驚心。溫也捏了一把冷汗，沒奈何出營廝殺。本來是我眾彼寡，儘可支持，無如眾無鬥志，見敵即怯，溫禁遏不住，只好且戰且走。行至東澗相近，驚聽得一聲胡哨，曠野中遍豎旗幟，引著許多鐵騎，截殺過來。晉軍統嚇得膽落，不暇辨視來兵多寡，只恨身上少生兩翅，無術騰空，不得已覓路四竄，你也走，我也逃，越想逃走，越是送死。燕兵前攔後逼，煞是厲害，見一個，殺一個，好似斫瓜切菜一般。好容易逃脫一半，已是二三萬人，斷送性命了。溫垂頭喪氣，還至譙郡，誰

第六十一回　慕容垂避禍奔秦　王景略統兵入洛

知又有一彪軍殺出，截住溫軍。溫慌忙挈著輕騎，拚命衝過，後隊被來兵攔殺，死傷又近萬人。好似曹操之戰赤壁。究竟來兵從何處殺到？原來是援燕的秦軍，統將叫做苟池。接應六十回。池得勝歸去，晉軍七零八落，回至姑孰，五萬人只剩得六七千了。

溫經此挫，自覺臉上無光，不得不設法分謗。適袁真自石門奔歸，溫遂說他擁兵觀望，貽誤餉源，以致糧盡喪師。當下拜表劾真，並把鄧遐亦牽連在內。晉廷憚溫如故，即免真為庶人，並奪遐官，遐得休便休，只袁真心下不服，也上表劾溫罪狀。好幾日不見覆詔，真竟據住壽春，叛晉降燕，遣人詣鄴中求救。無罪遭誣，原是難受，但背主降虜，究屬不合。燕遣大鴻臚溫統，持冊拜真為征南大將軍，領揚州刺史，封宣城公。統在道病歿，免不得稽延使事，真望眼將穿，不得鄴中消息，又通使關中，向秦乞降去了。這真叫做朝摩燕闕，暮謁秦關。唯燕故兗州刺史孫元，前次起應溫軍。及溫軍敗還，元據武陽拒燕，燕使左衛將軍孟高，率兵討元。元戰敗遭擒，當然畢命。晉東燕太守毛虎生，在淮北站足不住，逾淮南歸，溫使虎生為淮南太守，鎮守歷陽，晉廷反遣侍中羅含，齎牛酒犒溫軍。又由會稽王昱，詣溫會議，再圖後舉。昱返都後，詔授溫世子熙為徵虜將軍，領豫州刺史，敗不加誅，反給封賞，可怪不可怪呢！明是教猱升木。

且說燕將吳王垂，自襄邑還鄴，威名益振。太傅評向來忌垂，至此益甚，垂表列將士功賞，統被評抑置，無一照行。垂不免忿懟，入闕面請，與評爭論廷前。燕主暐不能裁決，燕臣又憚評威勢，不敢助垂，可憐垂舌敝唇焦，終無效果，反與評多結怨恨罷了，就中尚有一段情由，關係垂事。垂妃段氏，為燕太后可足渾氏所譖，冤死獄中。事見五十八回。垂格外悲悼，因娶段妃女弟為繼室。偏可足渾氏脅令出妻，硬把親妹長安君嫁垂。垂雖勉強遵命，心中很是不樂，名目上配合長安君，其實是心懷故

劍,不及新歡,所以伉儷無情,看同陌路。這長安君遭夫白眼,怎能不上訴椒房?因此可足渾太后,時常恨垂。再加燕主暐新立一后,就是可足渾太后的姪女,姑姪變成婆媳,親上加親,聯同一氣,太后與垂有嫌,皇后自應表同情,宮幃裡面,交口讒謗,任你燕主暐如何英明,也未免聽信讒言,況暐原是個糊塗蟲,怎能不為所迷,太后可足渾氏,見暐亦嫉垂,遂召太傅評入議,將加垂罪,置諸死刑。獨不怕阿妹守寡麼?故太宰恪子楷,及垂舅蘭建,暐得祕謀,即往告垂道:「先發制人,後發為人制,今但除太傅評及樂安王臧,餘眾自無能為了。」垂慨然道:「骨肉相殘,自為亂首,我雖死,不忍出此!」二人乃退。越宿,又來告垂道:「內意已決,不如先發。」垂復答道:「如果不可彌縫,我寧可出奔他方,此外不敢與聞!」心術可取。二人復進說道:「就使出亡,也宜早行,等到禍機一發,欲行亦無及了。」說畢自去。垂躊躇未決,在家悶坐,世子令尚未得知,但見垂有憂色,乃就前稟問道:「我父面帶愁容,莫非因主上庸弱,太傅猜疑,功高身危,因勞憂慮麼?」垂說道:「汝既能知吾心,可有良策否?」令答道:「主上方委政太傅,一旦禍發,必似迅雷,今欲保族全身,不失大義,莫若逃往龍城,遜辭謝罪,如古時周公居東,靜待主悟,再得還鄴,方為大幸;否則內撫燕代,外睦群夷,守險自固,亦不失為中策哩!」垂起語道:「汝言甚是,我計決了!」翌晨,即託詞遊獵,挈領諸子,微服出鄴,徑向龍城出發。行次邯鄲,不意少子麟背地逃還。垂素不愛麟,料知麟必走歸鄴中,告發隱情,乃亟令世子令斷後,自率左右前進。果然不到半日,西平公慕容彊率騎追來,幸虧追兵不多,由世子令在後截住,倒也不敢進逼。延至日暮,追騎漸退,令走與垂語道:「本欲保守東都,為自全計,今事機已洩,謀不及行,現聞秦王方延攬英豪,不如暫時往投,再作計較!」垂不甚願意,搖頭道:「我自有計,何必投秦!」當下散騎晦跡,仍向南山繞

第六十一回　慕容垂避禍奔秦　王景略統兵入洛

道還鄴，暫憩城外顯原陵。適有獵人數百騎，四面環集，垂進退兩難，倉皇失措，可巧獵鷹飛逸，眾騎追鷹四散，才得無虞。垂乃殺馬祭天，誓告從者。世子令又語垂道：「太傅評忌賢嫉能，不愜眾情，鄴中人士，莫不瞻望我父，若掩入城中，攻其無備，都人必欣然相應，定能唾手成功。事定以後，除害簡能，匡輔主上，既能安國，更足保家，這乃今日上計，決不可失，但教給兒數騎，便可措辦了。」策固甚佳。垂半晌才道：「似汝謀圖，事成原是大福，倘或不成，追悔何及。汝前勸我西入關中，今日事等燃眉，不如依汝前言，就此西奔罷！」遂潛召段夫人，與兄子楷，舅蘭建等，一同奔秦，只繼妃可足渾氏，即長安君。聽她居鄴，不與偕行。到了河陽，為津吏所阻，垂拔刀殺斃津吏，挈眾渡河，奔入關中。

秦王苻堅，方思圖燕，只憚慕容垂。驀有關吏入報，垂棄燕來奔，不禁大喜，急率吏郊迎。握手與語道：「天生俊傑，必相與共處，共成大功。今卿果前來依我，我當與卿共定天下，告成岱宗，然後還卿本邦，世封幽州，卿去國仍不失為孝，歸我亦不失為忠，豈非一舉兩善麼？」垂拜謝道：「遠方羈臣，得蒙收錄，已為萬幸，怎能有他望呢！」堅又接見慕容令慕容楷等，都稱為後起英雄，延入都城，優禮相待。關中士民，素慕垂名，交相傾慕，獨王猛入諫道：「慕容垂父子，譬如龍虎，若借彼風雲，必不可制，不如早除為是！」堅愕然道：「我方欲收攬英雄，肅清四海，奈何反殺降臣？況我已推誠相與，視同心腹，匹夫尚不食言，難道萬乘主反好欺人麼？」堅不肯殺垂，原是駕馭群雄之道，不得以後來叛去遽咎當時。堅遂令垂為冠軍將軍，封賓都侯。垂兄子楷，為積弩將軍，賞賜鉅萬，待遇甚隆。

是時，秦與燕方敦和好，使節往來。燕散騎常侍郝晷，及給事黃門郎梁琛，相繼赴秦。晷與王猛有舊，彼此敘談，免不得將燕廷情事，約略告

知。獨琛自尊國體，不肯輕洩一語。琛從兄弈，仕秦為尚書郎，秦特使他為招待員，延琛往寓私舍。無非欲探刺隱情。琛說道：「從前諸葛瑾為吳聘蜀，與諸葛亮本為兄弟，亮唯公朝相見，退不私面，我與兄跡等古人，應該效法前賢，怎敢擅留兄室呢？」弈乃如言返報，秦主堅又命弈過問燕事。琛答道：「今秦燕分據東西，兄弟並蒙榮寵，食祿忠君，各盡本職。琛欲言東國美政，恐非西國所樂聞，此外又非使臣所得妄言，兄來問我做甚！」好一個使臣。弈又復報聞。王猛勸堅留琛，堅留琛月餘，至慕容垂入秦，乃遣琛歸燕。

琛兼程回國，一入鄴城，便往見太傅慕容評，坐定即說道：「秦人日閱軍旅，聚糧陝東，無非意圖東略，必不能與我久和，今吳王又去歸秦，多一虎倀，太傅宜趕早籌備，勿墮敵謀！」評沈著臉道：「秦豈肯信我叛臣，自敗和好麼？」呆話。琛答道：「今二國分據中原，常思吞併，近來桓溫入寇，彼發兵來援，並非真心愛我，實借援我為名，探我虛實，我若有釁，彼豈遽忘本志麼？」評問秦王為何如人？琛說是英明善斷。評又問王猛如何？琛說是名不虛傳，評始終不信，冷笑作罷。琛再入告燕主暐，暐亦不以為然，琛復退告皇甫真，真疏請撥兵防邊，毋恃和議。暐乃召評入商，評囂然道：「秦國小力弱，當恃我為援，苻堅名為賢主，亦未必肯納叛臣，我何必無故自擾，反啟寇心！」暐隨口稱善。

已而秦遣黃門郎石越報聘，評反盛設供張，誇示富麗。尚書郎高泰，及太傅參軍劉靖，相偕語評說：「秦使言動目肆，居心可知，公宜示以兵威，或可折服彼意，今反示以奢侈，恐益使輕視了！」評仍然不從，泰遂謝病歸家。尚書左丞申紹，見燕政日紊，內由可足渾太后專政，外有太傅評等擅權，貪冒無厭，引用非才，不由的憂憤交併，因上書言事，極陳時弊。大略說是：

第六十一回　慕容垂避禍奔秦　王景略統兵入洛

臣聞漢宣有言：「與朕共治天下者，其唯良二千石乎！」是以特重此選，必攬英才。今之守宰，率非其人，或武臣出自行伍，或貴戚生長綺紈，既不聞選舉之方，復不得黜陟之法，貪惰者無刑戮之懼，清修者無旌賞之勸，百姓困弊，侵昧無已，兵士逋逃，寇盜充斥，綱頹紀紊，莫相糾攝。且吏多政煩，由來常患，今之縣戶，不過漢之一大郡，而備置百官，加之新立軍號，虛假名位，公私驅擾，人不聊生，是非並官省職，何由飭政安民？彼秦吳二虜，僭據一方，尚能任道捐情，肅諧偽郡，況大燕累聖重光，君臨四海，而可政治失修，取陵奸寇哉！鄰之有善，眾之所望，我之不修，眾之願也。秦吳狡猾，地居形勝，非唯守境而已，乃有吞噬之心。中州豐實，戶兼二寇，弓馬之勁，秦吳莫及，比者赴敵後機，兵不速濟何也？皆由賦法靡恆，役之非道，郡縣守宰，每於差調之際，無不捨置殷強，首先貧弱，行留俱窘，資贍無所，人懷嗟怨，遂致奔亡，進闕供國之饒，退離蠶桑之要。兵豈在多，貴於用命，宜嚴制軍務，精擇守宰，複習兵教戰，使偏伍有常，從戎之外，足營私業。父兄有陟岵之觀，子弟懷孔邇之顧，雖赴水火，何所不從？夫節儉省費，先王格言，去華敦實，哲後恆憲，故周公戒成王，以豐財為本，漢文以皂幃變俗，孝景宮人，弗過千餘，魏武寵賜，不盈十萬，薄葬不墳，儉以率下，所以割肌膚之惠，全百姓之力也。今後宮之女，四千有餘，僮僕廝役，過兼十倍，一日之費，價盈萬金，綺縠羅綺，歲增常額，戎器弗營，奢玩是務，帑藏空虛，軍士無賴，宰相王侯，迭尚侈麗，風靡之化，積習成俗，臥薪之諭，未足甚焉。宜罷浮華非要之役，峻定婚姻喪葬之條，禁絕奢靡浮煩之事，出傾宮之女，均農商之額，公卿以下，以四海為家，賞必當功，罰必當罪，如此則綱紀肅舉，公私兩遂。溫猛之首，可懸之白旗，秦吳二主，可禮之歸命，豈特保境安民而已哉！陛下若不遠追漢宗弋綈之風，近崇先帝補衣之美，臣恐頹風弊俗，亦且改變靡途，中興之歌，無以軫諸弦詠矣！更有請

者，索虜什翼犍，疲病昏悖，雖乏貢御，無能為患，而勞兵遠戍，有損無益，不若移置並豫，控制兩河，重晉陽之戍，增南藩之兵，嚴戰守之備，銜千金之餌，蓄力待時，庶乎一舉而滅二寇，如其虔劉送死，俟入境而斷之，可使匹馬不返，非唯絕二國之窺覦，抑亦戡亂殄寇之要圖也。唯陛下覽焉！

這篇書牘，正是救燕的良策，偏燕主暐，毫不加省，反令他出守常山。且秦使來索前約，請割虎牢西境，見六十回。燕太傅評反語秦使道：「行人失辭，救患分災，係鄰國常理，奈何來索重賂呢？」看官試想！這秦王堅早思西略，只恨無隙可乘，一時不便興兵，此次燕人負約，正是師出有名，怎肯坐失機會！當下用王猛為輔國將軍，使率建威將軍梁成，洛州刺史鄧羌，率領步兵三萬，直壓洛陽。洛陽守將乃是燕洛州刺史武威王慕容築。見前回。他聞秦兵入境，當然集眾守城，只苦部兵寥寥，擋不住西來雄師，因急遣使至鄴，速請援兵。時值燕主暐建熙十年冬季，燕廷方準備過年，竟把洛陽事擱起。越年元旦，且援例慶賀，喜氣盈廷，那知洛陽已是萬急，警報日至，才遣樂安王臧，出兵援洛。是年燕亡，故特提敘燕曆，以醒眉目。慕容築苦守孤城，待援不至，已是焦急異常，適有敵書從城外射入，由軍吏拾起呈覽，因即展閱，內云：

我國家已塞成皋之險，杜盟津之路，大駕虎旅百萬，自軹關取鄴都。金墉窮戍，外無救援，城下之師，將軍所監，豈三千敝卒所能支乎？語云：識時務者為俊傑。吳王已導於前，將軍何不隨踵其後，否則孤城一破，玉石俱焚，願將軍圖之。

築閱書後，自思吳王垂尚且降秦，燕必危亡，不如依了敵書，出降秦軍，隨即覆書請降。王猛陳兵城下，待築開城，築率眾出迎，由猛歡顏接見，麾兵入城，撫眾安民，不勞而定。當命偏將楊猛，往探路蹤，以便進

第六十一回　慕容垂避禍奔秦　王景略統兵入洛

取。楊猛行至石門，適值燕樂安王臧，引兵前來，急切無從趨避，手下又不過數百騎，如何抵敵？當被燕軍困住，活擒了去。臧遂築新樂，進屯滎陽，王猛得知消息，便遣梁成鄧羌，統眾往擊，大破臧軍，俘斬萬餘人。臧退保石門，梁鄧二將，乘勝進逼，相持經旬。因得王猛軍書，召他還洛，於是徐徐引退，羌在前，成在後。那樂安王臧，不知好歹，還道秦兵引退，樂得追趕。先鋒楊璩，又是個冒失鬼，策馬輕進，剛值梁成返軍待著，兜頭攔住，兩下交戰，才經數合，被成舒開猿臂，將楊璩一把抓來，擲諸地上，眼見由秦兵綁去。成復驅兵轉殺，斬首至三千餘級，嚇得慕容臧伏鞍急逃，奔回石門，成始收兵還洛。王猛一一記功，留鄧羌居守金墉，自與梁成等退入關中。先是王猛出發時，引慕容令為參軍，使作嚮導，且至慕容垂處敘別。垂設宴餞行，猛且飲且語道：「今當遠別，君將何物贈我，使我睹物懷人？」垂莫名其妙，便解佩刀相贈。猛宴畢即行，慕容令當然隨去。及抵洛陽，猛卻召入帳下走卒，叫做金熙，密贈金帛，叫他詐充垂使，即將垂所贈佩刀，使他齎去給令，且囑使傳語，偽為垂詞道：「我父子奔入關中，無非為逃死起見。今王猛嫉人如仇，讒毀交至，秦王雖陽示厚善，隱情究不可知，若我父子仍不免一死，何如歸死首邱。近聞東朝已漸悔悟，主後相尤，我所以決計東歸，已經就道，汝跡速行為要！汝若不信，可視佩刀。」令未識猛計，且前時贈刀一事，亦未得聞，總道是來使可信，況金熙曾在垂處，充過役使，佩刀又非鷹鼎，尚有何疑？當下遣還金熙，悄悄的奔出軍營，往投樂安王臧，猛即表令叛狀，垂聞報即走。到了藍田，被追騎趕著，不得已再回關中。秦王堅召垂入見，垂惶恐謝罪。堅怛然道：「卿家國失和，委身投朕，賢郎心不忘本，仍然返國，倒也不足深咎，不過燕已將亡，非賢郎所能使存，徒入虎口，有損無益。朕非暴主，也知父子兄弟，罪不相及，卿何必畏罪駭走呢？」垂拜

謝而出。小子有詩譏王猛道：

　　楚材晉用亦何妨，但免忮求罔不臧。
　　盡說英雄王景略，如何作幻慣譸張！

　　慕容垂幸得免罪，慕容令能否脫禍，容至下回表明。

　　微子奔周而商亡，由余奔秦而戎滅，伍胥奔吳而楚覆。自來豪傑出亡，甘為敵用，必致祖國淪胥，如慕容垂之奔秦，亦猶是也。燕之存亡，關係於垂之去留，垂去而燕尚能久存乎？本回特別敘明，志燕之所由亡也。況如梁琛皇甫真申紹等之進諫，而無一見用，內有妒后，外有貪相，雖欲不亡，不可得已。王猛以燕之背約，統兵入洛，理直氣壯，無慮不勝，但必以慕容垂父子，未可輕信，即勸秦王堅殺之，勸之不聽，又設種種詐謀以陷害之，是何褊窄若此！厥後垂興堅敗，乃堅驕盈之咎耳，豈不殺垂之咎哉！

第六十一回　慕容垂避禍奔秦　王景略統兵入洛

第六十二回
略燕地連摧敵將　拔鄴城追擄屠王

　　卻說慕容令奔至石門，見了樂安王臧。臧恐他來做奸細，面上佯表歡迎，心中很懷疑竇，當下報知燕廷，表明己意。燕主暐立即復諭，飭將慕容令謫徙沙城。沙城在龍城東北六百里，令被他徙往該處，正是滿目荒涼，不堪鬱悶，自思終不免禍，不如冒險圖功，於是聯繫沙城戍卒，謀襲龍城，偏有人告知龍城守將，預先防備，往攻不克，惱喪而返。戍卒恐為令所累，竟將令刺死，函首送燕。東西跋涉，空落得身首分離，父子長別，這也是命數使然，可悲可嘆呢。實是王猛害他。

　　且說晉桓溫自枋頭敗還，尚擬再舉，聞得秦人取洛，正好乘隙圖燕，乃亟發徐兗州民，增築廣陵城，自率麾下兵士，由姑孰移鎮廣陵。當時征役繁重，疫癘又興，十死四五，民不堪命。祕書監孫盛，是一個文章妙手，與散騎常侍干寶齊名，干寶嘗作《搜神記》二十卷，劉惔號為鬼董狐，嗣復著《晉紀》二十卷，自宣帝起，宣帝即司馬懿。至愍帝止，詞旨婉直，世稱良史。從孫盛帶敘干寶，不沒文名。盛亦繼作《魏晉春秋》直書時事，如桓溫敗績枋頭，他卻據實紀載，毫不諱言。溫得見盛文，怒不可遏，便召盛子潛與語道：「枋頭雖然失利，何至如尊君所言，若此史得傳，君家門戶，亦休想保全呢！」說至此，張目如鈴，奮鬚似戟，嚇得孫潛魂不附體，慌忙下拜，情願還家告父，即為修改。溫乃將潛叱退。潛知盛家法素嚴，到老更辣，此時為身家計，不得不回家稟白，備述情形。

第六十二回　略燕地連摧敵將　拔鄴城追擄孱王

盛憤憤道：「桓元子喪師辱國，還想我替他掩飾麼？我若下一曲筆，算什麼史家書法！」潛跪請道：「現在桓氏權盛，朝廷尚且怕他，還請我父三思！」盛益怒道：「我不怕死！」潛再叩頭泣請，就是一門家口，無論長幼，統環跪盛前，固請刪改，保全家門。盛奮袖入室，仍然不許，且另鈔別本，寄往北方。潛急得沒法，只好瞞過乃父，私下修改，持示桓溫，偽稱是乃父手筆。溫見原文已改去大半，併為極力迴護，方才轉怒為喜，令潛持還，一面部署兵馬，先討袁真。

真據住壽春，受燕封為揚州刺史，踰年病斃。陳郡太守朱輔，與真友善，也隨真降燕，因立真子瑾為建武將軍，領豫州刺史，保住壽春，遣子乾之及司馬彝亮，赴鄴請命。燕授瑾為揚州刺史，輔為荊州刺史，且遣兵助瑾，進至武邱。晉將竺瑤，已奉桓溫軍令，往擊袁瑾，正值燕兵到來，便移軍與戰，得破燕兵。南頓太守桓石虔，為溫從子，又由溫遣攻壽春，突入南城。溫連得捷報，親率二萬人繼進，至壽春城下，築起長圍，內遏敵衝，外截援道。燕復遣左衛將軍孟高，引兵救瑾，途中接得鄴中急詔，乃是秦兵大舉，攻克壺關，促高返禦秦寇。高只好匆匆還軍，不暇顧及壽春了。接入秦燕交兵，時序不紊。

先是王猛旋師，正因糧道不繼，所以急歸，秦王堅進猛為司徒，錄尚書事，封平陽郡侯。猛固辭不許，乃整兵儲粟，再擬伐燕。籌備至半年有餘，俱已安排妥當，乃由堅下令，仍使猛為統帥，督同鎮南將軍楊安等十將，步騎六萬人，襆纛出關。堅親送猛至灞上，執卮與語道：「今委卿經略關東，當先破壺關，繼平上黨，長驅取鄴，如迅雷不及掩耳，方可成功。我當親率萬眾，繼卿星發，舟車糧運，水陸並進，卿儘管前行，可勿勞後顧呢。」說著，便將酒卮給猛，使猛取飲。猛拜受飲畢，慨然答說道：「臣得仗威靈，奉成算，往平殘胡，如風掃葉，不煩鑾輿親犯塵霧，

但願預赦有司，處置俘虜便了！」躊躇滿志。堅聞言大悅，再賜猛尚方寶劍，準令便宜行事。猛拜領而去，堅當然還都。

　　猛麾軍直逼壺關，遣楊安等往攻晉陽。燕主暐聞秦兵入境，亟令太傅慕容評，調集中外兵馬三十萬，出拒秦軍。會鄴中屢有妖異，暐頗以為憂，乃召散騎侍郎李鳳，黃門侍郎梁琛，中書侍郎樂嵩入見，問及軍事道：「秦兵多少如何？今我軍大出，王猛能與我戰否？」好似囈語。李鳳答道：「秦國小兵弱，怎能敵我王師？王景略乃是常才，又非我太傅敵手，何勞憂慮！」簡直是夢話了。琛與嵩卻接入道：「將在謀不在勇，兵貴精不貴多。秦兵遠來為寇，怎肯不戰？我當用謀求勝，奈何反望他不戰呢！」暐初聞鳳言，頗有喜色，及聽得二人言論，又變作怒容。正憤悶間，外面已傳入警報，乃是壺關失守，上黨太守，南安王越，被敵擒去，郡縣相繼降秦，急得暐面目又改，變做了一片土色；但使李鳳出外催評，速即進兵。鳳受命趨出，琛與嵩亦相繼告退。

　　慕容評領兵出發，行至潞川，探得秦兵甚銳，不敢前進，便在潞川逗留。朝命雖然敦促，他總是顧命要緊，仍然不動。那王猛已攻入壺關，留屯騎校尉苟萇守著，自引兵往助楊安。安攻晉陽，連日未下。及猛至城下，見城池高深，不易力取，乃使虎牙將軍張蠔，督領壯士數百人，夜鑿道地。至道地已成，即由蠔與壯士，從道地偷入城中。燕兵但防秦軍登城，不料蠔等從地下突出，大呼斬關，招納秦軍。燕并州刺史東海王莊，為晉陽守將，驚聞急警，忙率兵攔阻。秦軍如潮湧入，就使莊三頭六臂，也是不及抵擋。當下拍馬返奔，被張蠔持矛追及，刺落馬下，捆綁了去。餘眾多降，晉陽遂破。兩個燕室懿親做了俘囚先導。猛又使將軍毛當戍晉陽，自引大軍趨入潞川，與評對壘。

　　評素貪鄙，在潞川逗留多日，私據鄣固山泉，令軍人入絹一匹，方得

給水二石。軍人無可如何，只得向他購水，納入錢帛，高等邱陵。這叫做死要銅錢。至聞猛懸軍深入，仍然閉住營門，不準將士出戰，但言當持重製敵，毋得妄動。猛偵知情形，不禁冷笑道：「慕容評真是奴才，雖有眾百萬，也不足懼，何況止二三十萬呢！我此行定能滅燕了。」遂召游擊將軍郭慶入帳，使率騎兵五千，夜襲燕兵輜重，不得有誤。慶領命而去，當夜出發，從間道繞出燕營後面。正值三更時候，遙望燕輜重營，紮住山上，一些兒沒有影響，料知輜重兵都已睡著，便令部眾各燃火炬，躍馬登山，呼噪直上。燕兵守住輜重，不過數千，倉猝驚醒，睡眼矇朧，向下一望，差不多有幾萬火炬，大家驚惶得很，還是趁先逃走，較為見機，一動百動，紛紛亂竄，霎時間逃得精光。郭慶馳至輜重旁，已無一人，便集五千火炬，焚毀輜重。火盛風熾，山高焰飛，連鄴城裡面，都得了見，鄴中大震。黃門侍郎封乎，私問司徒長史申胤道：「此城可得儲存否？」胤答道：「此城必亡，我輩亦必為秦虜；但目前福德在燕，秦雖得志，不出一紀，燕可重興了。」燕主暐遣侍中蘭伊，馳赴潞川，傳敕責評道：「王係高祖嗣子，當以社稷宗廟為憂，奈何不撫戰士，反榷賣泉水，自謀貨殖呢？試想國家府庫，朕與王應同享受，何慮貧窮？若寇得直進，家國破亡，王持錢帛，存置何處？皮且不存，毛將怎附？可急將錢帛散給三軍，振作士氣，得能平寇凱旋，立功報國，朕與王才得安榮了！」

評接到此敕，驚懼交併，沒奈何致書秦營，向猛請戰。猛批迴戰期。屆期這一日，猛陳師渭源，向眾宣誓道：「王景略受國厚恩，任兼內外，今與諸君深入戰地，應該竭力致死，有進無退，誓報國家，待功成歸國，受爵君廷，稱觴親室，豈不是一大喜事麼？」大眾齊聲應命，於是破釜棄糧，大呼競進。猛在後督軍，望見燕兵大至，趨集如蟻，也恐眾寡不敵，私自躊躇。旁顧鄧羌在側，乃手撫羌背道：「今日大敵當前，非將軍不能

破滅，成敗利鈍，在此一舉，願將軍努力！」羌應聲道：「若能給我司隸一職，公可無憂！」羌亦太貪富貴。猛答道：「這非我所能及，將軍如得立功，我當表請為安定太守，萬戶侯。」羌默然不答，反向後退去。猛不禁著急，馳呼羌還，準如所請。羌即與張蠔徐成等，跨馬運矛，突入燕陣。秦軍一齊隨上，橫厲無前。燕兵雖數倍秦軍，可奈人無鬥志，各思趨避，你推我諉，任憑秦軍，出入自由。戰至日中，燕兵大潰，秦軍樂得追殺，俘斬至五萬餘人，逃去約十餘萬，乞降又六七萬，評單騎走還鄴城。

　　猛長驅圍鄴，一面遣使告捷。秦王堅返報導：「將軍役不逾時，便即大捷，直抵寇都，功無與比。朕當親率六軍星夜前來，將軍可休養將士，靜待朕至。」猛乃屯兵城下，嚴申軍律，法簡政寬，遠近帖然。燕民各安生業，喜相告語道：「不圖今日復見太原王。」猛聞知輿論，不禁嘆息道：「慕容玄恭，確是奇士，可稱為古時遺愛了！」遂特具太牢，親往祭墓。看官聽著！這慕容玄恭，就是太原王恪的表字。

　　過了七日，秦王堅已自率精銳十萬，到了安陽。猛潛往謁堅，堅戲語道：「昔周亞夫不迎漢文帝，今將軍獨臨敵棄兵，究是何意？」猛答道：「亞夫不納漢文，太覺好名，臣嘗未敢贊同；且臣奉陛下威靈，東討殘虜，釜底遊魂，立可蕩平，何勞陛下遠臨？」堅又道：「朕留太子監國，李威為輔，內顧無憂，所以率甲遠來，看卿滅賊。」猛太息道：「監國沖幼，未能守國，倘有不測，追悔何及！陛下獨不記臣灞上語麼？」堅但說無妨，俟平鄴後，即當西歸，猛乃辭別回營，督兵急攻。先是燕宜都王桓，率眾萬餘，屯居沙亭，為評後援。及聞評敗，移駐內黃。堅使鄧羌攻信都，信都與內黃相近，桓聞風惶懼，奔往龍城，鄴中益震。燕散騎常侍餘蔚等，率同扶餘高句麗及上黨質子五百餘人，夜開鄴城北門，納入秦軍。燕主暐與太傅評，樂安王臧，定襄王淵，左衛將軍孟高，殿中將軍艾朗等，潰圍

第六十二回　略燕地連摧敵將　拔鄴城追擄孱王

北去。秦王堅得入鄴城，即使游擊將軍郭慶，麾騎追暐。暐出鄴城時，衛士尚有千餘騎，既而沿途四散，唯十餘人隨暐北行，道旁又是荊棘，群盜又四起如毛。孟高扶侍燕主，護持二王，非常勞瘁，且所在遇盜，轉鬥而前。好幾日行至福祿，依塚暫憩，不意有劇盜數十人，張弓挾矢，吆喝前來。高即持刀與戰，殺傷數盜。及刀折力窮，自知不免，乃直前抱住一賊，同僕地上，悽聲大呼道：「男兒今日死了！」言未已，身上已中數箭，嘔血而亡。艾朗見高獨戰，也上前奮鬥，與高俱死。暐乘馬中箭，乃下鞍步行，跟蹌急走。偏有大隊人馬，從後追到。回頭一望，並非暴客，乃是秦將郭慶部下的先驅，叫做巨武。既至暐前，便指揮兵士，上前縛暐。暐叱道：「汝是何人，敢縛天子？」還要自稱天子，總算大膽。武厲聲答道：「我奉詔縛賊，何物小醜，尚敢自稱天子呢！」暐無法撐拒，只好束手受擒，被武牽回鄴中。獨慕容評北奔龍城，外此數人，統作俘虜，一併解入鄴中。秦王堅見暐後，問他何故不降？暐答道：「狐死尚正首邱，但欲歸死先人墓側呢。」堅也覺動憐，敕令還宮，使率文武出降。總計前燕自慕容廆據大棘城，至儁僭號，傳暐亡國，共八十五年。前燕了。

　　堅又使郭慶進攻龍城，慕容評東奔高句麗，慕容桓也逃往遼東。遼東太守韓稠，已通款降秦，閉城拒桓。桓攻城不下，復因郭慶追至，棄眾潛奔。慶遣部將朱嶷追捕，嶷率輕騎急馳，行至數十里，便得見桓，擊殺了事。慕容評被高句麗人拘住，械送鄴中，秦王堅也加赦宥。封降王暐為新興侯，命評為給事中，所有燕宮子女玉帛，俱分賜將士，且下詔大赦道：

　　朕以寡薄，猥承休命，不能懷遠以德，柔服四維，至使戎車屢駕，有害斯民，雖百姓之過，然亦朕之罪也。其大赦五下，與之更始，特此詔聞！先是燕黃門侍郎梁琛使秦，曾用侍輦苟純為副，一切應對事宜，琛未嘗與純商議，純因此挾嫌。及與琛返鄴，當即進讒道：「琛在長安，與王

猛很是親善，莫非有異謀不成！」暐尚未深信，琛屢言堅猛多才，不可不防，果然不到期年，秦即攻燕。燕兵屢敗，暐乃疑琛知秦謀，收琛繫獄。琛若與秦通謀，豈肯勸暐豫防？暐如此不明，怎得不亡？至是，秦王堅將琛釋出，授中書著作郎。又聞孟高艾朗，隨主殉難，稱為忠臣，俱命厚加殮葬，且引高朗子入見，拜為郎中。於是，授王猛為關東六州都督，領冀州牧，進爵清河郡侯，鎮守鄴中。守令有闕，得便宜補授。封楊安為博平侯，鄧羌為真定侯，郭慶為襄城侯。此外與戰將士，封賞有差。州縣守令，悉仍舊貫，唯進燕常山太守申紹為散騎侍郎，使與散騎侍郎韋儒，併為繡衣使者，循行關東州郡，觀省風俗，勸課農桑，賑恤窮困，收葬死亡，旌揚節行，改革敝政。關東大悅，就是六夷渠帥，無不望風輸誠。

　　秦王堅乃啟駕西還，所有慕容暐以下，如後妃王公百官，暨鮮卑四萬餘戶，一古腦兒徙入長安。復拜暐為尚書，皇甫真為奉車都尉，李洪為駙馬都尉，李邽為尚書，封衡為尚書郎，慕容德為張掖太守，平睿為宣威將軍，悉羅騰為三署郎。凡故燕稍有才望的官僚，各得署秩。獨慕容垂見燕故僚，常有慍色。前郎中令高弼，私語垂道：「大王具命世才，遭無妄運，流寓外邦，備極困苦。今雖國家傾覆，怎知不剝極再復，更得龍興？他日重造江山，舍大王尚有何人？愚謂宜恢弘度量，延納舊臣，為山九仞，始自一簣，若徒記前嫌，反失眾望，竊謂大王不取哩！」卻是良謀。垂欣然受教，從此待遇舊僚，仍歸和好，唯不肯放過慕容評。獨入白秦王道：「臣叔父評，為亡燕首惡，不宜再汙聖朝，願陛下聲罪加誅，以謝燕人。」堅不願戮評，唯出為范陽太守。餘如故燕諸王亦徙補邊郡。燕故太史黃泓嘆道：「燕必中興，將來定屬吳王，可惜我年已老，恐不及見呢！」還有汲郡人趙秋，亦私語親友道：「天道在燕，偏為秦滅，不出十五年，秦必復為燕有了。

第六十二回　略燕地連摧敵將　拔鄴城追擄孱王

是時，晉桓溫已攻破壽春，擒住袁瑾朱輔，送往建康。秦將王鑑張蠔，曾由秦王堅差遣，帶領步騎二萬人，往援壽春，為溫擊敗，引兵退歸。袁瑾朱輔到建康後，當然處斬，無庸細敘。唯秦王堅因南援無功，改圖西略，特命博平侯楊安等，帶領步騎七萬人，往伐仇池。仇池自楊初嗣位後，嘗遣使至建康，向晉稱藩。晉命初為雍州刺史，封仇池公。初為族弟宋奴所殺。初子國，又殺宋奴。國從父俊，復殺國，俊傳子世，世傳子纂。世臣事秦晉，纂獨與秦絕好，所以秦興兵往討。眾至鷲峽，纂集眾得五萬人，出拒秦軍。晉揚州刺史楊亮，也遣督護郭寶卜靖，領千餘騎助纂，與秦軍交戰峽中。秦軍久經百戰，個個是驍悍絕倫，仇池兵怎能與敵？一經交手，勇怯懸殊，只落得步步倒退。秦軍直前亂斫，殺死仇池兵一二萬人，連郭寶等亦俱戰歿。纂拚命遁還。武都太守楊統，係纂叔父，素與纂相仇殺，至此遂舉城降秦。秦軍進攻仇池，纂保守不住，沒奈何面縛出降。當由楊安送纂入關，秦王堅接得捷報，即加安都督南秦州諸軍事，留鎮仇池，使楊統為南秦州刺史。小子有詩嘆道：

外侮都緣內亂興，仇池雖小亦堪懲。
從知骨肉相爭日，瓦解無非兆土崩。

仇池被滅，梁州孤危，晉廷也無暇西顧，那大司馬揚州牧桓溫，平空起浪，闖出一場絕大的事情。看官欲問為何事，請即續閱下回。

燕有致亡之事四：忌慕容垂而逼之出奔，一也；任慕容評而令其專國，二也；輕許秦地，旋即背約，三也；不聽諫臣，自弛邊防，四也。王猛一入，三十萬大眾，不堪一戰。潞川敗績，鄴城遽陷，燕主暐倉皇北遁，終為所擒，其不致遽死也，尚為幸事！秦王堅滅燕以後，觀其所為，幾若湯武之流亞，誠使持盈保泰，始終不渝，則混一天下不難矣，燕亦何能再復乎？惜乎其有初而鮮終也！

第六十三回
海西公遭誣被廢　崑崙婢產子承基

　　卻說桓溫得專晉政，威權無比。他本來是目無君相，窺覦非分，嘗臥對親僚道：「為爾寂寂，恐將為文景所笑！」文景指司馬師兄弟。嗣又推枕起座道：「不能流芳百世，亦當遺臭萬年！」為此一念，貽誤不少。又嘗經過王敦墓，慨望太息道：「可人！可人！」先是有人以王敦相比，溫甚不平，至此反慨慕王敦，意圖叛逆。會有遠方女尼，前來見溫，溫見她道骨珊珊，料非常人，乃留居別室。尼在室中洗澡，溫從門隙窺視，見尼裸身入水，先自用刀破腹，繼斷兩足，溫大加驚異。既而尼開門出來，完好如常，且已知溫偷視己浴，竟問溫道：「公可窺見否？」溫料不可諱，便問主何吉凶？尼答云：「公若作天子，亦將如是！」溫不禁色變，尼即別去。術士杜炅，能知人貴賤；溫令言自己祿秩，炅微笑道：「明公勳格宇宙，位極人臣。」溫默然不答。若非此二人相誡，溫已早為桓玄了。他本欲立功河朔，收集時望，然後還受九錫。自枋頭敗歸，聲名一挫，及既克壽春，因語參軍郄超道：「此次戰勝，能雪前恥否？」超答言尚未。既而超就溫宿，夜半語溫道：「明公當天下重任，年垂六十，尚未建立大功，如何鎮愜民望！」溫乃向超求計，超說道：「明公不為伊霍盛舉，恐終不能宣威四海，壓服兆民。」溫皺眉道：「此事將從何說起？」超附耳道：「這般這般，便不患無詞了。」此賊可惡。溫點首稱善，方才安寢。越日，便造出一種謠言，流播民間，但說帝奕素有痿疾，不能御女，嬖人朱靈寶等，參

第六十三回　海西公遭誣被廢　崑崙婢產子承基

侍內寢，二美人田氏孟氏，私生三男，將建立太子，潛移皇基云云。看官試想！這種曖昧的情詞，從何證實？明明是無過可指，就把那床笫虛談，架誣帝奕，這真所謂欲加之罪，何患無詞呢。

　　溫既將此語傳出，遂自廣陵詣建康，奏白太后褚氏，請將帝奕廢去，改立丞相會稽王昱，並將廢立命令，擬就草稿，一併呈入。適褚太后在佛屋燒香，由內侍入啟云：「外有急奏。」太后出至門前，已有人持入奏章，捧呈太后。太后倚戶展閱，看了數行，便悵然道：「我原疑有此事。」疑奕耶？疑溫耶？說著，又另閱令草，才經一半，即索筆寫入道：「未亡人不幸罹此百憂，感念存歿，心焉如割。」寫畢，便交與內侍，飭令送還。廢立何事，乃草草批答，褚太后亦未免冒失。溫在外面待著，但恐太后不允，頗有憂容。及內侍頒還令草，無甚駁議，始改憂為喜。越日，溫至朝堂，召集百官，取示令草，決議廢立。百官都震慄失色，莫敢抗議；只是兩晉相傳，並沒有廢立故事，此次忽倡此議，欲要援證典章，苦無成制，百官都面面相覷，無從懸定。就是溫亦倉皇失措，不知所為。倉猝廢立，典禮都未籌備，乃百官莫敢抗議，晉廷可謂無人。獨尚書僕射王彪之，毅然語溫道：「公阿衡皇家，當參酌古今，何不追法先代？」溫喜語道：「王僕射確是多能，就煩裁定便了。」彪之即命取漢《霍光傳》援古定制，須臾即成，乃朝服立階，神采自若。逢迎權惡，裝出什麼儀態。然後將太后命令，宣示朝堂道：王室艱難，穆哀短祚，國嗣不育，儲宮靡立。琅琊王奕，親則母弟，故以入纂大位。不圖德之不建，乃至於斯！昏濁潰亂，動違禮度。有此三孽，莫知誰子。人倫道喪，醜聲遐布。既不可以奉守社稷，敬承宗廟，且昏孽並大，便欲建樹儲藩，誣罔祖宗，傾移皇基，是而可忍，孰不可懷！今廢奕為東海王，以王還第，供衛之儀，皆如漢朝昌邑故事。指昌邑王賀。但未亡人不幸罹此百憂，感念存歿，心焉如割。社稷

大計，義不獲已。丞相錄尚書事會稽王昱，體自中宗，明德劭令，英秀玄虛，神契事外，以具瞻允塞，故阿衡三世，道化宣流，人望攸歸，為日已久，宜從天人之心，以統皇極。飭有司明依舊典，以時施行。此令。

　　總計帝奕在位六年，無甚失德，不過奕雖在位，好似傀儡一般，內有會稽王昱，外有大司馬溫，把持國政。他嘗自慮失位，召術士扈謙筮易，卦象既成，謙據實答道：「晉室方如磐石，陛下未免出宮。」至是竟如謙言。溫使散騎侍郎劉享，收帝璽綬，逼奕出宮。時值仲秋，天氣尚暖，奕但著白帢單衣，步下西堂，乘犢車出神獸門，群臣相率拜辭，莫不唏噓。有何益處？侍御史殿中監，領兵百人，送奕至東海第中。一面具備法駕，由溫率同百官，至會稽邸第，迎會稽王昱入殿。昱戴平巾幘，單衣東向，拜受璽綬，嗚咽流涕。何必做作？當即入宮改著帝服，升殿受朝，即改太和六年為咸安元年，史家稱他為簡文帝。溫出次中堂，分兵屯衛，有詔因溫有足疾，特命乘輿入朝。溫欲陳述廢立本意，及引見時，但見簡文帝泣下數行，倒也無詞可說，只好默然告退。

　　太宰武陵王晞，與簡文帝系出同胞。簡文即位，顧念本支，當然優禮相待。唯晞素好武事，又與殷浩子涓，常相往來。浩歿時，溫遣人齎書往吊，涓並不答謝，為溫所恨，因並及晞。新蔡王晃，係從前新蔡王騰後裔，亦與溫有隙。還有廣州刺史庾蘊，太宰長史庾倩，散騎常侍庾柔，皆為前車騎將軍庾冰子，就是廢帝奕皇后庾氏的弟兄。庾后既連帶被廢，降為東海王妃，溫恐庾家族大寵多，陰圖報復，於是想出一法，先扳倒武陵王晞，誣他父子為惡，曾與袁真同謀叛逆，因即免官歸藩。簡文帝不得不從，出晞就第，罷晞子綜晞等官。溫又迫令新蔡王晃，誣罪自首，連及武陵王晞父子，並殷涓庾倩庾柔等，一同謀逆，且將太宰掾曹秀，舍人劉強，憑空加入，一古腦兒收付廷尉。御史中丞譙王恬，即譙王承孫。陰承

第六十三回　海西公遭誣被廢　崑崙婢產子承基

溫旨，請依律誅武陵王晞。簡文帝復詔道：「悲惋惶怛，非所忍聞，應更詳議。」溫復自上一表，固請誅晞，語近要挾，簡文帝手書給溫，內有晉祚未移，願公奉行前詔；若大運已去，請避賢路云云。溫覽到此詔，也不覺汗流色變，始奏廢晞及三子家屬，皆徙新安郡，免新蔡王晃為庶人，徙錮滎陽。殷涓庾倩庾柔曹秀劉強，一律族誅。簡文帝不便再駁，勉依溫議，可憐殷庾兩大族，冤冤枉枉死了若干人。炎炎者滅，隆隆者絕。庾蘊在廣州任內，聞難自盡，蘊長兄前北中郎將庾希，季弟會稽王參軍庾邈，及希子攸之，並逃往海陵陂澤中。獨東陽太守庾友，也是蘊兄，因子婦為溫從女，特邀赦免。溫自是氣焰益盛，擅殺東海王奕三子，及田氏孟氏二美人。旋復奏稱東海廢黜，不可再臨黎元，應依昌邑故事，築第吳都。簡文帝商諸褚太后，請太后下令，謂不忍廢為庶人，可妥議徙封。溫復奏可封海西縣侯，有詔徙封奕為海西縣公。廢后庾氏，積憂病歿，尚追貶為海西公夫人。會吳興太守謝安，入為侍中，遙見溫面，便即下拜。溫驚呼道：「安石謝安表字見前。何故如此？」安答道：「君且拜前，臣難道敢揖後嗎？」溫明知安有意嘲諷，但素重安名，不便發作，且默記前時女尼微言，也有戒心，因即上書鳴謙，求歸姑孰。詔進溫為丞相，令居京師輔政。溫仍然固辭，乃許他還鎮。

秦王堅聞溫廢立，顧語群臣道：「溫前敗灞上，後敗枋頭，不知思愆自貶，遍謝百姓，反且廢君逞惡，六十老人，作此舉動，怎能為四海所容？古諺有云『怒其室，作色於父』便是桓溫的注腳呢。」

溫雖然還鎮，攬權如故。且留郗超為中書侍郎，名為入值宮廷，實是隱探朝事。簡文帝格外拱默，尚恐溫再有異圖，會熒惑星逆行入太微，簡文帝越覺驚惶，原來帝奕被廢以前，熒惑嘗守太微端門，僅逾一月，即有廢立大事。此番又經星文告變，哪得不危悚異常。當下召語郗超道：「命

數修短,也不遑計,但觀察天文,得勿復有前日事麼?」超答道:「大司馬溫,方思內固社稷,外恢經略,非常事只可一為,何至再作?臣願百口相保,幸陛下勿憂!」簡文帝道:「但得如此,尚有何言!」超即告退。侍中謝安,嘗與左衛將軍王坦之,詣超白事,超門多車馬,絡繹不休,待至日旰,尚未得間。坦之慾去,安密語道:「君獨不能為身家性命,忍耐須臾麼?」坦之乃忍氣待著,直至薄暮,才得與超清談,語畢乃別。超父愔卸職家居,偶有不適,由超請假歸省,簡文帝與語道:「致意尊翁,家國事乃竟如此,自愧不德,負疚良深,非一二語所能盡意。」說至此,因詠昔人詩云:「志士痛朝危,忠臣哀主辱。」二語本庾闡詩。詠罷泣下,超無言可對,拜別而去。好容易過了殘年,復遣王坦之徵溫入輔,溫復固辭,唯與坦之言及,請將海西公外徙。坦之返報,乃徙海西公至吳縣西柴裡。敕吳國內史刁彝,就近防衛,並遣御史顧允,監督起居,免有他變。驚聞庾希庾邈,聯結故青州刺史武子沈遵,聚眾海濱,掠得魚船,貪夜突入京口城。晉陵太守卞耽,猝不及防,逾城奔曲阿,於是建康震驚,內外戒嚴。嗣又得庾希等檄文,託稱受海西公密旨,起誅首惡桓溫,累得京畿一帶,訛言蜂起,益相驚擾。平北參軍劉奭,高平太守郗逸之,遊軍督護郭龍等,引兵往擊,就是卞耽,亦調發縣兵,並討庾希等人。希眾統是烏合,一戰即敗,閉城自守,再由桓溫遣到東海太守周少孫,也有銳騎數千,合力攻城,攀堞殺入。庾希兄弟子姪,以及沈遵等人,沒處逃奔,遂致陸續被擒,送到建康市中,伏誅了案。一番亂事,數日即平,晉廷諸臣,入朝慶賀,又像是化日光天。冷雋語。

　　哪知吉凶並至,悲喜相尋,簡文帝忽然得病,醫治罔效,差不多將要歸天。當時皇后太子,俱尚未立,說將起來,又須溯述源流,表明顛末。簡文帝為元帝少子,生母鄭氏,受封建平國夫人,咸和元年病歿。簡文帝

第六十三回　海西公遭誣被廢　崑崙婢產子承基

受封主爵，追號鄭氏為會稽太妃，嗣位後時日尚淺，故未及追尊。唯簡文帝先娶王氏，生子道生為世子，後來母子並失帝意，俱被幽廢，王氏憂鬱成疾，亦即去世，此外妾媵頗多，生有三男，又皆夭逝。未幾道生又亡，簡文帝年垂四十，迭喪諸子，未免悲悼，況膝下竟致無男，諸姬偏皆絕孕，不由的寸心焦灼，百感徬徨。會聞術士扈謙，善能卜易，因召令入筮。謙筮畢作答道：「後房中已有一女，當生二貴男，長男尤貴，當興晉室。」簡文帝乃轉憂為喜，但麒麟佳種，究未識屬諸誰人，適徐貴人生下一女，眉目韶秀，酷肖生母。徐氏本以秀慧見幸，既得破胎，總望她接連有娠，得產麟兒。誰料一索再索，音響寂然。簡文帝卻年齒日增，望子愈切，不得已訪求相士，得一叔服後人，叔服係周時內史，具相人術。令他入視諸姬，能否生男？偏他接連搖首，無一許可。乃再將婢媵等一齊出示，仍未稱善。最後看到一個織婢，身長色黑，彷彿似鄉僻女子一般，不禁驚詫道：「這才算是貴相，必生貴男。」別具隻眼。宮人聽了，都葫蘆大笑道：「崑崙婢要發跡了！日前的好夢，才得實驗了！」簡文帝叱道：「何故羅唣？」大眾始不敢再言，嗣經簡文帝問明底細，始知此婢姓李，名叫陵容，家世寒微，入充織坊女工。旁人因她形體壯碩，替她取一綽號，叫做崑崙婢。她嘗夢見兩龍枕膝，日月入懷，便欣然稱為吉兆，屢與同儕說及。同儕相率揶揄，不是說她要做皇后，就是說她要做皇娘。偏偏弄假成真，變虛為實，簡文帝竟令她侍寢，一度春風，遽結珠胎，十月分娩，居然一雄。臨盆以前，李氏復夢一神人，送給一兒，且囑咐道：「此兒畀汝，可取名昌明。」李氏向神接受，忽覺一陣腹痛，遂致驚醒，當下起床坐蓐，立即產出一兒，呱呱墜地。時值黎明，李氏記受神囑，使侍媼轉啟簡文帝，呼嬰兒為昌明。簡文帝聞報，謂既得諸神授，當然不宜更換，唯以昌明為字，即將昌明二字的寓意，取名為曜，後來簡文帝猛記前事，曾見

一讖文云:「晉祚盡昌明!」不覺流涕道:「天數天數,只好聽天由命罷!」看到後文,又覺似是而非。既而李氏又生一男一女,男名道子,後得封王專政,女長成後,至昌明嗣位,封為鄱陽長公主,這且再表。

　　且說簡文帝寢疾經旬,漸至彌留,乃立皇子昌明為太子,並封道子為琅琊王,領會稽內史,使奉帝母鄭太妃祀,又召大司馬溫入輔,一日一夜,連發四詔,未見溫至。此番架子卻擺錯了!乃命草遺詔,使大司馬溫依周公居攝故事,且謂少子可輔最佳,如不可輔,卿可自取。這草詔頒將出去,被王坦之接著。坦之已遷官侍中,看了草詔,便即趨入,直抵簡文帝榻前,把草詔撕作數片。簡文帝瞧著,已知坦之用意,便顧語道:「天下係儻來物,卿有何嫌!」坦之道:「天下乃宣帝元帝的天下,陛下怎得私相授受呢!」帝乃使坦之改詔道:「家國事一稟大司馬,如諸葛武侯王丞相指王導。故事。」坦之改就,乃持詔而出。是夕,簡文帝崩,年五十有三,在位實不滿一年。只因過一元旦,兩個半年,算做兩年。

　　群臣會集朝堂,未敢立嗣,互相私議,或謂須歸大司馬處分。尚書僕射王彪之正色道:「天子崩,太子代立,這乃古今通例,大司馬何致異言?若先面諮,恐反為所責了。」朝議乃定,遂奉太子昌明嗣即帝位,頒詔大赦,是為孝武帝,帝年尚只十齡,褚太后以沖人踐阼,並居諒闇,不如使溫依周公居攝故事,令照前議施行。王彪之又進言道:「這乃異常大事,大司馬必當固讓,恐轉使萬機倍滯,稽廢山陵,臣等未敢奉令,謹即封還!」於是議遂不行。桓溫頗望簡文臨終,召己禪位,否則或使居攝,不意遺詔頒到,大失所望,乃貽弟衝書道:「遺詔但使我依武侯王公故事呢。」一語已寫盡怨望。是年十月,彭城妖人盧悚,自稱大道祭酒,煽惑愚民八百餘家,因遣徒許龍如吳,馳入海西公門,詐傳太后密詔,奉迎興復。海西公奕,幾為所惑,幸保母在旁諫阻,始卻龍請。龍憤然道:「大

事垂成,奈何聽信兒女子言!」奕答道:「我得罪居此,幸蒙寬宥,怎敢妄動?且太后有詔,應使官屬來迎,汝係何人,乃敢妄來傳旨呢?」一經說明,其假立見,然非保母提醒,幾去送死。龍尚不肯行,當由奕叱令左右,上前縛龍,尤始倉皇遁去。

是時,宮廷方料理喪葬,奉安簡文皇帝於高平陵,廟號太宗。葬事才畢,忽有亂徒,突入雲龍門,譁稱海西公還都,直達殿廷,略取武庫甲仗,衛士駭愕,不知所為,虧得游擊將軍毛安之,聞變入雲龍門,引著部曲,奮擊亂黨。又有左衛將軍殷康,中領軍桓祕,從止車門馳入,也有部眾數百人,與安之併力夾擊,亂黨不過三四百名,哪裡敵得過猛將三員,虎旅千餘,頓時死的死,逃的逃,那頭目也情急欲遁,被毛安之截住廝殺,不到十合,已將他打倒地上,用繩捆住。訊明姓名,便是妖賊盧悚,當即按律擬罪,伏法市曹。海西公曾拒絕亂徒,得免連坐,但經此一嚇,越覺小心,索性杜聰塞明,無思無慮,有時借酒消遣,有時對色陶情,時人憐他無辜遭廢,為作哀歌。奕卻屏去一切,得過且過,直至太元十一年冬,安然病逝,享年四十有五。小子有詩嘆道:

廢主由來少善終,居吳倖免海西公。
天心似為冤誣惜,不使孱王劍血紅!

越年,改元寧康。大司馬溫,竟自姑孰入朝,都中復大起訛言,惱懼的了不得。究竟有無禍事,俟至下回說明。

桓溫敗績枋頭,僅得壽春之捷,何足蓋愆,乃反欲仿行伊霍,入朝廢主,真咄咄怪事!從前如操懿輩,皆當功名震主之時,內遭主忌,因敢有此廢立之舉,不意世變愈奇,人心益險,竟有如晉之桓溫者也。況帝奕在位五年,未聞失德,乃誣以曖昧,迫使出宮,溫不足責,郗超之罪,可勝

數乎？會稽王昱，不思討賊，居然受迎稱帝，徒作涕泣之容，反長凶殘之焰，朝危主辱，嗟何及乎？崑崙女入御以後，雖得生二男，然昌明道子，後來皆不獲善終，且致斲喪晉祚。有子無子，同歸於盡，徒慶宜男，亦何益哉？

第六十三回　海西公遭誣被廢　崑崙婢產子承基

── 第六十四回 ──
謁崇陵桓溫見鬼　重正朔王猛留言

　　卻說孝武帝寧康元年，國亂粗定，大司馬桓溫，竟從姑孰入朝。朝臣重望，要算謝安王坦之，安已遷任吏部尚書，坦之仍任侍中。都下人士，相率猜疑，群謂溫無故入朝，不是來廢幼主，就是來誅王謝。謝安卻不以為憂，獨坦之未免焦灼，偏宮廷又發出詔命，竟使安與坦之，赴新亭迎溫，坦之接詔，驚得面色如土，安仍談笑自若。且語僚屬道：「晉祚存亡，在此一行。」安而行之，可謂名不虛傳。當下啟行出都，徑往新亭，百官相隨甚眾。及與溫遇，溫大陳兵衛，延見朝士，凡位望稍崇的官員，但恐得罪，都向溫遙拜，戰慄失容，坦之更捏著一把冷汗，趨詣溫前，幾似魂靈出竅，連手版都致倒持。人生總有一死，何必這般股慄？唯謝安從容步入，一些兒不拘形跡。溫見他態度異人，自然加敬，便即起身延坐，兩下坐定。安眼光如炬，已有所見，乃即語溫道：「安聞諸侯有道，守在四鄰，明公亦何須壁後置人？」溫笑答道：「恐有猝變，不得不然。」說著，即顧令左右，撤去後帳，帳後本列甲士，亦一齊麾退。安與溫笑語移時，方才請溫動身，同入建康。坦之呆若木雞，一語不發，只背上的冷汗，已經淫透裡衣，幸溫無一語相責，始得將魂魄收回，偕行還都。他平時本與安齊名，經此一舉，優劣乃分。

　　溫入朝謁見孝武帝，訊及盧悚犯闕事，由尚書陸始，檢察不嚴，以致賊入禁門，乃將陸始收付廷尉，按律治罪；此外沒甚舉動，朝臣才得少

第六十四回　謁崇陵桓溫見鬼　重正朔王猛留言

安。溫寓居建康數日，安與坦之，屢往議事。忽覺涼風入室，吹開後帳，內有一榻，榻上臥著一人，安略略瞧著，便識是中書侍郎郗超，當即微笑道：「郗生可謂入幕賓了。」超本受溫密囑，留臥帳後，竊聽客談，既被安瞧破機關，不得已起身出帳，與安相見，安謔而不虐，轉使溫超兩人，愧赧交併。及安等去後，溫心下亦很覺忌安，但因安素孚物望，一時未便下手，只好暫從容忍，觀釁後動。於是擬謁高平陵，詰旦登車，左右見他憑軾起敬，統暗暗稱奇。途次復顧語道：「先帝究屬有靈，汝等可得見否？」左右聽著，亦不知他說何鬼話。到了陵前，溫下車叩拜，且拜且語道：「臣不敢！臣不敢！」及拜畢後，還說臣不敢三字，左右俱莫名其妙。溫仍駕車還寓，復問左右道：「殷涓如何形狀？」左右答稱涓身肥矮，溫不覺失色道：「不錯不錯，他亦曾在先帝左側呢。」疑心生暗鬼。是夕，即寒熱交作，譫語不休，經醫診治，好幾日才得少瘥，乃辭行還鎮。

既抵姑孰，病又轉劇，他還想榮膺九錫，特遣人入都請求。謝安王坦之未敢峻拒，不過逐日延挨，至溫使再三催促，乃令吏部郎袁宏具草。宏有文才，援筆即就，偏謝安吹毛索瘢，屢囑修改，遂至匝月未成。宏密問僕射王彪之，究應如何著筆，彪之道：「如卿大才，何煩修飾，這是謝尚書故意如此，彼知桓公病勢日增，料必不久，所以藉此遷延呢。」宏始釋然。

溫未得如願，當然恚恨。適溫弟江州刺史沖，過問溫疾，見溫病垂危，便問及王謝二人，溫喟然道：「渠等非汝所能處分，我死後熙等庸弱，所有部曲，歸汝統率便了。」沖應命而出。看官聽說，溫有六子，長名熙，次名濟，又次為韻禕偉玄。熙聞沖面受溫命，將統遺眾，心中很是不服。遂與弟濟謀諸叔祕，意欲殺沖。沖詗悉陰謀，不敢復入，嗣由熙等報溫死耗，召沖臨喪，沖即遣力士直入喪次，拘住熙濟，且逐祕出外，然

後舉哀。已而奏徙熙濟至長沙，罷黜祕官，且稱溫遺命，以少子玄為嗣。晉廷追贈丞相，賜賻袞冕，予謚宣武，此外喪葬禮儀，一依漢大將軍霍光及晉太宰安平獻王孚故事，即命玄襲封南郡公。玄年才五歲，衝總道他幼弱易制，可無後憂，哪知他長成後，比乃父還要凶險呢？暗伏下文。相傳玄為溫庶子，生母馬氏，夜坐月下，見流星墜盆水中，用瓢掬吞，因得有娠。及生玄時，有光照室，家人詫為神奇，乃取一小名，叫做靈寶。乳媼每抱玄省溫，經過重門，必易人乃至，說是沉重異常，故溫甚加寵愛。衝立玄為嗣，或果承溫遺命，亦未可知，這且待後慢表。

且說桓溫既死，有詔進衝為中軍將軍，都督揚雍江三州軍事，兼揚豫二州刺史，使鎮姑孰。加右將軍荊州刺史桓豁，為徵西將軍，都督荊揚廣三州軍事。豁子竟陵太守石秀，為寧遠將軍，兼江州刺史，使鎮尋陽。或勸衝入誅王謝，專執朝權，衝將他叱退。衝力反溫政，一切生殺予奪，皆先時奏聞，然後施行，晉廷上下，始得解憂。

謝安尚恐桓衝干政，擬請褚太后臨朝。褚太后為康帝后，康帝係元帝孫，與孝武帝本為叔嫂，從前簡文入嗣，比褚太后輩分較長，但因她既為太后，不得以家人禮相待，故仍稱為太后，且因她居住崇德宮，特尊為崇德太后。至是由謝安倡議，再請訓政，群僚皆無異詞，獨尚書僕射王彪之抗議道：「前代人主，幼在襁褓，母子一體，故可請太后臨朝，但太后亦未能專斷，仍須顧問大臣。今主上年逾十歲，將及冠婚，反令從嫂臨朝，表示人君幼弱，這難道好光揚聖德麼？」議固甚是。安不肯從，竟率百官奏白太后，大略說是：

王室多故，禍難仍臻，國憂始周，復喪元輔，天下惘然，若無攸濟，主上雖聖明天亶，而春秋尚富，兼在諒闇，蒸蒸之思，未遑庶事。伏維太后陛下，德應坤厚，宣慈聖善，遭家多艱，臨朝親覽，光大之美，化洽在

第六十四回　謁崇陵桓溫見鬼　重正朔王猛留言

昔，謳歌流詠，播益無外，雖有莘熙殷，任姒隆周，未足以喻。是以五謀克從，人鬼同心，仰望來蘇，懸心日月。夫隨時之義，《周易》所尚，寧固社稷，大人之任，伏願陛下，撫綜萬幾，厘和政道，以慰祖宗，以安兆庶，不勝喁喁待命之至！

褚太后俯從眾議，便即復詔道：

王室不幸，仍有艱屯，覽省啟事，感增悲嘆，內外諸君，並以主上春秋衝富，加以蒸蒸之慕，未能親覽，號令宜有所由。苟可安社稷，利天下，亦未便有所固執。當敬從所啟，但闇昧之闕，自知難免，望盡弼諧之道，獻可替否，則國家有攸賴焉。

這詔既下，次日便即臨朝。進王坦之為尚書令，謝安為僕射，兩人同心輔政，終安晉室。越年令坦之出督徐兗等州軍事，但命謝安總掌中書。安好聲律，雖遇期功喪服，不廢絲竹，士大夫相率仿效，濅成風俗。坦之嘗貽書苦諫，安不能用。這是謝安短處。安又嘗與王羲之登冶城，慨然遐想，有出世志，羲之獨規誡道：「夏禹勤王，手足胼胝，文王旰食，日不暇給。今四郊多壘，宜思自效，若虛談廢務，浮文妨要，恐非當世所宜為呢。」安笑答道：「秦用商鞅，二世即亡，豈必是清談貽禍麼？」未幾，坦之病歿，留有遺書，分貽謝安桓衝，語不及私，但以國家為憂。晉廷追贈安北將軍，賜諡曰獻。坦之為故尚書令王述子，父子俱有重名，歿後不衰。只倒持手版一事，未免貽笑大方。

中軍將軍桓衝，因謝安素洽時望，願將揚州刺史兼職，轉讓與安，自求外出。桓氏族黨，莫不苦諫，衝竟出奏。有詔調衝為徐州刺史，令安領揚州刺史。寧康三年，孝武帝年已十三，冊立前司徒長史王濛孫女為皇后，後即哀帝后姪女，以貴戚入選中宮，又越年正月朔日，帝行冠禮。褚太后歸政，仍居崇德宮，下詔改元，號為太元元年。進謝安為中書監，錄

尚書事，徵郗愔為鎮軍大將軍，加桓豁為征西大將軍，遷桓沖為車騎將軍，兼尚書僕射。此外，文武百官，各進位一等，毋庸絮述。

唯苻秦雄踞北方，嘗出兵寇晉，連陷梁益二州。梓潼太守周虓，固守涪城，遣兵送母妻東下，擬由漢水趨江陵，使她避難，偏途中為秦將朱肜所獲，牽至城下，迫令招虓，虓不得已出降。秦王堅素聞虓名，欲拜為尚書令，虓愀然道：「虓蒙晉室厚恩，理宜效死，只因老母見獲，沒奈何屈節偷生，今得母子兩全，已出望外，怎敢再邀富貴呢？」遂辭不受官，堅更加器重，時常引見。虓有時箕踞坐著，謾罵不遜，甚至呼堅為氐賊，既已降敵，何必再作此態。秦人無不動怒，堅獨不以為意，反加優待，這也是大度包荒，非人所及。一面召冀州牧王猛入關，使為丞相，另調陽平公苻融為冀州牧。猛至長安，復加都督中外諸軍事。猛辭章屢上，終不見許，乃受命就職。嗣是放黜貪庸，擢拔幽滯，督課農桑，練習軍旅，官必當才，刑必當罪，國家大治，馴致富強。

會有彗星出尾箕間，長十餘丈，經太微，歷夏秋冬三季，光尚未滅，秦太史令張孟上言道：「尾箕二星，當燕分野，東井乃秦分野，今彗起尾箕，直掃東井，明是燕興秦亡的預兆。十年後燕當滅秦，二十年後，代當滅燕。臣想慕容暐父子兄弟，是我仇敵，今乃布列朝廷，貴盛無比，將來必為秦患。天變已著，不可不防。」果有天道，亦非人力所能挽回。堅不肯聽。嗣又接到陽平公融諫書，略稱燕據六州，南面稱帝，經陛下勞師累年，然後得滅，彼本非慕義前來，不過窮蹙乃降。陛下格外親信，令他父子兄弟，森然滿朝，狼虎心腸，終未可養，況天象已經告變，務須留意為是。堅仍然未信，且報書道：「朕方混六合為一家，視夷狄如赤子，不勞汝等多憂，且修德方可禳災，豈多殺反能免禍？誠使內求諸己，無虧德行，還怕什麼外患呢！」果如汝言，自可不亡，可惜心口未符。已而，又

第六十四回　謁崇陵桓溫見鬼　重正朔王猛留言

有人入明光殿，厲聲呼道：「甲申乙酉，魚羊食人，悲哉無復遺！」堅聽到此語，叱左右立即搜捕，人忽不見，於是祕書監朱彤，祕書侍郎趙整，同請誅諸鮮卑，以為魚羊二字，便是鮮字左右兩旁，堅又復不睬。

慕容垂寓居關中，常恐遭禍，特遣夫人段氏，屢入秦宮，偵探舉動。段氏小字元妃，幼即敏慧，具有志操，嘗語妹季妃道：「我終不作凡人妻。」季妃亦答道：「妹亦不作庸夫婦。」元妃姊曾嫁慕容垂，遭讒致死。見前文。元妃得為垂繼室。季妃亦適慕容德，果然得配英雄。及元妃隨垂入秦，為夫所遣，常入謁堅，憑著那玉貌冰肌，錦心繡口，惹得秦王堅目迷耳軟，唯言是從。一日，堅竟引元妃同輦，遊玩後庭。這豈是道德行為？趙整隨輦同行，信口作歌道：「不見雀來入燕室，但見浮雲蔽白日。」堅聽得歌聲，回首返顧，見是趙整，也不覺內省懷慚，乃命元妃下輦，且改容謝整。整本來是個宦官，博聞強記，善屬文，好諷諫，頗得堅寵，故語多見從。

至秦王堅建元十一年，就是晉孝武帝寧康三年，秦丞相王猛有疾，秦王堅親祈宗廟社稷，又分遣近臣，遍禱河嶽，冀療猛病，果得少瘥，當復為猛赦死錄囚，猛乃上疏稱謝，且進規道：

臣累蒙寵遇，得總百揆，報稱無方，忽嬰重疾。不圖陛下以臣之命，而虧天地之德，開闢以來，未之有也。臣聞報德莫如盡言，謹以垂沒之命，竊獻遺款。伏唯陛下威烈振乎八荒，聲教光乎六合，九州百郡，十居其七，平燕定蜀，有如拾芥。夫善作者，不必善成，善始者，不必善終，是以古先哲王，知功業之不易，戰戰兢兢，如臨深谷，伏唯陛下追蹤前聖，天下幸甚！

堅覽到此疏，不禁淚下。過了旬餘，猛病復轉劇，勢且垂危。堅親往

省視，問及後事，猛喘著道：「晉雖僻處江南，究竟正朔相承，上下安和，臣聞親仁善鄰，足為國寶，臣死後，願陛下勿再圖晉，唯鮮卑西羌，是我仇敵，終為大患，宜逐漸剪除，免誤社稷！」說到稷字，語不成聲，兩目一翻，嗚呼畢命，年五十有一。

堅大哭一場，因即還宮，撥給帛三千匹，穀萬石，使充喪費，又遣謁者僕射，監護喪事，追贈侍中尚書，餘官如故。安排就緒，復詣猛第哭靈，且挈太子宏同往。至棺殮時，往返已歷三次，且語太子宏道：「天不欲使我平六合麼？奈何奪我景略，有這般迅速呢？」隨命葬禮如漢霍光故事，諡為武侯。朝野巷哭三日，方才罷休。猛之死，關係前秦存亡，故敘筆從詳。先是王猛在日，因涼州牧張天錫，遣使詣秦，驟告絕交，猛奉堅命，特作書貽天錫道：

昔貴先公稱藩劉石者，唯審於強弱也。今論涼土之力，則損於往時，語大秦之德，則非二趙之匹，而將軍幡然自絕，無乃非宗廟之福也歟？以秦之威，旁振無外，可以回弱水使東流，返江河使西注。關東既平，將移兵河右，恐非六郡士民，所能抗也。劉表謂漢南可保，將軍謂西河可全，吉凶在身，元龜不遠，宜深算妙慮，自求多福，毋使六世之業，一旦而墜地也！天錫得書，卻也知懼，因復通使修好，謝罪稱藩。秦王堅不復苛求，待遇如初，唯天錫沉湎酒色，不恤國事，敦煌處士郭瑀，雖屢經天錫徵聘，終因他不足有為，屏居絕跡。涼使孟公明，拘瑀門人，強脅瑀至，瑀嘆道：「我乃逃祿，並非逃罪，如何害及門人！」乃出詣姑臧。適值天錫母劉氏病歿，瑀即括髮入弔，三踴遂出，仍返南山隱居去了。天錫也不再強留，由他自去。將軍劉肅染景，曾助天錫誅死張邕，因功得寵，賜姓張氏，並使預政。又使肅景諸子，入侍左右，作為義兒，肅景得橫行無忌，弄法舞文。

第六十四回　謁崇陵桓溫見鬼　重正朔王猛留言

　　天錫長子大懷，已立為世子，偏天錫得了一個焦氏女，寵冠後庭。生子大豫，尚在襁褓，焦氏因寵生驕，屢在天錫面前，求立己子為世子。天錫為色所迷，竟遣大懷為征西將軍，封高昌郡公，改立大豫為世子，號焦氏為左夫人。另有美人閻薛二姬，也為天錫所寵。天錫嘗患重疾，顧語二姬道：「汝二人將如何報我？我若不測，難道汝等願為他人妻麼？」二姬齊聲道：「尊駕倘若不諱，妾當死隨地下，供給灑掃，決不敢再生異心！」既而天錫疾篤，二姬果皆自殺。二女入《烈女傳》故並表明。哪知二姬死後，天錫反得漸瘳，因特加悲悼，喪葬用夫人禮。只天錫怙過不悛，荒耽如故，二姬亡後，仍然別選麗姝，入充下陳。

　　忽聞秦遣河州刺史李辯，據守枹罕，儲粟募兵。枹罕係涼州要塞，為秦所踞，整頓戎務，當然不懷好意。那天錫也未免寒心，因就姑臧立壇，宰殺三牲，率領官屬，遙與晉三公為盟，即遣從事中郎韓博，齎送盟文，直達江南，約為聲援。偏偏弄巧成拙，得罪秦廷。至晉太元元年仲夏，秦王堅擬併吞涼州，下令國中道：

　　張天錫雖稱藩受任，然臣道未純，可遣使持節武衛將軍苟萇，左將軍毛盛，中書令梁熙，步兵校尉姚萇等，將兵臨西河。尚書郎閻負梁殊，奉詔徵天錫入朝，若有違王命，即進師撲討，毋得稽延！

　　這令下後，就調集步騎十三萬，歸各將分領。再命秦州刺史苟池，河州刺史李辯，涼州刺史王統，率三州部眾，作為繼應，閻負梁殊，先期出發，直赴姑臧。小子有詩嘆道：

　　十三萬眾下西涼，九世華宗一旦亡。
　　莫怨符秦專黷武，敗家覆國是淫荒。

　　究竟張天錫如何對付，且看下回再詳。

桓溫入朝，都下恟懼，而一無拳無勇之謝安，猶能以談笑折強臣之焰，此由溫猶知好名，陰自戒懼，故未敢倒行逆施，非真為安所屈也。且當其謁陵時，滿口譫言，雖天奪其魄，與鬼為鄰，而未始不由疚心所致。及還鎮以後，復求九錫，理欲交戰於胸中，不死不止，幸有弟如沖，能修溫闕，桓氏宗族，不致遽覆，揆厥由來，猶食桓彝忠貞之報，至桓玄而祖澤乃斬矣。彼王猛之不願隨溫，未嘗無識，迨為苻秦將相，立功緻治，而臨歿遺言，唯以圖晉為戒，後人謂其不忘祖國，相率稱之。然何如終隱華山，不受虜職之為愈也。秦王堅以諸葛孔明比猛，堅固不得為劉先主，猛其亦自愧孔明乎！

第六十四回　謁崇陵桓溫見鬼　重正朔王猛留言

第六十五回
失姑臧涼主作降虜　守襄陽朱母築斜城

　　卻說秦使閻負梁殊，行至姑臧，齎傳秦命，徵天錫入朝。天錫召集官屬，與商行止道：「今若朝秦，恐必不返；如或不從，秦兵必至，如何是好？」禁中錄事席仂道：「先公原有故事，遣質愛子，賂遺重寶，今且照舊施行，緩兵退敵，徐作計較，這也是孫仲謀即吳孫權。屈伸的良法呢！」語才說畢，即由群僚指駁道：「我世事晉朝，忠節著聞海內，今一旦委身賊廷，辱及祖宗，豈不可恥？且河西天險，百年無虞，若悉眾出拒，右招西域，北引匈奴，與秦一戰，難道定不能勝敵麼？」天錫聽了，即攘袂大言道：「我計決了，言降即斬！」乃引負殊入語道：「汝兩人慾生還呢？還是死返呢？」負殊仍不少屈，朗聲辯論。天錫大怒，叱左右拿下負殊，牽縛軍門，即命軍吏射死二人，且出令道：「射若不中，是不肯與我同心，就當坐罪。」軍吏齊聲得令，彎弓競射。忽有天錫母嚴氏出來，且泣且語道：「秦王起自關中，橫制天下，東平鮮卑，南取巴蜀，兵不留行，汝若出降，尚可苟延性命。今欲將蕞爾一隅，抗衡大國，又命射死秦使，激怒敵人，國必亡了！家必滅了！」莫謂婦人無識。天錫不聽，仍促軍吏急射，兩人是血肉身子，怎能禁得起許多箭鏃，當然為國捐軀。

　　那張天錫即使龍驤將軍馬建，率兵二萬，出拒秦兵。秦將梁彪姚萇王統李辯等，已至清石津，攻涼河會城。涼守將驍烈將軍梁濟，舉城降秦。秦苟池又自石城津濟師，與梁熙等會攻纏縮城，又得陷入。涼將馬建，途

第六十五回　失姑臧涼主作降虜　守襄陽朱母築斜城

次聞兩城失守，不禁驚惶，反令前隊變作後隊，退屯清塞，且飛報姑臧，再請添兵。天錫復遣征東將軍常據，率眾三萬，戍洪池，自領餘眾五萬，駐金昌。安西將軍宋晧，入白天錫道：「臣晝察人事，夜觀天文，秦兵不可輕敵，不如請降。」天錫怒道：「汝欲令我為囚奴麼？」遂將晧叱出，貶為宣威護軍。廣武太守辛章，保城固守，與晉興相彭知正、西平相趙疑商議道：「馬建出自行陣，必不肯為國家效死，若秦兵深入，彼若不走，定即迎降，我等須自為定計，且合三郡精卒，斷他糧道，與爭死命，方可保全隴西。」彭趙二人，恰也贊成，唯欲先通報常據，約為聲援，當下由辛章遣報常據，據請諸天錫，天錫擱置不理，於是一條好計，徒付空談！

秦兵卻連日進行，姚萇為先驅，苟萇等陸續繼進。行近清塞，馬建只好出兵迎戰，一邊是奮勇直前，有進無退；一邊是未戰先怯，有退無進，彼此成了一個反比例，自然秦勝涼敗。馬建見不可敵，便即棄甲下馬，匍匐乞降，餘眾多半逃散。苟萇既收納馬建，復移兵攻洪池。常據率兵奮鬥，與馬建卻不相同，無如涼兵都不耐戰，一經交鋒，統是徬徨卻顧，不敢直前。秦兵著著進逼，東斫西劈煞是厲害，單靠常據一腔忠忱，究竟不能支住，終落得旗靡轍亂，一敗塗地。據馬被秦兵刺死，偏將董儒另授他馬，勸據奔避，據慨然道：「我三督諸軍，再秉節鉞，八統禁旅，十總外兵，受國寵榮，無人可比，今在此受困，應該致死，還要走到何處呢？」說著，步行回營，免冑西向，稽首再拜，自刎而死。軍司席仂，見據已死節，也慷慨赴敵，格殺秦兵多名，傷重身亡。張軌四世忠貞，總算得此兩人。

秦兵遂入清塞，天錫聞耗，亟遣司兵趙充哲，中衛將軍史榮等，領兵五萬，往拒苟萇。不意赤岸一戰，全軍覆沒。秦兵長驅至金昌城，天錫不得已，出城自戰。兵刃初交，狂風大起，天昏地黑，白日無光，涼兵本無鬥志，經此一變，立即駭散。天錫也欲回城，偏是城門緊閉，不納天錫，

眼見得城中已叛,只好帶著騎兵數千,奔還姑臧。金昌城內的守吏,即開城迎納,秦軍苟萇等,休息一宵,便向姑臧出發。

先是張駿為涼州刺史時,已有童謠行:「劉新婦簸米,石新婦炊殺羝,盪滌簸張兒,張兒食之口正披。」這種不倫不類的歌謠,大眾視為胡謅,不值研索。誰知一傳十,十傳百,百傳千萬,到了秦兵攻涼的時候,姑臧城內的童兒,無一不歌此曲。後來有人解釋,謂劉朧石虎,先後伐涼,均不得克,及秦兵一至,方才迎降。解釋亦不甚確當。

還有天錫所居西昌門,及平章殿,無故自崩。天錫又嘗夢見一綠色狗,形甚長大,從城東南躍入,欲噬天錫,天錫避匿床上,狗尚未舍,驚極乃寤。自知此夢不祥,陰有戒心。及敗回姑臧,嬰城固守,才閱數日,秦兵已到城下。天錫登城巡閱,俯見敵軍統帥,身著綠地錦袍,手執令旗,跨馬指揮,督兵攻城,當下顧問軍士,秦帥姓甚名誰?軍士有幾個認識苟萇,便即報告。天錫猛悟道:「綠色狗,綠袍苟,夢兆果不虛了!」遂下城太息,悶坐廳中。

接連警報數至,或說東門緊急,或說南門孤危,累得天錫心似轆轤,驚惶不定。可巧左長史馬芮馳入,喘聲說道:「東南門要被攻陷了!」天錫頓足道:「奈何!奈何!」馬芮道:「現在已無他法,只有屈節出降,保全一城生靈。」天錫道:「能保我一門生全否?」芮答道:「待芮出投降書,憑著三寸不爛舌,為王請命。」天錫允諾,遂令芮草就降表,遣他出去。未幾即得芮返報,許令不死,且保富貴。天錫大喜,因即素車白馬,輿櫬出城,走降秦營。秦帥苟萇,釋縛焚櫬,送天錫詣長安,於是涼州郡縣,相繼降秦。

秦王堅命梁熙為涼州刺史,留鎮姑臧。天水太守史稷,前曾暴歿,五旬復甦,謂見涼州謙光殿中,盡生白瓜,至此梁熙鎮涼,小名正是白瓜二

第六十五回　失姑臧涼主作降虜　守襄陽朱母築斜城

字，豈非奇驗。熙奉秦王堅命，徙涼州豪右千餘戶入關，餘皆安堵如故。天錫入秦，亦得受封為歸義侯，任比部尚書，遷右僕射。涼自張軌牧守涼州，至天錫降秦，共歷九主，計七十六年。天錫後事，下文慢表。且說秦既滅涼，復擬攻代。湊巧匈奴部酋劉衛辰，為代所逼，向秦乞援。秦正好藉此興兵，即令幽州刺史行唐公洛，會同鎮軍將軍鄧羌、尚書趙遷、李柔、前將軍朱肜、前禁將軍張蠔、右禁將軍郭禁等，共出步騎三十萬，東向擊代。代王什翼犍，本來是有些能力，嘗與燕彼此和親，燕為秦滅，又向秦入貢，不相侵犯。就是劉衛辰亦曾娶什翼犍女為妻，有翁婿誼，唯劉衛辰係劉虎孫，綽有祖風，素好反覆，俄而附代，俄而叛代。什翼犍恨他無禮，發兵往討，衛辰西走降秦。秦王堅送還朔方，遣兵助守。什翼犍擬部署兵馬，再擊衛辰，適部將長孫斤密圖內亂，引兵入帳，將弒什翼犍，虧得什翼犍子寔，侍直帳中，奮身格鬥，得將長孫斤截住。斤持槊刺入寔脅，寔尚忍痛與戰，帳外衛士，也來助寔，遂把斤擒住，亂刀砍死。寔受傷已重，越月竟歿，寔嘗娶東部大人賀野乾女，生一遺腹子，取名涉圭，後改名珪。即拓跋珪，為後魏之祖。什翼犍喜得生孫，令赦境內死罪。一面因兵馬整齊，復討衛辰，衛辰南走，仍然向秦乞救。秦遂大發兵眾，令衛辰為嚮導，侵入代境。敘事簡淨，且得回應前文。

　　代王什翼犍，忙使白部獨孤部南御秦兵。兩部出戰數次，統遭敗衄，乃改遣南部大人劉庫仁抵敵秦軍。庫仁與衛辰同族，不過庫仁為什翼犍甥，所以特遣，婿不可恃，甥可恃耶？且調發十萬騎兵，歸庫仁統帶。庫仁行至石子嶺，正與秦軍相值，戰了一場，又覆敗績，四面逃散。什翼犍又適患病，不能出拒，只得北奔陰山。已而秦兵漸退，乃還次雲中。犍弟孤，嘗分據部落，比犍先歿。孤子斤，失職怨望，時思構亂。犍子寔，本居嫡長，由犍立為世子。寔死後，尚未立嗣。犍繼妃慕容氏，生有數子，

俱尚稚弱,獨有賤妾子寔君,年齡最長,秉性悍戾。斤正好乘間煽禍,密語寔君道:「王將立慕容妃子,恐汝不服,先擬殺汝,汝肯束手就斃麼?」寔君聽了,無名火高起三丈,便浼斤為助,私集兵甲,突攻犍帳,殺死諸弟。犍聞寔君為亂,正思出帳彈壓,偏亂眾已經殺入,不管尊卑上下,竟持刀亂劈,把犍殺死。慕容妃已早亡故,尚有寶妻賀氏,挈子珪走依賀訥。訥就是野幹嗣子,與珪有甥舅誼,當然容納。此外如後庭男婦,都倉皇奔散,有幾個反往投秦軍,向敵乞援。秦兵雖然漸退,尚在君子津駐紮,既聞代亂,樂得乘機急進,直趨雲中,家必自毀,然後人毀之,國必自伐,然後人伐之。寔君方擬據位,猝遇秦兵到來,如何抵敵?況部眾俱已倒戈,益覺無力支撐,只好迎降秦軍。秦將露布告捷。秦王堅召代長史燕鳳,問明情狀,也勃然怒道:「天下有這等亂賊麼?身為臣子,敢弒君父,我當代為問罪,誅除大逆。」你自己思想果能無愧麼?當下飛敕尚書李柔等,拘送寔君及斤,到了長安,用五馬分屍法,車裂以徇。又引問燕鳳,謂什翼犍有無遺嗣,鳳以珪對,堅欲遣使徵珪母子,鳳申請道:「代王新亡,群下叛散,遺孫幼弱,不能統攝,別部劉庫仁,驍勇有智,劉衛辰狡猾善變,各難獨任,今宜將代眾分屬兩部,就令他兩人分轄。兩人素有深仇,莫敢先發,俟珪年已長,方為冊立。陛下果俯納臣言,興滅繼絕,再存代祀,人非木石,能不感恩?他時子子孫孫,不侵不叛,永作秦藩,豈不是安邊長策麼?」堅喜從鳳言,乃分代眾為二部,河東屬庫仁,河西屬衛辰,劃境分管。

　　庫仁迎珪母子,居養帳中,恩禮備至,未嘗以廢興易意,且語諸子道:「此兒志趣不凡,將來必能恢隆祖業,汝等須善加待遇,慎勿忘懷!」為拓跋珪興魏張本。隨即招撫離散,厚意懷柔,凡代郡流亡人民,多半趨附,恩信聿著。秦王堅加庫仁為廣武將軍,賞給幢麾鼓蓋,隱示勸功的意

第六十五回　失姑臧涼主作降虜　守襄陽朱母築斜城

思。衛辰無從得賞，向隅抱怨，攻殺秦五原守吏。秦令庫仁往討，庫仁遂率眾往擊衛辰。衛辰屢戰屢敗，北奔陰山，經庫仁追逐至千餘里外，虜得衛辰妻子，方才還兵。衛辰自知窮蹙，不得已向秦謝罪，秦乃命衛辰為西單于，督轄河西雜胡，屯代來城。但從此僻處偏隅，無復從前威焰了。

秦王堅蕩平西北，威聲大振，凡東夷西羌諸國，聯翩入貢，外使盈廷。堅大喜過望，免不得驕侈起來。是前秦興亡之樞紐。故趙將作功曹熊邈，屢次白堅，謂石氏宮室器玩，多用金銀，非常華麗。堅乃命邈為將作長史，領尚方丞，大修舟艦兵器，就將石氏金銀移用，作為飾品，備極精巧。慕容垂從子紹，為秦陽平國常侍，私與兄楷相語道：「秦王自恃強大，轉戰不休，北戍雲中，南守蜀漢，轉運萬里，民不堪命，今復築舟鑄兵，窮極奢侈，眼見是盛極必衰了！冠軍叔父，智識英偉，必能恢復燕祚，我等但當愛身待時，不患無成。」還有垂子慕容農，亦密語垂道：「自從王猛死後，秦法日頹，今乃加以汰侈，禍必不遠，父王宜結納豪傑，仰承天意，興復燕宗，機不可失了！」垂笑道：「天下事非爾等所及知，我自有區處呢！」意在言中。

會秦王堅欲圖統一，經略江南，當有細作報知建康。晉廷詔敕內外諸臣，整頓防務。荊州刺史桓豁，表請調兗州刺史朱序，為梁州刺史，駐守襄陽，孝武帝自然依議。已而桓豁病歿，有詔令桓沖代任，都督江荊梁益寧交廣七州軍事。沖以秦人強盛，欲移扼江南，乃奏自江陵徙鎮上明，使冠軍將軍劉波，守江陵，諮議參軍楊亮守江夏。孝武帝除准奏外，復詔求文武良將，捍禦北方。尚書僕射謝安，即以兄子玄應詔。孝武帝加安侍中，令都督揚豫徐兗青五州軍事，即授玄領兗州刺史，監轄江北。又授五兵尚書王蘊，都督江南諸軍事，領徐州刺史，蘊上表固辭，安勸阻道：「卿為後父，與國家同休戚，不應妄自菲薄，致失上意。」蘊乃受命。

中書郎郗超，嘗以父愔資望，出謝安右，偏安握重權，愔居散地，未免心下不平，屢生譏議。及聞安舉兄子玄，卻很是贊成，謂安能違眾舉親，不失為明，如玄材具，將來必不負所舉。或疑超如何變議，超答道：「我嘗與玄共在桓公府，早知玄有使才，足任方面，若無端加毀，豈非太誣衊時賢麼？」果然玄出鎮廣陵，練兵募材，連日不懈。得彭城人劉牢之，使為參軍。牢之智勇兼全，常領精銳為前鋒，所向披靡，時人號為北府兵。自有北府兵成立，方得與強秦抗衡，保全江左。暗伏下文。郗超且慚且憤，先父病歿，超本擅時譽，交遊皆一時俊秀，唯黨同桓溫，遂為遺玷，父愔雖無甚功業，但心卻忠晉，與子異趣。超平生與桓溫計議，多不使愔知，臨歿時，自出一篋，付與門生道：「我死以後，倘我父為我悲悼，致損眠食，汝等可將此篋呈父，否則焚毀為要。」後來愔果悲超，寢食俱廢，門生依超遺言，呈入一篋，經愔啟閱，統與溫往返密計，不禁大怒道：「小子死已遲了！」遂不復記憶，病亦漸瘥。及太元九年乃歿，追諡文穆。敘此以別郗超父子之忠奸。這且無庸絮敘。

　　且說太元三年二月，秦王堅大舉侵晉，遣征南大將軍長樂公丕，都督征討諸軍事，率同武衛將軍苟萇，尚書慕容暐，共步騎七萬人，南寇襄陽。又命秦荊州刺史楊安，率樊鄧二州兵馬為先鋒，與徵虜將軍石越，步騎萬人，出魯陽關，冠軍將軍京兆尹慕容垂，揚武將軍姚萇，率眾五萬，出南鄉。領軍將軍苟池，右將軍毛當，強弩將軍王顯，率眾四萬，出武當，統在襄陽城下會齊，限期攻克。襄陽守將朱序，聞秦兵大至，不以為虞。看官道是何因？他恃漢水為阻，且探得秦兵，不具舟楫，總道他無術飛渡，可以放心；不料秦將石越，竟驅騎兵五千，浮渡漢水，直逼襄陽。序倉皇得報，才不覺腳忙手亂，立即調兵守城，中城已布置妥當，外城尚不及嚴防，竟被石越攻入，且奪去戰船百艘，往渡餘軍。秦長樂公苻丕

第六十五回　失姑臧涼主作降虜　守襄陽朱母築斜城

等，次第得渡，同來攻城，城中大震。

序有老母韓氏，頗通兵略，自挈婢僕等登城，親行察視。至西北隅，便蹙眉道：「此處很不堅固，怎能保守得住呢？」說著，即督同婢僕，在城內增築斜城，婢僕不足，另募城中婦女為助，即將庫中布帛，及室內飾玩，作為犒賞，一日一夜，即將斜城築就。工役方竣，那西北隅果被攻陷，坍壞數丈，秦兵一齊擁進，虧得城內尚有一道斜城，兀然豎著，仍將秦兵阻住，秦兵但得了一堁濠溝，仍無用處，襄陽人至此，始知序母確有識見，齊呼新城為夫人城。小子有詩詠道：

寇兵十萬下襄陽，守備孤單未易防。
幸有夫人城不壞，彤編留得姓名香。

究竟襄陽城能否固守，且至下回續敘。

降敵，非良策也。承先人數世之遺業，不能自振，乃伈伈倪倪，屈膝虜廷，寧不可恥？但如張天錫之沉湎酒色，毫無備禦，乃欲以一戰屈人，談何容易，況以十三萬之秦軍，猝然壓境，就使涼兵素號精練，亦未必果能卻敵，蓋強弱之勢，固不相同，客主之形，又甚懸絕故也。席仂一諫而不聽，嚴母再誡而又不從，卒致忠臣畢命，隴右為墟，與其輿櫬出降，亦何若先機謝罪之為愈乎？秦王堅乘天錫之愚而滅涼，復因寔君之亂而滅代，狃勝而驕，遽忘王景略遺言，下令侵晉，勞師近二十萬，不能遽破襄陽；徒頓兵於夫人城下。城傳而夫人益傳，巾幗中有英雄，固宜特別闡揚也。

第六十六回
救孤城謝玄卻秦軍　違眾議苻堅窺晉室

　　卻說襄陽被圍，西北隅坍陷數丈，幸有朱母預築斜城，才得斂眾拒守。但秦兵未肯退去，單靠這埭夫人城，仍是孤危得很。晉江荊都督桓衝，屯兵上明，有眾七萬，也怕秦兵強盛，未敢徑進。秦長樂公苻丕，欲急攻襄陽，武衛將軍苟萇道：「我軍十倍敵人，糗糧山積，但稍得漢沔人民，移往許洛，塞彼運道，斷彼兵援，彼似網中魚，籠中鳥，無慮不獲，何必多殺將士，急求成功呢？」丕乃依議，暫從緩攻，唯飭兵圍著，杜絕內外。

　　既而秦冠軍將軍慕容垂，攻克南陽，執住太守鄭裔，亦至襄陽會師，秦復遣兗州刺史彭超，都督東討諸軍事，使與後將軍俱難，右禁將軍毛盛，洛州刺史邵保，統領步騎七萬，寇晉淮陽盱眙，進攻彭城。晉命右將軍毛虎生，率眾五萬，出鎮姑孰。彼此相持多日，已閱暮冬。秦御史中丞李柔，劾奏長樂公丕，師老無功，請收下廷尉治罪。秦王堅因使黃門侍郎韋華，持節責丕，且賜丕劍道：「來春不捷，汝可自裁，不必再來見我了！」丕接到此諭，當然惶急，時已殘臘，在城下過了新年，乃誓眾急攻。朱序督兵固守，有時見秦兵少懈，出奇猛擊，殺傷秦兵多人，丕引退數里。序見秦兵退去，防守少疏，且因士卒多苦，略命休息。不料過了數日，秦兵又蜂擁攻城。序倉皇抵禦，正在危急的時候，忽然北門洞開，納入秦軍，事出意外，令人不測，序只好拚命搏戰。可巧督護李伯護前來，

第六十六回　救孤城謝玄卻秦軍　違眾議苻堅窺晉室

由序呼同效死，伯護佯為應諾，及趨近序旁，竟拔劍擊傷序馬，馬負痛倒地，序亦墜下。伯護即麾動左右，縛序送秦軍。看官不必細問，便可知這李伯護賣主求榮，私通外國了。罪不容於死。序母韓氏，卻挈著健婢，及兵役數百人，從西門出走，繞道東歸，幸得脫禍。智婦總不至枉死。

序被執送長安，秦王堅聞序能守節，拜為度支尚書，獨責李伯護不忠，將他斬首。令中壘將軍梁成，為荊州刺史，配兵一萬，使鎮襄陽。秦將軍慕容越，復將順陽奪去，擒送太守丁穆，堅欲授穆官爵，穆固辭不受，還有晉魏興太守吉挹，也為秦將韋鍾所攻，糧盡被陷，挹拔刀在手，意欲自刎，偏左右奪去挹刀，挹求死不得，為秦所執，挹自草遺疏，密授參軍史穎，令他逃歸建康，自在秦營數日，絕不一言，並不一食，竟爾餓死。秦王堅嘆為忠臣。晉得史穎歸報，亦追贈挹為益州刺史，不沒忠忱。

唯彭城被圍已久，由晉兗州刺史謝玄，率眾萬餘，往救彭城。行次泗口，擬遣使往報彭城太守戴逯，大眾都互相推諉，不敢輕往。唯部將田泓，慨然願行，玄當然遣去。是時彭城外面，統是秦營紮住，端的是水洩不通，無路可入。泓泅水潛行，到了城下，探頭出望，正與秦巡兵打個照面。巡兵大聲呼捉，泓知不可逃，索性登岸，趨入秦營，秦將彭超，啗以重利，使他傳語城中，只言南軍已敗，泓佯為允許。及趨至城下，卻揚言道：「戴太守以下諸將士聽著！我是兗州部將田泓，單行來報，南軍將至，望諸軍努力待援，我不幸為賊所得，已不望生還了！」說至此，被秦將喝令斬首，刀光起處，碧血千秋。好與吉挹並傳不朽。

秦兵急攻彭城，旦夕將陷，虧得晉後軍將軍何謙，奉謝玄命，來劫秦兵輜重。秦將彭超，方引兵還御，彭城太守戴逯，遂乘隙出奔，兵民始不致全沒，但何謙一退，彭城便被秦兵占去。超留治中徐褒守城，自督兵南攻盱眙，擄去高密內史毛璪之，得將盱眙陷入。秦將俱難，亦攻克淮陰。

再加秦將毛當王顯，又從襄陽出發，來會彭超，俱難兩路人馬，進攻三阿。三阿距廣陵百里，晉廷大震，臨江列戍，一面遣徵虜將軍謝石，謝安弟。率舟師出屯塗中，右衛將軍毛安之，率步兵出屯堂邑。秦將毛當毛盛，夜襲毛安之軍，安之驚潰，一毛不及二毛。獨謝玄自廣陵往救三阿，至白馬塘，擊斬秦將都顏，直至三阿城下，彭超俱難，並馬來戰，被謝玄麾軍殺去，縱橫馳驟，銳不可當。超與難雖經百戰，未曾見過這般銳卒，頓時驚退，部兵折傷甚多，餘兵隨著兩將，走保盱眙。謝玄入三阿城，與刺史田洛，招集鄰境士卒，得五萬人，進攻盱眙。難超出戰，又覆敗績，奔往淮陰。玄復遣後軍將軍何謙，帶領舟師，乘潮直上，乘夜縱火，焚毀淮橋。秦淮陰留守邵保，出兵攔截，怎禁得火焰直衝，敵勢又猛，徒落得焦頭爛額，一命嗚呼！難超欲上前救應，只見淮橋左右，籠著一片火光，不由的逡巡畏縮，再奔淮北。玄與何謙戴遯田洛等，併力追擊，又大破難超等軍。難超倉皇北遁，僅以身免。秦王堅聞報大怒，徵超下獄，超懼罪自殺，難削爵為民。用毛當為徐州刺史，使鎮彭城，毛盛為兗州刺史，使屯湖陸，王顯為揚州刺史，使戍下邳。

　　晉謝玄凱旋廣陵，詳報捷狀。孝武帝進玄為冠軍將軍，加領徐州刺史。並進謝安為司徒，領衛將軍，開府儀同三司。桓衝亦並授開府，如謝安例。他將亦賞功有差。

　　越年為孝武帝太元五年，即秦王堅建元十六年，堅徙行唐公苻洛為散騎常侍，都督寧益西南夷諸軍事，兼征南大將軍，領益州牧，使鎮成都。洛雄武有力，為堅所忌，故但使外任，不令預政。此次在幽州奉命，又要他由東至西，心甚不平，乃商諸將佐，意欲謀變。幽州治中平規，促令起事，洛遂自稱大都督秦王，用平規為謀主，就在幽州發難，集眾七萬，西指長安，關中震動，盜賊四起。堅遣使責洛道：「天下尚未統一，全仗兄

第六十六回　救孤城謝玄卻秦軍　違眾議苻堅窺晉室

弟戮力同心，廓清區宇，奈何無故謀反？請即還和龍，當仍以幽州為世封。」洛不受命，且語來使道：「汝可還白東海王，幽州偏僻，不足容萬乘，須還王咸陽，上承高祖遺業；若能在潼關迎駕，當位為上公，爵歸本國。」這數語由使人返報，堅當然大憤，立遣左將軍竇衝，及步兵校尉呂光，統率步騎兵四萬，東出拒洛。又命右將軍都貴，馳傳詣鄴，發冀州兵三萬為前鋒，授陽平公融為征討大都督，率兵援應；再使屯騎校尉石越，率騎一萬，從東萊出石逕，浮海四百餘里，往襲和龍。

　　洛領眾至中山，適北海公重，亦率眾來會，共計得十萬人。未幾，由竇衝等馳至，與洛交戰數次，洛皆失利。校尉呂光，素有勇略，料知洛將奔回，急從間道馳出洛後，截洛歸路，果然洛引眾退走，被光截住廝殺，洛將蘭殊，拍馬與戰，才及數合，只聽得踢蹋一聲，殊已墜地，即為光手下捉去。洛眾大潰，洛奪路欲逃，馬蹄忽蹶，也致掀倒，為光所擒，獨重沒命亂跑，行至幽州附近，被光追及，一刀斷命。和龍尚未接敗報，但由平規居守，未曾加防，突來了一支秦軍，掩入城門，劈死平規，及叛黨百餘人，這支人馬，便是石越的騎兵，一鼓馳入，立下幽州，呂光械洛入關，並將蘭殊隨解。秦王堅特加赦宥，仍署蘭殊為將軍，唯流洛至涼州西海郡，屏諸遠方，終身示罰。洛雖立平，然已是衰亂之兆。當下徵陽平公融為中書監，都督諸軍，錄尚書事。長樂公丕，為冀州牧。平原公暉，為豫州牧，且因諸氐族類繁滋，不便聚處，特將三原九嵕武都汧雍氐十五萬戶，使諸宗親分道率領，散居方鎮，如古諸侯世封成制。長樂公丕分得氐眾三千戶，辭闕啟行。堅親送至灞上，一囑屬別，父子俱有戚容，就是三千戶子弟，拜別父兄，亦皆慟哭失聲，哀感行路。祕書侍郎趙整，援琴作歌道：「阿得脂，阿得脂，伯勞舅父是仇綏，尾長翼短不能飛，遠徙種人留鮮卑，一旦緩急當語誰？」堅知他有意嘲諷，但微笑不答。他為了苻

洛一亂，格外加防，所以分遣氐眾，免得他變生肘腋，哪知同族不可恃，他族更不可恃，堅徒防同族，不防他族，這真是顧及眉睫，不防肩臂呢！為慕容氏叛秦張本。已而堅調左將軍都貴為荊州刺史，屯駐彭城，特置東豫州，令毛當為刺史，屯守許昌，都貴遣司馬閻振，及中兵參軍吳仲，領兵二萬，入寇竟陵。晉江荊都督桓衝，飛飭從子南平太守石虔，與虔弟參軍石民，出兵截擊，大破秦軍。振與仲退保管城，石虔乘勝攻入，擒住振仲，斬首七千級，俘虜萬人，飛章告捷。有詔授石虔為河東太守，特封桓衝子謙為宜陽侯，仍令江淮戒嚴，防備秦寇。

　　秦王堅好大喜功，日思統一，嘗就渭城作教武堂，命旁通兵法的太學生，教授將士，祕書監朱肜諫阻道：「陛下南征北討，已得海內十分之八，此時宜偃武修文，與民休息，乃反立學教戰，徒亂人意，何足致治！況將士多經過戰陣，莫不知兵，今更使受教書生，亦不足激厲志氣，與實無益，與名有損，不如不設為是。」堅乃罷議。

　　太常韋逞，素受母訓，劬學成名，堅平時嘗留心儒術，故命逞典禮，一日由堅親臨太學，問及博士經典，博士盧壺答道：「廢學已久，書傳零落，近年多方搜輯，粗集正經。唯《周官》禮注，尚乏師資，竊見太常韋逞母宋氏，世學《周官》，夙承父業，今年垂八十，耳目猶聰，非此母不能講解《周官》音義，傳授後生。」堅不待說畢，便欣然道：「既有韋母，何妨令諸生就學哩。」隨即召逞與議，使他稟白老母，即就逞家設立講堂，特遣生員百二十人，偕往受業。宋氏當然依命，隔幔授經，連日不輟。堅復賜給侍婢十人，號宋氏為宣文君，自是《周官》學復得發明，時稱為韋氏宋母，傳名後世。不沒賢母。還有才女蘇蕙，表字若蘭，係陳留令蘇道賢第三女，幼通文史，雅善詩歌，智識精明，儀容妙麗，年十六為竇滔婦，滔很是敬愛。嗣滔為秦州刺史，復納一妾，叫做趙陽臺，妖冶善

第六十六回　救孤城謝玄卻秦軍　違眾議苻堅窺晉室

媚，未免奪寵。蘇蕙雖號多才，究不脫兒女性質，由妒生恨，漸與竇滔反目，滔因此疏蕙。旋滔坐罪被譴，徙往流沙，但挈陽臺西去，留蕙家居。蕙獨處岑寂，不免思夫，乃為迴文詩數首，織諸錦上，宛轉循環，寓意悱惻，共得八百四十字，寄與竇滔，滔接閱迴文旋錦圖，反覆吟哦，也為泣下。可惜迴文詩未曾錄入。可巧秦王堅亦赦令回家，馬上啟行，東歸探婦，伉儷重逢，和好如初。這也是一段情天佳話，後人播為美談，看官幸勿笑我夾雜哩。不沒才婦。

且說秦王堅陽若好文，陰仍尚武，始終不忘南略。勉強捱延了兩年，正擬大舉南侵，偏東海公苻陽，及侍郎王皮，尚書郎周虨，通同謀叛，定期舉事。陽係法子，皮係猛子，虨係晉故益州刺史周撫孫，降秦受官，三人糾眾作亂，倒也是一場大難。偏偏逆謀預洩，被堅飭人收捕，面加訊鞫。陽抗聲道：「臣父哀公。苻法死諡哀公，事見前文。死不當罪，臣欲為父復仇呢！」堅不禁流涕道：「哀公致死，事不在朕，如何錯怪？」雖由苟太后主張，堅亦不能盡諉。說至此，復問皮何故謀逆？皮答道：「臣父丞相猛，有佐命大功，臣乃不免貧賤，為富貴計，不得不然。」遁辭。堅叱道：「丞相臨終，只貽汝十具牛，囑汝治田，未嘗為汝求官，朕念汝先父有功，擢汝為侍郎，汝反忘恩肆逆，這真叫做知子莫若父哩！」說著，又顧虨問狀。虨答道：「世受晉恩，生為晉臣，死為晉鬼，何勞再問？」虨果忠晉，不宜受秦官爵，既受秦封，如何謀叛？堅喝令繫獄，嘆息入宮。旋即頒發命令，曲貸三人死罪，唯徙陽至高昌，皮虨至朔方塞外，算作了案。未免失刑。

會西域車師鄯善二國，遣使入朝，願為嚮導，引秦兵經略西域，秦王堅即遣將軍呂光為都督，統兵十萬，往定西域。陽平公融入諫道：「西域荒遠，得民未必可使，得地未必可食，從前漢武西征，得不償失，臣願陛

下毋循覆轍呢！」堅不肯從，竟令呂光西行。光出隴西，越流沙，收服焉耆諸國，唯龜茲王白純一作帛純。拒命，為光所逐，光遂居龜茲，威愛兼施，遠近悅服，秦威大震。

適前高密內史毛璩之等，由秦逃亡，仍歸晉室。璩之被獲，事見上文。秦王堅乃親御太極殿，大會群臣，當面宣諭道：「今四方略定，只有東南一隅，未沾王化，現計中國兵士，可得九十餘萬，朕欲大舉親征，卿等以為可否？」尚書左僕射權翼道：「昔商紂不道，三仁在朝，武王猶且旋師。今晉雖微弱，未有大惡；謝安桓沖，並皆江表偉人，君臣輯睦，內外同心，依臣愚見，晉卻未可速圖呢。」堅沉吟半晌，又左右旁顧道：「諸卿可各言所見。」太子左衛率石越應聲道：「今歲鎮二星，適守南鬥，福德在吳，未可輕討。且彼有長江天險，民尚樂用，臣以為不宜加兵。」權翼是畏晉人和，石越並說及天時地利。堅說道：「從前武王伐紂，逆歲違卜，天道幽遠，未易可知。夫差孫皓，皆保據江湖，終歸覆滅。今憑我百萬兵馬，投鞭江中，已足斷流，怕什麼天險呢？」越又答道：「三國君主，統淫虐無道，所以敵國往取，易如拾芥。今晉雖寡德，究無大愆，願陛下且按兵積穀，坐待敵釁，果使有隙可乘，發兵未遲。」此外群臣各言利害，紛紜莫決。堅懊悵道：「這便是築室道旁，無時可成，看來唯我獨斷罷！」群臣見堅有慍色，自然不敢再言，相率退出。獨陽平公融尚在座側，堅顧語道：「人主欲定大事，不過一二臣可以與謀，今眾議紛紜，徒亂人意，我當與卿專決此事。」融答道：「今欲伐晉，卻有三難，天道不順，就是一難；晉國無釁，就是二難；中國屢經征討，兵力已疲，勢轉怯鬥，就是三難。群臣謂不宜伐晉，確是忠謀，願陛下依從眾議！」堅忿然道：「汝也來作此說麼？我尚何望？試想我有強兵百萬，資械如山，我雖未為令主，究非闇劣，乘我累勝，擊彼垂危，何患不克？怎可復留此殘寇，長為國憂呢？」

第六十六回　救孤城謝玄卻秦軍　違眾議苻堅窺晉室

融泣語道：「晉未可滅，昭然易知，今欲勞師大舉，實非萬全計策。且如臣所憂，更不止此，陛下寵養鮮卑，羌羯布滿畿甸，這統是蕭牆大患，如陛下督師南征，太子獨與弱卒留守京師，一旦變生肘腋，悔何可追？臣本頑愚，言不足採。王景略乃一時俊傑，陛下嘗比為諸葛武侯，他臨歿時，曾有遺誡，難道陛下忘記麼？」比權石二人還要說得明白，這真是苦口忠言。堅愈加不樂，退入內庭，融當然趨出。

適太子宏入內問安，堅與語道：「我欲伐晉，以強臨弱，可保必勝，朝臣皆言未可，我實不解！」宏婉答道：「今歲在吳分，晉君又無大過，若南征不捷，外損國威，內殫民力，所傷實多，無怪群下疑沮呢。」堅搖首道：「前我出兵滅燕，亦犯歲星，天道原不可盡憑。況古時秦滅六國，六國君主，豈必皆暴虐麼？」說罷，便顧令左右，宣召冠軍將軍慕容垂入議，垂應召即至，堅問及伐晉事宜，垂抵掌道：「弱肉強食，乃是古今通例。如陛下神武應運，威加海內，虎旅百萬，韓信白起滿朝，乃蕞爾江南，獨違王命，不伐何為？古詩有云：『謀夫孔多，是用不集。』願陛下斷自聖衷，不必多慮！陛下可記得晉武平吳，只有張杜二三臣，與他同意，若必從眾議，如何能統一中原呢？」美疢不如惡石。堅不禁起舞道：「與朕共定天下，獨卿一人。餘子碌碌，何足與謀！」遂命賜帛五百匹，垂拜謝而出。

堅即命陽平公融為司徒，領征南大將軍，並調諫議大夫裴元略為巴西梓潼二郡太守，囑令速具舟師，指日南下。陽平公融，辭不受職，且再入諫道：「知足不辱，知止不殆，自來窮兵黷武，鮮有不亡，況國家本係戎狄，正朔未歸，江東雖然微弱，尚存中華正統，天意亦必不遽絕哩？」堅作色道：「帝王歷數，有何定例？劉禪非漢室苗裔麼？何故為魏所滅，汝所以不能及我，就在此拘執的弊病呢！」融無言而退。堅仍授融為征南大

將軍,不過取消司徒職銜。融無奈受命。

　　堅素信沙門道安,群臣託他乘機進諫,道安允諾。一日得與堅同輦,出遊東苑,堅笑語道:「朕將與公南遊吳越,泛長江,臨滄海,公以為可樂否?」安接口道:「陛下應天御宇,居中宅外,自足比隆堯舜,何必櫛風沐雨,親往遐方哩?況東南卑溼,容易染疫,舜禹俱巡遊不返,陛下幸勿親行!」堅駁說道:「天下必統屬一尊,方可太平,朕經略四海,已得八九,難道使東南一隅,獨不被澤麼?必如公言,是古時聖帝明王,何為不憚勞苦,巡狩四方呢?」道安見不可諫,乃更易一說道:「陛下如必欲南征,也只可駐蹕洛陽,但遣一使貽書江南,怵以兵威,彼亦必稽首稱臣,無煩聖駕跋涉了。」堅終不從,小子有詩嘆道:

　　帝典王謨戒面從,矧經群議已知凶。
　　如何驕主矜張甚,但務窮兵未斂鋒。

　　既而後宮又有一人,上書諫堅,請勿伐晉!究竟書中如何措詞,待至下回再表。

　　秦兵橫行江淮,連破名城,迭擒晉將,至三阿一役,彭超俱難,屢戰屢敗,僅以身免,此可見師勞力疲,不堪久用。秦之轉盛為衰,已見一斑,非謝玄之果能無敵也。況苻洛發難,內訌已起,而鮮卑羯羌,雜伏關中,尤為苻秦之隱患,此時唯急謀鎮定,與民休息,尚足制治保邦,奈何好大喜功,尚思大舉侵晉耶?權翼一諫而不從,石越再諫而又不從,至苻融詳陳利害,尚不見聽,利令智昏,不敗何待?彼慕容垂之贊成堅議,固將覘堅之勝負,以定從違耳。堅但知面從為忠,適中垂計,天下事失之毫釐,謬以千里,堅其殆猶是乎!

第六十六回　救孤城謝玄卻秦軍　違眾議苻堅窺晉室

第六十七回
山墅賭弈寇來不驚　淝水交鋒兵多易敗

卻說秦王堅有一寵妾張氏，明敏有識，素得堅寵，號為張夫人。她聞堅欲侵晉，亦以為兵凶戰危，不宜常動，乃上書規諫道：

妾聞天下之生萬物，聖王之馭天下，皆因其自然而順之，故功無不成。是以黃帝服牛乘馬，因其性也；禹浚九川，障九澤，因其勢也；後稷播殖百穀，因其時也；湯武率天下而攻桀紂，因其心也。自來有因則成，無因則敗，今朝野之人，皆言晉不可伐，陛下獨決意行之，妾不知陛下何所因也？《書》曰：「天聰明，自我民聰明。」天猶因民，而況人主乎？妾又聞王者出師，必上觀乾象，下采眾祥，天道崇遠，非妾所知，以人事言之，未見其可。諺云：雞夜鳴者，不利行軍，犬群嘷者，宮室將空，兵動馬驚，軍敗不歸。自秋冬以來，眾雞夜鳴，群犬哀嘷，廄馬多驚，武庫兵器，自動有聲。此皆非出師之祥也，願陛下詳而思之！

堅得書覽畢，擱過一邊，且自語道：「婦人有何見識；來管什麼軍旅大事？」正懊恨間，幼子中山公詵，亦馳入面諫道：「臣聞國家興亡，係諸賢才，用賢必興，不用賢即亡。今陽平公為一國謀主，陛下奈何不用？晉有謝安桓衝，皆號賢才，陛下乃欲往伐，臣不勝滋疑，故敢直陳無隱！」堅又叱道：「天下大事，孺子何知，也敢來饒舌嗎？」兒女猶知危殆，堅奈何不知？說得詵滿懷慚憤，低頭退出。

好容易又閱一年，晉桓衝率眾十萬，攻秦襄陽，使前將軍劉波等，攻

第六十七回　山墅賭弈寇來不驚　淝水交鋒兵多易敗

淝北諸城，輔國將軍楊亮，攻蜀涪城，鷹揚將軍郭銓，攻武當。衝攻襄陽未下，分兵拔築陽，當有警報飛達長安，秦王堅亟遣征南將軍鉅鹿公睿，冠軍將軍慕容垂等，率步騎五萬救襄陽，兗州刺史張崇救武當，後將軍張蠔，步兵校尉姚萇救涪城。桓衝聞秦兵大至，退屯淝南，唯郭銓擊敗張崇，掠得二千戶東還。慕容垂為秦軍前驅，進臨淝水，與桓衝夾岸對壘。他卻想出一法，夜命軍士，各持十炬，燃系樹枝，光徹數十里。衝果被嚇退，自淝南還保上明。張蠔出斜谷，楊亮亦引兵東歸，桓衝表薦從子石民為襄陽太守，使戍夏口，自求領江州刺史，有詔依議，乃各蒞鎮轄守。

秦王堅以晉敢先發，倍加震怒，遂下令全國，集眾侵晉。約計民間十丁，抽一為兵，良家子年在二十以下，如有材勇，皆入選為羽林郎，共得三萬餘騎。拜秦州主簿趙盛之為少年都統，且預先下令道：「平晉以後，可令司馬昌明為尚書左僕射，謝安為吏部尚書，桓衝為侍中。」朝臣聞令，俱嗤為太早。我亦要笑。獨慕容垂姚萇，及良家子等，慫恿苻堅，即速發兵。陽平公融又進諫道：「鮮卑羌虜，實我仇讎，所陳計劃，無非利我疲敝，彼得乘間逞志，如何可從？良家少年，類皆富饒子弟，不嫻軍旅，但知逢迎上意，希寵求榮，陛下誤信彼言，輕舉大事！臣恐功既不成，且有後患，後悔將無及了。」堅始終不聽，反飭融督同張蠔慕容垂等，率步騎二十五萬為前鋒，自率大軍為後應，又命兗州刺史姚萇，為龍驤將軍，監督益梁二州軍事，並面語萇道：「朕嘗為龍驤將軍，得建王業，今特將此職授卿，願卿勉力！」左將軍竇衝，在旁進言道：「王者無戲言，這乃是不祥徵驗呢！」堅默然不答。亦自知失言麼？萇即辭去。

慕容楷慕容紹私語慕容垂道：「主上驕矜日甚，亡像已見，叔父此行，正好規復舊業哩。」垂點首道：「這須由汝等合力，方可成功；今且勿言，俟南下觀釁便了。」乃隨堅出髮長安，戎卒共六十餘萬，騎士約二十七

萬,旗鼓相望,前後千里。是時為晉孝武帝太元八年仲秋,涼風拂地,玉露橫天。正好行軍。秦王堅左杖黃鉞,右秉白旄,安坐雲母輦,徐徐啟行,留太子宏居守。寵妃張夫人自請從徵,當由堅敕備副車,令她隨著,端的是鬚眉巾幗,八面威風。力為後文反照。

到了九月初旬,行抵項城,涼州兵始達咸陽,蜀漢兵方順流東下,幽冀兵已到彭城,東西萬里,水陸並進。苻融等前驅兵二十五萬,先至潁口。江淮各戍,飛報建康,孝武帝急命尚書僕射謝石,為徵虜將軍,兼征討大都督,並授徐兗二州刺史,謝玄為前鋒都督,與輔國將軍謝琰,謝安子。西中郎將桓尹等,督眾八萬,出御秦軍。又使龍驤將軍胡彬,帶領水軍五千,往援壽陽。謝玄既奉朝命,也恐眾寡不敵,未免加憂,因向謝安問計,安夷然答道:「已別有旨。」玄待了多時,並不聞有什麼計議,自己不便瀆陳,因令僚屬張玄重請。安從容道:「且俟明日再談。」到了翌晨,玄再往請教,安卻召集親朋,同遊山墅,命玄亦相偕出遊。玄只好隨去,及抵山墅中,安絕口不談軍務,反令玄對坐弈棋。玄棋本勝安一籌,此時懷著鬼胎,無心下子,所以應接多疏,反致見輸。約下數局,少勝多負,玄殊不耐煩。偏安強令續弈,直至傍晚,方才撤枰。安又與親朋登山覽水,入夜乃還,終不道及軍情。矯情鎮物。越日得桓衝來書,擬遣精銳三千人,入援京師,安對來使道:「朝廷處分已定,兵甲無闕,不勞桓公遣兵;且西藩關係重大,幸勿疏防!」來使受命返報,桓衝顧語僚佐道:「謝安石有廟堂雅量,可惜不諳軍略。今大敵將至,尚務遊談,但遣諸不經事的少年,督師拒敵,兵又單弱,天下事已可知了,恐我輩不免左衽呢!」誰知後來偏出所料。

又越一月,秦苻融攻克壽陽,擒去守將徐元喜。晉龍驤將軍胡彬,聞壽陽被陷,退保硤石,融復引兵進攻。秦衛將軍梁成等,又率眾五萬,

第六十七回　山墅賭弈寇來不驚　淝水交鋒兵多易敗

進屯洛澗，沿淮列柵，阻遏東兵。謝石謝玄等，至洛澗南岸，距梁成軍二十五里，憚不敢進。胡彬因糧食將盡，潛遣人告石等道：「今賊勢甚盛，硤石乏糧，倘或不測，恐不能再見大軍。」這使人行至中途，為秦邏騎所獲，送入融營。融訊悉情形，便馳使白秦王堅道：「賊少易擒，但恐逃去，宜急擊勿失！」堅乃留大軍在項城，自引輕騎八千名，倍道就融，且遣朱序至謝石營，勸令速降。序本晉臣，志在保晉，因私語謝石謝玄道：「秦兵不下百萬，若同時並至，誠不可敵，今乘諸軍未集，宜速與戰，若得敗秦前鋒，餘眾奪氣，將不戰自潰了！」虧有此人。石尚躊躇未決，玄贊成序議，並囑序俟機歸晉，序唯唯而去。玄既送序出營，便促石進兵。石仍有難色，謂秦王堅已到壽陽，未可輕敵，不如固壘勿動，待彼師老，然後進兵。輔國將軍謝琰道：「機不可失，敵不可縱，朱序此來，正天授我機宜，奈何勿從！」石乃依議，遂與玄商定進行。

玄遣廣陵相劉牢之，率精騎五千，直趨洛澗。秦將梁成，阻澗列陣，靜待廝殺。牢之麾兵渡水，奮擊成軍，成開陣與戰，不防牢之持槊突入，左挑右撥，殺退秦兵，竟至成前，成措手不及，被牢之一槊刺來，正中腰脅，痛極墜馬，死於非命。秦弋陽太守王詠，忙來救成，兩下交手，才及數合，由牢之用槊格住詠刀，右手拔出寶劍，用力砍去，把詠劈作兩段。秦兵既失梁成，又喪王詠，嚇得心膽俱裂，各自逃生。再加謝玄謝琰，又來接應，大殺一陣，俘斬數千。牢之更往截秦兵歸津，秦兵盡棄甲拋戈，越淮奔竄，有數千人不善泅水，並皆溺死。秦揚州刺史王顯等，一併受擒，共計秦兵死傷萬五千人，所有器械軍資，都被晉軍載歸。於是晉軍水陸繼進，連謝石亦放大了膽，策馬前行。

秦苻融得洛澗敗報，趨回壽陽，與秦王堅登城遙望，見晉軍踴躍到來，步伐井井，很是嚴整，已不禁暗暗生驚。再向東北隅的八公山，眺將過

去，差不多有千軍萬馬，布滿山上。堅愕然語融道：「這也好算得勁敵哩！怎得說他弱國？」融也覺寒心，乃下城部署，更謀一戰。看官聽說！八公山上並無兵馬，不過草木蕃衍，經冬未衰，苻堅由驚生疑，還道是草木皆兵呢。有幸心者，易生懼心。堅既疑懼交併，累得寢食不安，但騎虎難下，只好督同苻融等人，再與晉軍一決雌雄。當下驅動各軍，出壽陽城，徑至淝水沿岸列陣。謝玄見對岸盡是秦軍，苦不得渡，乃遣使語苻融道：「君懸軍深入，志在求戰，乃逼水為陣，使我軍不得急渡，究竟是欲速戰呢，還欲久持呢？若移陣稍退，使我軍得濟，與決勝負，也省得彼此久勞了。」融即轉白苻堅，堅欲依晉議，諸將皆諫阻道：「我眾彼寡，不如遏住岸上，使不得渡，才保萬全。」堅駁說道：「我軍遠來，利在速戰，若夾岸相持，何時可決？今但麾兵小卻，乘他半渡，我即用鐵騎圍蹙，可使他片甲不回，豈不是良策麼？」計非不是，乃天人不肯相從奈何？融也以為然，遂麾兵使退。

　　秦軍正如牆列著，一聞退軍的命令，便即掉頭馳去，不可復止。那晉軍已控騎飛渡，齊集岸上，一面用著強弓硬箭，爭向秦兵射來。秦兵越覺著忙，競思奔避，忽又有一人大呼道：「秦兵敗了。」於是秦兵益駭，頓時大潰。苻融拍馬略陣，還想禁遏部軍，偏部眾不肯回頭，晉軍卻已殺到，急得融無法可施，擬加鞭西奔，那知馬足才展，忽然倒地，自己不知不覺，隨馬墜下。說時遲，那時快，晉軍併力殺上，刀槍並舉，亂斫亂戳，將融葅成肉泥。苻堅見融落馬，驚惶的了不得，便即返奔，連雲母輦都棄去。晉軍乘勝追擊，直達青岡，秦兵大敗，自相踐踏，死亡不可勝計。或僥倖逃脫性命，聽得道旁風聲鶴唳，都疑是晉軍將至，晝夜不敢息足，草行露宿，凍餓交併，可憐百萬大兵，十死七八，彷彿是曹操赤壁，王尋昆陽。

第六十七回　山墅賭弈寇來不驚　淝水交鋒兵多易敗

　　當時秦兵倉皇四散，究不知由何人呼敗，驚動全軍，後來朱序與徐元喜乘勢奔晉，始由序自述前因，佯呼兵敗，嚇退秦兵。照此看來，朱序實是破秦的第一功臣。還有前涼主張天錫，也隨序歸晉。謝石謝玄等，統表歡迎。復引兵奪還壽陽，拘住秦淮南太守郭褒。唯苻堅寵妃張夫人，得由親兵保護，從壽陽城出走，奔依苻堅。堅身上亦中流矢，單騎狂奔。到了淮北，聞後面已無聲響，料知距敵已遠，方敢下馬少憩，可奈飢腸亂鳴，轆轆不息，一時無食可覓，只得徬徨四顧，做了一個墻間乞食的齊人。百姓前來問訊，方識是秦王堅。乃進壺飱，奉豚髀，堅方得一飽。正慮無物可酬，湊巧張夫人馳至，帶有綿帛等物，堅且悲且喜，即命取下綿帛若干，分賞百姓。百姓辭謝道：「陛下厭苦安樂，自取危困，臣民為陛下子，陛下為臣民父，怎有子奉父食，乃思求報麼？」遂不顧而去。堅深為嘆息，旁顧張夫人，見她花容憔悴，雲鬢蓬鬆，不由的憐憫起來。轉念自己狼狽至此，滅盡前日飱威風，便且泣且語道：「我今還有何面目再治天下？」何不當時依張妃言？張夫人不便答堅，也唯有相對下淚。未幾，有散騎陸續趨集，報稱冠軍將軍慕容垂，獨得全師，部眾三萬人，不折一名。堅乃率騎往依，垂迎堅入營，謹執臣禮。

　　垂子寶密白垂道：「祖國傾覆，天命人心，皆歸至尊，不過因時運未至，晦跡埋名。今秦王兵敗，委身屬我，是天意亡秦，使我興燕，此時不圖，尚待何時？幸勿徒顧微恩，自忘社稷！」垂徐徐道：「汝言也自有理，但彼既誠心投我，如何加害？天若棄秦，何患不亡？不如暫為保護，聊報舊德！待至有釁可乘，然後舉事，方不致有負宿心，且可仗義執言，取服天下。」寶乃無言。奮威將軍慕容德入白道：「秦強時併吞我燕，今秦已弱，正可報仇雪恥，並非有負宿心，兄奈何得而不取，坐失機會呢？」垂說道：「我前為太傅所不容，置身無地，乃逃死關中，秦王以國士待我，

恩禮備至，嗣復為王猛所賣，不能自明，賴秦王明我心跡，毫不加譴，此恩此德，何可遽忘？若氏運必窮，我當懷集關東，規復舊業，關西卻非我所願有了。」冠軍行參軍趙秋道：「明公當紹復燕祚，圖讖甚明，今天時已至，尚復何待？若殺秦王，據鄴都，鼓行西進，三秦可唾手而定，何必遲疑？」垂終不從，因舉兵授堅。堅收集離散，偕垂同歸。行至洛陽，潰兵次第趨還，尚不下十餘萬。百官儀物，才得少備。垂子農復啟垂道：「尊不迫人於險，義聲足感動天地，但嘗聞祕記云：燕若復興，當在河陽，譬如取果，或在未熟，或待自落，先後相去，原不過旬日間，但難易美惡，未免懸殊，還請尊見裁擇！」垂點首道：「我自有區處。」心已動了。

嗣又自洛陽抵澠池，將入潼關，垂向堅面請道：「北鄙人民，聞王師不利，互相煽動，臣願得一詔書，馳往撫慰，且乘便過謁陵廟，請陛下準議！」想出法子來了。堅即許諾，垂欣然告退。

左僕射權翼亟進諫道：「國家新敗，四方皆有貳心，應即召集名將，置諸京師，自固根本。垂勇略過人，世長東夏，前次西來，不過為避禍起見，豈得一冠軍職銜，便已足望？陛下獨不見養鷹麼？飢乃附人，一遇風起，便思凌霄，只可謹備絳籠，繫住不放，若一經寬縱，任彼所欲，難道還重來不成？」堅爽然道：「卿言亦是，但朕已許他前去，匹夫尚不食言，況為萬乘主呢？天命果有廢興，亦非智力所能挽回，只好聽諸天命罷了！」語近迂腐。翼又說道：「陛下重小信，輕社稷，終嫌失算，臣料垂一去不返，關東禍亂，從此開始了！」堅不肯聽，即遣將軍李蠻閔亮尹固等，率眾三千送垂，又令驍騎將軍石越，率精卒三千戍鄴，驃騎將軍張蠔，率羽林五千戍并州，鎮軍將軍毛當，率部曲四千戍洛陽，俟各軍分頭出發，乃西入關中。

權翼密遣壯士百人，潛伏河橋，謀刺慕容垂。垂預防不測，使典軍程

第六十七回　山墅賭弈寇來不驚　淝水交鋒兵多易敗

同，扮作自己模樣，衣冠馬匹，悉數給同，自己卻微服輕裝，從涼馬臺編結草筏，悄悄渡河。那程同卻挈著僮僕，夜逾河橋，黃昏遇伏，同急馳獲免。權翼聞垂得脫去，自恨計策不成，垂頭喪氣，隨堅入關。堅抵長安，在郊外闢壇祭融，大哭一場，追諡曰哀。方才入城，下令大赦，撫卹陣亡家屬，這且不必細表。

且說謝石謝玄，既得破秦，便馳書告捷，司徒謝安，方對客圍棋，接到捷書，草草一閱，便擱置案上，弈棋如故。客問為何事？安徐答道：「小兒輩已經破賊了！」客起身道賀，安仍無喜色，邀客終局。及弈畢，客去，返入內室，急跨門限，屐齒為折。看官閱此，應知謝安是未嘗忘情，不過對客時，故示鎮定，好似憂怒不形，具有絕大度量。至客已辭去，遂不覺趾高氣揚，流露喜色了！小子有詩詠道：

一生憂樂本常情，露布傳來喜氣生；
怪底當年謝太傅，欺人只是一棋枰。

既而謝石班師，奏凱還朝，晉廷當有一番封賞，且至下回說明。

秦苻堅大舉伐晉，而謝安圍棋別墅，一若行所無事，譽安者稱其鎮定，毀安者譏其輕弛，此皆屬一偏之見，未足垂為定評。典午東遷，積弱已久，欲以八萬士卒，敵秦兵百萬之眾，雖有孫吳，亦難為謀，安非全無心肝，寧不知軍情重大，成敗難料。不過因萬全無策，只可委心氣運，與其張皇自擾，益亂人意，不若勉示鎮靜，稍定眾心，此乃為安之苦衷，不足與外人道也。幸而，朱序通謀，苻融失利，謝石謝玄等得一戰而勝，奏功淝水，天不亡晉，幸有此捷，何怪安之喜出望外，屐齒為折乎？故譽安者非，毀安者更非。諸葛空城，得退司馬，乃其生平之第一幸事，安亦猶是耳。彼慕容垂之不忍殺堅，猶有知己之感，餘嘗以此多之。蓋垂固不欲滅

秦，第欲復燕，設秦王堅不遇姚賈，則燕秦並存可也，欲復燕為承祖計，不滅秦為報德計，垂其尚知有義乎？

第六十七回　山墅賭弈寇來不驚　淝水交鋒兵多易敗

第六十八回
結丁零再興燕祚　索鄴城申表秦庭

　　卻說謝石班師，還至建康，孝武帝按功加賞，進謝石為尚書令，謝玄為前將軍，謝安為太保，他將亦各從優敘。唯玄固辭不受，有詔嘉獎，賜錢百萬，彩錦千段。並封張天錫為散騎常侍，兼西平公，朱序為琅琊內史，行赦境內，中外解嚴。嗣由謝安上疏，請乘苻堅喪敗，經略淮北，乃覆命前鋒都督謝玄，率同冠軍將軍桓石虔，再趨渦潁，往定兗青冀各州。這三州俱為秦有，守吏當然報達長安，無如天下事，不堪一敗。為了淝水戰事，秦兵大挫，遂致土崩瓦解，亂端四起，累得秦王堅不遑撫近，哪裡還能顧及遠方！小子且先將苻秦亂事，依次敘來。

　　隴西有乞伏氏，系出鮮卑，從前有一部酋紇幹，雄悍過人，得統附近部落，號乞伏可汗，傳至祐鄰，部眾濅盛，據住高平川。祐鄰四傳至司繁，復遷居度堅山，為秦將王統所破，因向秦請降。秦王堅賜號南單于，徵居長安，尋遣令西討叛胡，留鎮勇士川，甚有威惠。司繁死後，子國仁嗣，堅徵為前將軍，使從大軍侵晉，但留國仁叔父步頹居勇士川。及淝水敗還，步頹首先叛秦，堅使國仁往撫。步頹迎國仁入寨，願推國仁為主，背秦獨立，國仁乃置酒高會，攘袂大言道：「苻氏因石趙亂釁，妄竊名號，窮兵黷武，跨僭八州，疆宇既寧，應該修德行仁，與民休息，彼乃廣騖虛威，專謀遠略，騷動蒼生，疲敝中國，天怒人怨，致有此敗，自來物窮必虧，禍盈必覆，天道如此，苻氏怎能違天？看來是終要覆亡了。我當與諸

第六十八回　結丁零再興燕祚　索鄴城申表秦庭

君據守一方，勉成霸業哩。」大眾齊聲應命，乃召集諸部，自張一幟，遇有未肯歸附的胡人，即用兵力脅服，有眾十餘萬。為西秦立國基礎。

秦王堅正擬加討，哪知銅山西崩，洛鐘東應，丁零翟斌又起兵為亂，謀攻洛陽。丁零係西番種落，世居康居，輾轉徙入河洛，服屬苻秦；秦命翟斌為衛軍從事中郎，至是因秦敗挫，遂有貳心。再加燕族慕容鳳，燕臣王騰，遼西段延等，各率部曲依斌，斌樂得擁眾自主，興兵圖洛。

豫州牧平原公苻暉，飛書報堅，堅亟遣使至鄴，囑使冀州牧長樂公丕，傳諭慕容垂，令率部兵討斌。垂自離長安後，行至安陽，即遣參軍田山，奉箋啟丕，作問候狀。丕也恐垂有異圖，密謀襲擊，侍郎姜讓進諫道：「垂未露反形，明公擅加誅殺，似未合臣子大義，不如以禮接待，嚴加管束，密表情狀，待敕後行。」丕乃依議，乃出郊迎垂，館諸鄴西。可巧長安使至，令轉飭垂討丁零，丕乃召垂與語道：「翟斌兄弟，因王師小失，便敢肆逆。今得長安來敕，欲煩冠軍一行。冠軍英略蓋世，定能滅賊。」垂答道：「下官乃大秦鷹犬，敢不唯命是聽！」垂亦自比為鷹，將乘此揚去了。丕乃厚給金帛，垂皆不受，唯請賜還舊田園，丕當然應允。獨撥給羸兵二千，歸垂統領，又遣部將苻飛龍，率領氐騎千人，作為垂副。臨行時密囑飛龍道：「卿係王室肺腑，官秩雖卑，義同統帥，此去用兵致勝，防微杜貳，一委諸卿，願卿毋忽！」飛龍受命，遂偕垂同行。鎮將石越，馳入白丕道：「王師新敗，人心未定，丁零一倡，旬日間即得眾數千，公奈何復遣垂出發，垂係故燕宿將，常思規復，今復畀彼兵甲，這真似為虎添翼了。」丕說道：「垂在鄴中，好似伏虎寢蛟，常恐為患，今遣令外出，可紓內憂。且翟斌凶悖，必不肯為垂下，使他兩虎相鬥，我得乘彼敝，用兵制伏，這就是卞莊子的遺策哩。」偏偏不從汝料奈何？

正議論間，有一外吏入稟道：「慕容垂私謁燕廟，擅戕亭吏，且將亭

毀去了。」丕尚未答言,石越在旁問吏道:「垂已去否?」外吏道:「已出城了。」越復顧丕道:「垂敢輕侮方鎮,殺吏燒亭,反形已露,望殿下速除此人!」丕說道:「垂曾向我前面請,欲入城拜謁故廟,我尚未許,今敢燒亭殺吏,咎固難辭,但淮南一役,王師敗衂,垂獨侍衛乘輿,此功亦不可遽忘呢。」越應聲道:「垂為燕臣,事燕尚且不忠,怎肯盡忠事我?失今不取,必為後患!」丕終不信。越出告僚佐道:「長樂公父子,好為小仁,不顧大計,終當為人所擒呢!」垂挈家屬出行,只留慕容農慕容楷慕容紹在鄴,使丕勿疑。及達湯池,適有私黨從鄴來報,述及丕與飛龍密語,垂不禁怒起,便宣告部屬道:「我事苻氏,不為不忠,彼乃專圖我父子,我豈可束手就斃嗎?」乃託言兵寡,暫停河內募兵,約閱旬日,得眾八千。秦豫州牧苻暉,促使進兵,垂語飛龍道:「今距寇不遠,當晝止夜行,出彼不意,方可致勝。」飛龍亦以為然,誰知中了垂的詭計。垂少子麟,前曾告訐乃父,為垂所嫉。見六十一回。燕為秦滅,麟與母仍然歸垂。垂殺死麟母,尚不忍殺麟,唯嘗置外舍,罕得侍見。此次往來河洛,麟得隨從軍中,為垂畫策,謀殺飛龍。飛龍不能詗破,還道晝止夜行,卻是好計。時當歲暮,寒夜無光,垂遣世子寶率兵居前,季子隆勒兵居後,令飛龍約束氐騎,五人為伍,居中急走,行至夜半,一聲鼓號,寶與隆前後合兵,圍殺飛龍。飛龍寡不敵眾,又因昏夜,不辨南北,徒落得一刀兩段,連氐兵都殺得精光,不留一人。未免殘忍。垂自是以麟為能,寵愛如初。一面使田山赴鄴,潛告慕容農等,令起兵相應。慕容紹因先出蒲池,盜丕駿馬數百匹,守候農楷。到了除夕,農楷微服出鄴,與紹相會,同奔往列人去了。翌晨為晉太元九年元旦,秦長樂公丕,大宴賓客,使人往邀慕容農,不見下落。才知農等已經遁去。再令左右四出偵察,遍求至三日有餘,方聞他已往列人,追悔無及,徒喚奈何!

第六十八回　結丁零再興燕祚　索鄴城申表秦庭

那秦苻暉待垂不至，只好另檄他將毛當，往剿翟斌。斌與慕容鳳等商議對敵方法，鳳奮然道：「鳳今將為先王雪恥，願代將軍斬此氐奴！」說畢，即披甲上馬，當先出寨。丁零部眾，隨鳳馳出，勁氣直達，所向無前，秦兵相率披靡。鳳闖入秦陣，突至毛當面前，手起刀落，竟將毛當砍倒，再加一刀，結果性命。當倉猝被殺，連魂靈兒都莫名其妙，只模模糊糊的走詣枉死城。

秦兵大潰，鳳乘勝攻入凌雲臺戍，獲得甲仗馬匹，不計其數。會聞慕容垂濟河焚橋，有眾三萬，將抵洛陽，鳳乃勸翟斌迎垂，推為盟主。斌從鳳議，遣使白垂，垂尚慮有詐，乃拒絕斌使道：「我來救豫州，不來赴君，君既欲建大事，成敗禍福，由君自擇，我不願與聞！」斌使乃去，及垂抵洛陽，苻暉閉門不納，且責他擅殺飛龍。垂正在徬徨，適翟斌又遣長史郭通，來申前議。垂尚有疑色，通進言道：「將軍屢拒和議，莫非因翟斌兄弟，山野異類，無甚遠略，所以不願與謀，獨不思將軍今日，與斌合兵，可濟大業，否則將軍進為秦阻，退為斌扼，恐反致進退兩難了！」垂乃允議，遣通返報翟斌。斌率眾來與垂會，因勸垂即稱尊號，垂謙言道：「新興侯指慕容暐，見前。乃是我主，當迎歸反正，我怎好背主自尊呢！」恐非由衷之言。遂向眾宣謀道：「洛陽四面受敵，北阻大河，若欲控馭燕趙，實非易事，計不如北取鄴都，較得形便。」眾齊聲稱善，垂因復東遷。故扶餘王餘蔚，正為滎陽太守，邀同昌黎鮮卑衛駒等，迎垂入滎陽，垂又得萬餘人。群下再請上尊號，垂乃依晉中宗故事，稱大將軍大都督燕王，承制行事，號為統府，群下稱臣，文表奏報，封拜官爵，皆如王制。命弟德為車騎大將軍，封范陽王，兄子楷為徵西大將軍，封太原王，翟斌為建義大將軍，封河南王，餘蔚為征東將軍，封扶餘王，衛駒為鷹揚將軍，慕容鳳為建策將軍。部署已定，即從石門築起浮橋，渡河向鄴。

慕容農奔列人時，借宿烏桓人魯利家，利置饌餉農，農但笑不食。利入內語妻道：「慕容郎乃是貴人，今到我家，自恨貧微，不能備具盛饌，為之奈何？」妻答道：「郎有雄才大志，今無故到此，豈徒為飲食起見？妾料他必有隱圖，君宜亟出與議，不必多疑。」此婦頗有特識。利因復出見，農語利道：「我欲在此募兵，銳圖興復，卿可從我否？」利便答應道：「死生唯命！」謹遵閫教！農大喜進食，醉飽盡歡。嗣又往約烏桓部豪張驤。驤亦願為效死，於是農驅居民為士卒，斬木為兵，裂裳為旗，並使趙秋說下屠各東夷烏桓等眾，約同舉事。遠近趨集，眾至數萬。農號令整肅，隨才署職，上下帖然，兵民共悅。

　　長樂公丕，使部將石越，率著步騎萬人，往擊農軍。農眾請治列人城以便戰守，農笑道：「今糾眾起義，唯敵是求，若得戰勝，當以山河為城池，區區列人，何足整治呢！」旋聞越軍將至，便命趙秋及參軍綦毋滕擊越前鋒，斬俘數百人，得勝回營。參軍趙謙白農道：「越甲仗雖精，人心危駭，容易破滅，請急擊勿延！」農答道：「彼甲在外，我甲在心，若與彼晝戰，我軍見他外貌，未免怯懼，不如待暮出擊，可保必勝！」遂令軍士嚴裝待命，毋得妄動。會見越立柵自固，復笑語諸將道：「越兵精士眾，不知乘銳來攻，反立柵為防，我知他無能為呢！」應為所笑。待至日暮，乃鳴鑼動眾，出陣城西，牙將劉木，請先攻越柵，農即使為先鋒，令率壯士數百，前往拔柵，自率大眾繼進。劉木奮勇直前，毀柵直入，秦兵抵擋不住，向後退卻。石越素號驍勇，不肯遽退，便持槍躍馬，來與劉木決鬥。月光隱約，火具模糊，彼此一來一往，戰了數十回合，不分勝負。偏慕容農麾眾入柵，喊聲震地，刀光閃處，血肉橫飛，秦兵多半駭散，越亦無心戀戰，虛晃一槍，回馬便走。木眼明手快，就從越背後直刺一刀，越不及顧避，大叫一聲，撞落馬下，木即下馬割了越首，覆上馬追殺秦兵，

第六十八回　結丁零再興燕祚　索鄴城申表秦庭

血流數里，方才收軍回城。越與毛當，皆秦驍將，秦王堅特使幫助二子，鎮守冀豫，及相繼敗亡，秦人奪氣。敘毛石二人戰歿，筆法不同。

慕容農即使劉木，函送越首，馳報垂軍，自引兵隨後赴鄴。垂至鄴下，先接劉木捷報，繼與農等相會。農本由大眾推戴，權稱驃騎大將軍，都督河北諸軍事。垂即令實授官階，立世子寶為太子，改秦建元二十年為燕元年，史家稱為後燕。亦十六國中之一。服色朝儀，概如舊章，大封宗室功臣，計王公侯伯子男百餘人。

秦長樂公丕，使屬吏姜讓至垂營，責他負德。垂答道：「孤受秦王厚恩，未嘗背負，故欲保全長樂公，使他率眾往赴長安，然後修我舊業，與秦永為鄰好，若長樂公執迷不悟，未肯舉鄴城歸還，孤只可悉眾與爭，一經決裂，恐長樂公匹馬求生，也不可得了。」讓厲聲道：「將軍不容本國，奔命我朝，豈尚得有故燕尺土麼？主上與將軍風殊類別，一見傾心，親如宗族，寵逾勳舊，從來君臣際遇，有如此隆厚麼？今因王師小敗，遂有異圖，長樂公乃主上元子，受命鎮鄴，豈肯低首下心，便將全鄴相讓，將軍欲裂冠毀冕，自可窮極兵勢，何勞多言！不過將軍年垂七十，叛道致敗，懸首白旗，高世忠臣，反為逆鬼，實未免令人可惜哩！」垂聽了讓言，倒也無言可駁。唯左右都恨讓不遜，俱請殺讓，垂搖首道：「彼此各為其主，讓有何罪？」仍依禮遣歸。因即麾眾攻鄴，且遣使上表長安，願送丕入關，乞還鄴城。表文有云：

臣才非古人，致禍起蕭牆，身嬰時難，歸命聖朝。陛下恩深周漢，猥叨微顧之遇，位為列將，爵忝通侯，誓在戮力輸誠，嘗懼不及。去夏桓衝送死，一出雲消，回討鄖城，俘馘萬計，斯誠陛下神算之奇，抑亦愚臣忘死之效，方將飲馬桂州，懸旗閩會，不圖天助亂德，大駕班師，陛下單馬奔臣，臣奉衛匪貳，豈唯陛下聖明，鑑臣丹心，皇天后土，實亦知之。臣

奉詔北巡，受制長樂，丕外失眾心，內多猜忌，令臣野次外庭，不聽謁廟。丁零逆豎，寇逼豫州，丕迫臣單赴，限以師程，唯給廝卒二千，盡無兵仗，復令飛龍潛為刺客。及至洛陽，平原公暉，復不信納。臣竊維進無淮陰功高之慮，退無李廣失利之怨，但懼青蠅，交亂黑白，顛倒是非。丁零夷夏，以臣忠而見疑，乃推臣為盟主，臣受託善始，不遂令終，泣望西京，揮涕即邁。軍次石門，所在雲赴，雖周武之會於孟津，漢祖之集於垓下，不期之眾，實有甚焉。語太自豪。臣欲令長樂公盡眾西還，以禮發遣，而丕固守匹夫之志，不達變通之理。臣息農，收集故營，以備不虞，而石越傾鄴城之眾，輕相掩襲，兵陣未交，越已隕首。臣既單車懸軫，歸者如雲，斯實天符，非臣之力。且鄴係臣國舊都，應即惠及，然後西向受命，永守東藩，上成陛下遇臣之意，下全愚臣感報之誠。今進兵至鄴，並喻丕以天時人事，而丕不察機運，杜門自守，時出挑戰。兵刃相交，恆恐兵矢誤中，以傷陛下天性之念。臣之此誠，未簡天聽，輒遏兵止銳，不敢窮攻。夫運有推移，來去常事，唯陛下鑑之！

　　秦王堅得表，當然憤恨，也有一書報垂道：

　　朕以不德，忝承靈命，君臨萬邦，二十餘年矣。遐方幽裔，莫不來庭，唯東南一隅，敢違王命。朕爰奮六師，恭行天罰，而玄機不弔，王師敗績，賴卿忠誠之至，輔翼朕躬，社稷之不隕，卿之力也。中心藏之，何日忘之！方擬任卿以元相，爵卿以郡侯，庶弘濟艱難，敬酬勳烈，何意伯夷忽毀冰操，柳惠倏為淫夫，覽表惋然，有慚朝士。卿既不容於本國，匹馬而投命，朕則寵卿以將位，禮卿以上賓，任同舊臣，爵齊勳輔，歃血斷金，披心相付，謂卿食椹懷音，保之偕老，豈意畜水覆舟，養獸反害，悔之噬臍，將何所及！誕言駭眾，誇擬非常，周武之事，豈卿庸人所可並論哉！失籠之鳥，非羅所羈；脫網之鯨，豈罟所制，翹陸任懷，何煩聞也。念卿垂老，老而為賊，生為叛臣，死為逆鬼，侏張幽顯，布毒存亡，中原

第六十八回　結丁零再興燕祚　索鄴城申表秦庭

士女，何痛如之！朕之歷運興喪，豈復由卿，但長樂平原，以未立之年，遇卿於兩都，慮其經略，未稱朕心，所恨者此焉而已，餘復何言！

　　垂覽書不顧，但督兵圍住鄴城，攻入外郭。秦苻丕退守中城，與垂相持，經旬未下。垂遣老弱至魏郡肥鄉，築造新興城，置守輜重，復令弟范陽王德，及從子太原王楷等，攻據枋頭館陶，置戍而還。自是關東六州郡縣，依次降燕。秦北地長史慕容泓，係前燕主慕容暐弟，聞垂已起兵恢復，遂亡奔關東，收集鮮卑遺眾，得數千人，還屯華陰，自稱都督陝西諸軍事，大將軍，雍州牧，濟北王。秦王堅急命鉅鹿公叡為大將軍，都督中外諸軍事，並授左將軍竇衝為長史，龍驤將軍姚萇為司馬，撥兵五萬，使往討泓。兵隊方發，忽報平陽太守慕容衝，亦起兵河東，攻秦蒲坂，衝係泓弟，從前秦滅燕時，沖年尚只十有二歲，與乃姊清河公主同為秦俘，充入掖廷。清河公主，年方二七，具有絕色，正是芬含豆蔻，豔若芙蕖，堅怎肯放過，逼令侍寢。亡國女兒，不能自主，只好由他擺布，充做玩物。衝亦面若冠玉，與乃姊不相上下，堅又視若孌童，晨夕與共，撲朔雌雄，迷離莫辨。當時長安有歌謠云：「一雌復一雄，雙飛入紫宮。」王猛在日，極言切諫，堅不得已遣衝出宮。俟衝稍長，便令為平陽太守，哪知他得了尺符，也乘勢發難，竟與兄起兵響應，小子有詩詠道：

到底男戎勝女戎，龍陽崛起亦稱雄。
可知伊訓由來舊，誤毗頑童長亂風。

　　衝復叛秦，秦王堅不得不防，又只好調兵往御。欲知何人為將，且待下回再表。

　　秦王堅父子之縱垂，同一失策。垂可取堅而不取，至赴鄴以後，殺吏燒亭，始露異謀。嗣且借征討之名，襲殺苻飛龍，聯合翟斌，公然叛秦，

自號燕王。何其舍易而就難，先順而後逆也，推垂之意，以為英雄舉事，不迫人險，縱堅所以報私恩，聯斌所以復舊業，晉文公退避三舍，卒敗楚於城濮，後世不譏其負德，垂亦猶是耳。且觀其上表秦庭，猶以臣道自處，雖仿之周武漢高，不無過誇，然其不欲以叛人自處，已在言表。堅之報書責垂，有悔恨語。不知堅之致亡，咎由自取，違眾寇晉，一敗塗地，即無慕容氏之發難，而姚萇等伺隙而動，寧不足以亂秦！秦固無久安之理也，於慕容垂乎何尤？

第六十八回　結丁零再興燕祚　索鄴城申表秦庭

第六十九回
據渭北後秦獨立　入阿房西燕稱尊

　　卻說慕容沖起兵平陽，進攻蒲坂，秦王堅欲調兵抵禦，一時苦無統將，只好將鉅鹿長史竇衝，撥使討沖。鉅鹿公苻睿，少了一個幫手，未免勢孤，但睿是少年使氣，粗猛任性，不管什麼利害，即倍道往攻華陰。慕容泓接得探報，說他來勢凶猛，卻也寒心，當下引眾東走，將奔關東。睿便欲率兵邀擊，司馬姚萇進諫道：「鮮卑各眾，並皆思歸，所以群起為亂，今彼既東行，正好驅令出關，由彼自去，不宜阻遏。試想鼷鼠甚微，被人執尾，尚能反噬；況亂黨甚多，凶猛可知，倘或進退無路，必將向我致死，我一失利，悔將何及！故不若鳴鼓相隨，但教張皇聲勢，彼已是奔避不遑了。」睿悍然道：「今日驅出關外，他日待我旋師，彼又入關，終為後患，俗語有云：斬草除根，能乘此斬盡根株，豈不較善！況我兵比寇倍蓰，怕他什麼？」匹夫之勇，徒自取死。遂不從萇議，自為前驅，往截慕容泓。泓正防秦軍掩擊，卻故意逗留華澤，分兵四伏，專待苻睿到來。睿未曾探明路徑，但知向前亂闖，縱轡急進，行至華澤附近，見有一簇人馬，停駐澤旁，便麾兵殺去。泓略略接戰，當即退走，睿不肯舍泓，從後追趕。到了澤畔，正值春草繁茂，一碧連天，看不出什麼高低，辨不出什麼燥溼，睿尚自恃兵眾，不以為意。猛聽得胡哨聲起，草澤裡面，鑽出許多伏兵，各執長槊，前來廝殺，睿忙督眾抵敵，不防一面伏發，四面俱起，一齊圍裹攏來，累得睿前後左右，統是敵兵。睿自知不佳，只好退

第六十九回　據渭北後秦獨立　入阿房西燕稱尊

兵，為了一退，頓致行伍錯亂，沒路亂竄。華澤中多是泥淖，一不經心，立即滑倒，斷送性命，睿亦急不暇擇，誤蹈淖中，馬足越陷越深，一時無從自拔，那敵兵即乘勢攢集，你一槊，我一槊，戳得苻睿身上有幾十百個窟窿，就使銅頭鐵腳，也是活不成了。餘眾亦大半陷沒，只剩得殘卒數千，還虧姚萇馳來援應，方得救回。

萇返至華陰，檢查兵士，十失七八，幾難成軍。乃遣龍驤長史趙都，速詣長安，報明敗狀，一面謝罪，一面請示。哪知趙都去後，杳無複音，派人探聽，才知都被殺，且有敕命來拿姚萇。萇當然惶急，潛奔渭北，轉至馬牧。西州豪族尹詳趙膺王欽狄廣等，共挈五萬餘家，願推萇為盟主，萇未肯照允。天水人尹緯進言道：「百六數週，秦亡已兆，如將軍威靈命世，必能匡濟時艱，所以豪傑驅馳，共樂推戴，將軍宜降心從議，曲慰眾望，不可坐觀沉溺，同就淪胥。」萇躊躇半晌，自思秦已與絕，無路可歸，不如就此獨立，較為得計。全是苻堅激成。遂依了緯議，據萬年為根本地，自稱大將軍大單于秦王，大赦境內，改元白雀。即用尹詳龐演為左右長史，姚晁尹緯為左右司馬，狄伯支焦虔等為從事中郎，王欽趙膺狄廣等為將帥。歷史上稱苻氏為前秦，姚氏為後秦。為十六國中三秦之一。

時慕容沖為秦將竇衝所破，奔依兄泓。泓仍屯華陰，集眾至十餘萬，因貽書秦王堅道：「吳王指慕容垂。已定關東，可速資備大駕，奉送家兄皇帝，指慕容暐。泓當率關中燕人，翼衛皇帝還主鄴都，與秦以武牢為界，分王天下，永為鄰好。鉅鹿公輕齎銳進，為亂兵所害，非泓本意，還幸俯原！」若譏若諷，比唾罵還要利害。堅得書大怒，即召慕容暐入責道：「卿兄弟干紀僭亂，乖逆人神，朕應天行罰，拘卿入關，卿未必改迷歸善，乃朕不忍多誅，宥卿兄弟，各賜爵秩，雖云破滅，不異保全，奈何因王師小敗，便猖獗至此？垂叛關東，泓沖複稱兵內侮，豈不可恨！今泓

書如此，付卿自閱，卿如欲去，朕當相資助，如卿宗族，可謂人面獸心，不能以國士相待呢。」說著，將來書擲示慕容暐，暐連忙叩頭，流血泣謝。堅怒意少解，乃徐徐說道：「古人云父子兄弟，罪不相及，今三豎構兵，咎不在卿，朕非不曉，許卿無罪，仍守原官。但卿宜分書招諭，令三叛速即罷兵，各還長安，須知朕不為已甚，所有前愆，概從恩宥便了。」全是呆氣。暐唯唯而出，名為奉命致書，暗中卻遣密使囑泓道：「秦數已終，燕可重興，唯我似籠中禽鳥，斷無還理，且我不能保守宗廟，自知罪大，不足復顧。汝可勉建大業，用吳王為相國，中山王暐曾封衝為中山王。為太宰，領大司馬，汝可為大將軍，領司徒，承制封拜，聽我死耗，汝便即尊位，休得自誤！」亡國主自知死罪，死期亦不遠了。泓得暐使傳言，乃進向長安，改元燕興，且致書與垂，互結聲援。

　　垂圍攻鄴城，日久未下，因向右司馬封衛問計，衛請決漳水灌城。垂依議施行，水入城中，固守如故。垂未免焦煩，特自往遊獵，聊作消遣，順便過飲華林園，不意為內城所聞，出兵掩襲，將園圍住，飛矢如注，垂幾不得脫，幸冠軍將軍慕容隆，麾騎往援，衝破秦兵，才得翼垂出圍。

　　垂既得回營，太子寶入白道：「翟斌恃功驕恣，潛有貳心，不可不除！」垂說道：「河南盟約，不應遽負，況罪狀未露，便欲下手，人必謂我嫉功負義。我方欲收攬豪傑，恢弘大業，奈何示人褊狹，自失人望呢！果使彼有異謀，我當豫先防備，彼亦無能為了。」寶趨退後，范陽王德，陳留王紹，驃騎大將軍農，俱進見道：「翟斌兄弟，貪驕無厭，必為國患。」垂又駁道：「貪必亡，驕必敗，怎能為患？彼有大功，當聽他自斃罷。」既而斌囑使黨與，代請為尚書令，垂復語道：「翟王功高，應居上輔；但現在臺尚未建，此官不便遽設，且俟鄴城平定，自當相授。」斌以所求不遂，竟致懷怒，潛與城中勾通，使人洩去漳水。當有人向垂報聞，垂不動聲色，

第六十九回　據渭北後秦獨立　入阿房西燕稱尊

佯召斌等議事，斌與弟檀敏入帳，由垂叱令左右，將他弟兄拿下，面數斌罪，按律斬首。檀敏亦被殺，餘皆不問。

斌從子真，卻夜率部眾，北走邯鄲。嗣又還向鄴下，欲與苻丕，內外相應。垂太子寶，與冠軍大將軍隆，湊巧碰著，迎頭痛擊，得將真眾擊退，向垂報功。垂又遣農楷二人，帶著騎兵數千，北往追真。馳至下邑，見真眾駐紮前面，多是老弱殘兵。楷即欲進戰，農諫阻道：「我兵遠來，已經飢疲，且賊營內外，未見丁壯，定有詐謀，不如安營自固，免墮彼計！」楷不聽農言，徑擊真營，真棄營佯退，誘楷往追。楷恃勇追去，果為伏兵所圍，衝突不出，勢將覆沒。還是農急往相救，殺開血路，方將楷拔出圍中，狼狼馳還，兵士已傷斃不少了。垂見楷等敗歸，乃宣告大眾道：「苻丕窮寇，必且死守，丁零叛擾，乃我心腹大患，我且遷往新城，縱丕西還，既可謝秦王宿惠，復可防翟真來侵，這也未始非目前至計呢。」眾無一異議，垂遂引兵去鄴，北屯新城，再遣慕容農往攻翟真。真轉趨中山，據住承營，復遣從兄遼，往扼魯口，作為犄角。農乃先攻翟遼，遼屢戰屢敗，仍奔依翟真去了。垂借翟起兵，旋為翟累，他人之不可恃也如此。

後秦王姚萇，進屯北地，秦王堅調集步騎二萬人，親出討萇。行次趙氏塢，使護軍楊璧，帶領遊騎三千，堵萇去路。又令右軍徐成，左軍竇衝，鎮軍毛盛等，三面攻萇，連破萇兵，並將萇營水道，扼住上源，不使通入。時當盛夏，萇軍無從得水，當然患渴。萇令弟尹買出營，領著勁卒二萬，往擊上流守堰的秦兵，期通水道。不防秦將竇衝，埋伏鸛雀渠，待至尹買到來，一鼓齊出，竟將尹買擊死，斬首至一萬三千級，只餘數千人逃回。萇眾大懼，向地掘坎，不得涓流，去路又被塞斷，好似竹管煨鰍，危險萬狀。約莫過了三五日，萇營內渴死多人，急得萇仰天長嘆，焦灼異

常。忽然間，黑雲四布，雷電交乘，大雨傾盆而下，滂沛周流，萇眾得飲甘霖，不由的歡躍逾恆，精神陡振。更可怪的是萇營裡面，水深至三尺許，距營百步外，水僅寸餘。秦王堅方在營用膳，得著雨信，甚至投箸起座，出指空中道：「老天，老天！難道汝亦佑賊麼？」汝何嘗非賊？秦軍見天意歸萇，並皆氣餒，萇軍轉衰為盛，又通使慕容泓，約為奧援。

會燕謀臣高蓋等，因泓持法嚴峻，德望不及乃弟衝，竟引眾殺泓，推立衝為皇太弟，承制行事，署置百官，即用高蓋為尚書令。殺兄者反舉為首輔，可見衝實與謀。姚萇聞衝得眾心，特致書相賀，且遣子崇往質衝營，令衝速赴長安，牽制苻堅。一面集眾七萬，徑攻秦軍。秦將楊璧，擋住去路，被萇衝殺過去，立即蕩破，且將楊璧擒住。再分頭掩擊徐成毛盛各營，無不摧陷。連徐毛二將，一併擒來，只竇衝得脫。萇卻厚待楊璧徐成毛盛三人，與他宴飲，好言撫慰，以禮遣歸。樂得客氣。

秦王堅很是懊喪，又接長安警報，慕容衝兵馬日逼，不得已舍了姚萇，奔回長安。適平原公苻暉，率領洛陽陝城兵眾七萬人，還援根本，堅遂命暉都督中外諸軍事，配兵五萬，出拒慕容衝。行至鄭西，與衝接戰，秦兵已成弩末，所向皆靡，暉只得退走。堅又遣前將軍姜宇，與少子河間公琳，率眾三萬，禦衝壩上，又覆敗績。琳與宇相繼戰死，衝遂入據阿房城。衝小字鳳皇，當時長安有歌謠道：「鳳凰鳳凰止阿房。」秦王堅還道阿房城內，將有真鳳凰到來，意謂鳳凰非梧桐不棲，非竹實不食，特植桐竹數十萬株，專待鳳凰。哪知來的是人中鳳凰，不是鳥中鳳凰，反使秦王堅一番奢望，變作深愁。這豈非變生不測麼？

俗語說得好，喜無雙至，禍不單行。秦既為慕容氏姚氏所困，已鬧得一塌糊塗，偏江左的桓謝各軍也乘勢進略淮北，連下各城。荊江都督桓衝，已自愧前時失言，悔不該輕視謝氏，遂至恚憤成疾，病歿任所。回應

第六十九回　據渭北後秦獨立　入阿房西燕稱尊

六十七回中桓衝語，且因衝尚為賢臣，故隨筆敘及衝之病歿。晉廷追贈衝為太尉，予諡宣穆。只從子桓石虔，方隨謝玄逾淮北行，拔魯陽，下彭城，逐去秦徐州刺史趙遷，玄表石虔為河東太守，使守魯陽。自為彭城鎮帥，使內史劉牢之，攻秦兗州，擊走秦守吏張崇。崇奔依燕王慕容垂，牢之得進據鄄城，晉軍大振。河南城堡，陸續歸晉，晉授太保謝安為大都督，統轄揚江荊司豫徐兗青冀幽並梁益雍涼十五州軍事，並加黃鉞，餘官如故。安表辭太保職銜，情願統兵北征，恢復中原全境，有詔不許。適謝玄進圖青州，特遣淮陽太守高素，率兵三千，往攻廣固。秦青州刺史苻朗，係秦王堅從子，放達有餘，韜略不足，急得手足無措，只好奉書乞降。玄當即收納，送朗入都，再分檄各將，北攻冀州，劉牢之進據碻磝，濟陽太守郭滿，又進據滑臺，將軍顏肱劉襲等，復進逼黎陽。秦冀州牧苻丕，聞報大驚，急遣將軍桑據，至黎陽抵禦晉軍。不料黎陽又被陷沒，更聞燕軍復來圍鄴，正是愁不勝愁，拒絕勝拒，沒奈何遣參軍焦逵，向晉乞和，寧讓鄴城與晉，但請假途求糧，西赴國難。逵奉命後，密語司馬楊膺道：「今喪敗至此，長安阻絕，存亡且不可知，就使屈節竭誠，徑乞糧援，尚恐不得見許，乃長樂公豪氣未除，語設兩端，事必無成，奈何奈何？」楊膺道：「這也何難，但教改書為表，自稱降晉，許以王師一至，便當致身南歸，我想晉軍方銳圖冀州，定必前來援鄴了。」焦逵猶有難色，膺附耳與語道：「君慮彼未肯相從嗎？如果晉軍到來，我等可逼令出降，否則生縛與晉，看他何法拒我？」好一個參謀。說罷，便將丕書私下改竄，令逵齎送晉軍。

　　晉將接著，送逵往見謝玄，玄欲徵丕子入質，然後出援。逵固陳丕無他志，且將楊膺所囑，亦約略表露，玄始有允意，遣使轉白謝安。安正與琅琊王道子有隙，樂得藉此為名，出外督軍，遂許玄收鄴，自請往鎮廣

陵，經略中原。孝武帝當即批准，親餞西池，由安獻觴賦詩，從容盡歡，然後別主出都，盡室偕行，徑赴廣陵去了。

且說慕容垂屯兵新城，遣子麟攻入常山，收降秦將苻定苻紹苻亮苻評，進拔中山，執住守將苻鑑，遂得入中山城。慕容農引兵會麟，與麟共攻翟真，馳至承營，兩人並轡先驅，觀察形勢，隨從只數千騎兵，真卻驅眾齊出，竟來角鬥。燕兵俱逡巡欲退，慕容農語麟道：「丁零非不勇悍，翟真卻是懦弱，我若簡率精銳，專攻翟真，真必卻走，眾亦自散，可蹔使盡殲了。」說著，便回頭返顧，見驍騎將軍慕容國，方在背後，就使他率領銳騎百餘，徑衝翟真，真果返奔，眾亦馳還。農與麟從後追逐，迫壓營門，真眾爭門奔入，自相踐踏，死傷甚眾。燕軍得夾雜進門，遂拔承營外郛。真慌忙逃入內城，閉門守住，有一半未及奔入，統棄械降燕。慕容農收了降眾，再攻內城。相持多日，真糧將盡，潛開門遁往行唐，真司馬鮮於乞叛真，將真刺死，自稱趙王。真眾不服，又共殺乞，擬推立翟遼為主。偏遼已奔往黎陽，只有從弟翟成，尚在軍中，大眾就奉為主帥，據住行唐，苟延殘喘罷了。

慕容垂擬北都中山，將自新城啟行，聞苻丕在鄴，引晉援師，不由的怒氣上衝，便語范陽王德道：「苻丕可去不去，與我爭鄴，且向晉乞援助守，情實可恨，我且去趕走了他，再作計較。」德也即贊成，因復引兵圍鄴，但留出西門一路，縱丕出奔。丕仍不肯去，居守如初。

垂在城下數日，接得慕容沖來書，乃是故主慕容暐被殺，在秦諸宗族，一律就殲，只垂幼子柔，與垂孫盛，脫奔沖營，幸得無恙，請垂放心。且說自己承暐遺命，已在阿房城稱尊即位，勉承燕祚，云云。垂不禁悲嘆，將佐統向垂勸進，垂謂沖已稱號關中，不應遽自加號，且從緩議為是，垂非不願稱尊，實恐柔盛為沖所害，故置諸緩圖。將佐方才無言。究竟慕容

第六十九回　據渭北後秦獨立　入阿房西燕稱尊

暐如何被殺，應該約略敘明。

暐在長安，尚有宗族千餘人，他本思奔往關東，苦無間隙。慕容紹兄肅，與暐密謀，將乘暐子婚期，請堅入室，為刺堅計，堅全未得知。既而婚期已屆，暐入見堅，稽首稱謝道：「臣弟衝不識義方，辜負國恩，臣罪該萬死，蒙陛下恩同天地，許臣更生，臣次子適當結婚，愚意欲暫屈鑾駕，倖臣私第，臣得奉觴上壽，不勝萬幸！」堅當即許諾，會遇大雨，堅果不出，暐計遂敗。乃決意出奔，密令部酋悉羅騰屈突鐵侯等，潛告鮮卑遺眾，詐言自己將受命出鎮，舊部俱可隨去，應預先會集，在城外伺候。部眾信以為真，內有一人名叫突賢，往與妹別，妹為秦將竇衝妾，不忍乃兄遠離，請諸竇衝，乞留突賢。衝即入白秦王，秦王堅驚詫道：「朕並未有遣暐情事，為何設此謊言？」衝答道：「陛下既未有此意，定是慕容暐有異謀了。請速傳召悉羅騰，訊明虛實。」堅即召騰入訊，備悉暐謀，因復傳召暐肅。肅語暐道：「無故猝召，事必洩了，入即俱死，不如殺死來使，斬關出奔，或可得一生路。」暐尚謂秦王未必知謀，當有別事相商，遂與肅併入見堅。堅果盛氣相向，叱暐負恩謀叛。暐尚思抵賴，肅直答道：「家國事重，顧不得小恩小惠，我等不幸事洩，外面二王即至，秦祚總不久了。」堅竟大怒，喝斬暐肅。並令衛兵搜捕鮮卑各眾，無論男女老幼，盡加誅戮。唯慕容柔寄養閹人宋牙家，幸得免死，且與慕容盛乘隙逃出，奔依慕容衝。

衝為暐發喪，託稱受遺即位，稱帝阿房，改元更始，因即貽書與垂，如上所述。史稱慕容衝為西燕，但因他歷年短促，不列入十六國中。特別提醒。小子有詩嘆道：

桐竹紛披引鳳凰，矯雛一舉入阿房；
當年僭國俱垂史，獨略西燕為速亡。

衝既稱帝，復西逼長安。欲知秦王堅如何拒衝，請看官續閱下回。

本回事實，最為拉雜，總之為苻秦衰亡之兆。慕容垂慕容泓慕容衝，皆燕臣而降入於秦者也。姚萇為姚弋仲第二十四子，亦因兄襄之敗沒，率諸弟而降入於秦者也。垂之叛，秦縱之；萇之叛，秦實激之，縱之已為失策，激之尤屬非計，故秦王堅之敗亡，皆其自取耳。慕容泓慕容衝，因垂之發難而並起，紫宮之讖，鳳凰之謠，何莫非堅之自召，樂極悲生，理有固然，無足怪者。晉與秦本為仇敵，其乘秦亂而出兵，尤勢所必至者也。翟斌輩特其導線耳。故本回雖頭緒紛繁，而實可一言以蔽曰：苻秦之亂亡。

第六十九回　據渭北後秦獨立　入阿房西燕稱尊

第七十回
墮虜謀晉將逾絕澗　應童謠秦主縊新城

　　卻說慕容衝進逼長安，眾至數萬。秦王堅登城俯視，見衝在馬上耀武揚威，不禁失聲道：「此虜從何處出來，乃敢猖獗至此！」當還問自己。說著，復大聲呼衝道：「奴輩止可牧牛羊，何苦自來送死！」前時何亦引入紫宮？衝答道：「正因不願為奴，所以欲取爾位！」堅令將士登陴守禦，自下城躊躇多時，乃遣使齎取錦袍一襲，出城送入衝營，且令傳諭道：「古人交兵，不絕使人，朕想卿遠來草創，豈不憚勞，特命使臣賜汝一袍，聊明本懷，朕與卿何等恩情，卿為什麼變志？」衝亦遣詹事復答，自稱皇太弟，謂現今心在天下，豈顧一袍小惠，如果知命，便可君臣束手，早送出皇帝梓宮，孤當寬貸苻氏，借報前惠，省得汝口口聲聲，自矜舊誼。龍陽之寵，原不足道。這一席話，氣得苻堅兩目圓睜，且怒且悔道：「我不用王景略陽平公言，使白虜膽敢至此，豈不可嘆！」秦人向呼鮮卑為白虜。遂調兵出戰，互有殺傷。兩下裡相持兼旬，已戰過了好幾次，未決勝負。秦王堅不覺憤發，親督將士，與衝交戰仇班渠，得破衝軍，進至雀桑再戰又捷，復進至白渠，陷入伏中，為衝所圍。又是驕兵之過。殿中上將軍鄧邁，左中郎將鄧綏，尚書郎鄧瓊，自相告語道：「我家世受秦恩，怎可不死君難！」當下各執長矛，拚死突圍，三將在前，諸軍隨後，一齊奮勇，立將衝兵衝散。堅得著走路，始克馳歸。

　　衝收兵不進，到了夜間，卻遣尚書令高蓋，引眾疾走，潛襲長安。城

第七十回　墮虜謀晉將逾絕澗　應童謠秦主縊新城

中未曾戒備，晨啟南門，突被衝軍掩入，門不及閉，幸左將軍竇衝，前禁將軍李辯等，從內城殺出，猛厲無前，得把高蓋殺退，斬首八百，臠屍分食。蓋敗退後，復移兵往攻渭北諸壘，與秦太子宏相值，戰復失利，奔回衝營。秦王堅又自出擊衝，大獲勝仗，逐衝至阿房城，城尚未闔。秦將請乘勝殺入，偏堅懲著前敗，只恐城內有伏，不敢徑進，竟鳴金收軍，退回長安。前次輕進，此次輕退，總之氣數將盡，無一合宜。

後秦王萇，聞衝入關，與僚佐共議進止，齊聲道：「大王宜亟西行，得能先取長安，方可立定根本，再圖四方。」萇笑說道：「諸君所論，皆非明見。今日燕人起兵，意在規復故土，就使得志，也必不願久留關中，我當移屯嶺北，廣收資實，坐待秦亡，俟燕人既去，然後引眾入關，長安可唾手而取了。是即鷸蚌相爭，漁翁得利之策。僚佐方才拜服，萇乃留長子興居守北地，自率部眾趨新平。從前石虎季年，清河人崔悅為新平相，被郡人殺死，悅子液奔入長安，至苻堅僭位，得官尚書郎，自表父仇不共戴天，欲與新平人拚命，堅代為調停，削去新平城角，作為紀念。新平土豪，引為己恥，常思自立忠義，得補前恨。及萇至新平，太守苟輔，因兵單難守，即欲降萇，郡人馮傑等入諫道：「天下喪亂，忠臣乃見，昔田單僅守一城，尚得存齊，今秦猶連城數百，難道便滅亡不成？況既為臣子，服事君父，要當盡心竭力，除死方休，奈何甘作叛臣，遺臭萬年呢？」輔乃誓眾固守，多方抵禦。萇築土山，輔亦築土山，萇鑿道地，輔亦鑿道地，內外相制，屢挫萇眾。輔又為詐降計，誘萇入城，伏兵邀擊，幾得擒萇。萇幸得逃脫，部眾喪亡萬餘人。嗣是萇不與輔戰，但在城外，築起長圍，堵截糧汲，輔堅守數月，糧盡矢竭，連水道尚且不通，眼見是無力再支。萇探得消息，即遣吏語輔道：「我方以義取天下，豈忍仇害忠臣？君可率眾男女還長安，請勿他慮，我但求此城設鎮罷了。」輔信為真言，遂

率男女萬五千口，開城西走，那知萇已預設陷坑，坑旁置伏，一俟輔眾出來，即發伏四蹙，迫使入阱，可憐萬五千口兵民，都墮落陷坑中，盡被坑死，無一子遺。如此暴虐，哪得久長？萇得入據新平，專探聽長安消息，再議進行。

那鄴城為燕王垂所困，再遣使至晉促援。晉前鋒都督謝玄，乃遣劉牢之率兵二萬，北援鄴城，並饋秦兵糧米二萬斛，燕王垂督眾逆戰，擋不住牢之銳氣，紛紛潰退，垂不得已撤圍北走。牢之不願入城，便即長驅追擊。秦長樂公丕，正出城迎接牢之，偏牢之已經過去，乃亦督兵繼進。牢之恃勇輕追，晝夜疾馳二百里，至董唐淵，將及垂兵。垂語將佐道：「秦晉瓦合，各自爭強，勝不相讓，敗不相救，實非同心。今兩軍相繼追來，勢尚未合，我宜用計，先破晉軍，晉軍敗去，苻丕亦何能為呢？」遂在五橋澤旁，散置輜重，作為晉餌，使慕容德慕容隆兩將，分兵伏住五丈橋，靜候晉軍。牢之引眾越五橋澤，見沿路盡是輜重，不禁欣羨起來，晉軍又個個好利，統望前爭取，遂致不顧行列，哪知慕容德慕容隆兩軍，左右殺出，急切裡如何抵擋？再加慕容垂統著大眾，又復殺回，三面受敵，料難招架，不得不拍馬返奔，回至橋畔，禁不住叫一聲苦，原來橋板已被燕兵拆去，只有澗水潺潺，絡繹不絕。牢之逃命要緊，索性退後數步，將馬韁一提，幸虧是匹駿馬，騰空躍起，得將五丈澗跳過。也是牢之命尚未絕。部眾無此馬匹，相率投入澗中，好許多捲入漩渦，隨水漂沒，唯素能泅水的，還得幸逃性命。偏燕兵尚不肯舍，架起橋板，仍逾橋追來。牢之倍覺著急，適值苻丕踵至，才得保救牢之，擊退燕兵。牢之隨不回鄴，鄴中大飢，前時由晉給與二萬斛，經旬散盡，丕不得已引眾至枋頭，就食晉谷，令劉牢之入守鄴城。謝玄以牢之兵敗，徵還原鎮。丕亦仍然回鄴，察知楊膺前謀，將他誅戮，自是仍不服晉。

第七十回　墮虜謀晉將逾絕澗　應童謠秦主縊新城

　　慕容垂亦無從覓糧，趨回中山，沿途但取桑椹代食，飢疲異常。關東前時，曾有謠言道：「幽出又，生當滅，若不滅，百姓絕。」又係慕容垂原名。曾見前文。垂與丕相持經年，害得百姓不安耕稼，遂致野無青草，人自相食，應了前日謠言；這也未始非劫運侵尋，所以有此兵爭呢。實是爭城者之罪。且說慕容沖敗回阿房，收集敗軍，再加整繕，復四出寇掠。秦平原公苻暉，屢次為沖所敗，秦王堅使人責暉道：「汝為我子，擁眾數萬，不能制一白虜小兒，還想活著做甚？」暉聞言恚慨，竟至自殺。前禁將軍李辯，都水使者彭和正，恐長安不守，召集西州人，出屯韭園，堅徵召不至。高陽公苻方，與尚書韋鍾父子，駐守驪山。方與沖戰歿，鍾父子並皆擒住。沖命鍾子謙為馮翊太守，使招降三輔士民。馮翊壘主邵安民等，責謙道：「君係雍州望族，今乃從賊自失忠義，有何面目對人！乃尚敢來饒舌嗎？」謙羞慚滿面，返白父鍾，鍾不勝悔嘆，仰藥以殉，謙南下奔晉。秦左將軍苟池，右將軍俱石子，率騎五千，與沖爭麥，沖族人徵西將軍慕容永，擊殺苟池，石子奔鄴。秦復遣驍將楊定，引兵擊沖。定係故仇池公楊纂族人，仇池陷沒，降入苻秦，秦滅仇池，見六十二回。堅愛定驍勇，招為女婿，拜領軍將軍，至是率左右精騎二千五百人，前擊沖軍，十蕩九決，無人敢當，沖眾大敗，被定擄得萬餘人，還城報功。堅命將俘虜一併坑斃，再令定出徇壩上，又破慕容永，永退語慕容沖，謂定難力敵，宜用智取。沖乃設塹自固，俟養足銳氣，再行進攻。嗣聞長安城上有群鳥數萬翔鳴，俱作悲聲，關中術士，多言長安將破，沖乃悉眾攻長安，秦王堅親出督戰，飛矢集身，流血滿體，不得已走還城中。

　　沖縱兵暴掠，民皆流散，道路斷絕，千里無人煙。唯馮翊堡壁三十餘所，推平遠將軍趙敖為統主，共結盟誓，輒遣人負糧助堅，途中多為燕兵所殺，不過二三人得入長安。堅使人傳語道：「聞來使多不得達，忠義可

嘉，死亡可憫。當今寇氛日惡，非數人可能拒滅，但望明靈照護，禍絕災退，方有轉機，卿等當善保誠順，為國自愛，裹糧坐甲，靜聽師期，不可徒勞役夫，輕麋虎口。為此諭令周知」等語。既而三輔豪民，又遣人告堅，請撥兵攻衝，願放火為內應。堅又與語道：「諸卿忠誠，可敬可哀，但時運剝喪，恐無益國家，空使諸卿夷滅，益足傷心！試想我猛士如虎，利刃若霜，乃反為小醜所困，豈非天意，願卿等善思為是！」天道惡盈，堅其果知此義否？偏豪民又復固請，情願效死，堅乃遣騎士八百，往劫衝營。三輔人卻也縱火，無奈風勢不順，焰反倒衝，竟致自焚，十有九死。

　　堅聞報益哀，就在長安設祭招魂，且親制誄文道：「有忠有靈，來就此庭，歸汝先父，勿為妖形。」一面遣護軍仇騰為馮翊太守，往撫郡縣，大眾都感激涕零，誓無貳志。無如人心尚固，天意難回，長安城中，但聞有人夜呼道：「楊定健兒應屬我，宮殿臺觀應坐我，父子同出不共汝。」到了詰旦，遍索此人，查無蹤跡。長安又有遺書，叫做《古苻傳賈錄》，內有帝出五將久長得一語。又秦人亦有謠傳云，堅入五將久長得。堅知長安東北有五將山，還道是往至五將，便可久長得國。乃囑太子宏留守長安，且與語道：「讖文謠言，統謂我宜出五將。大約天意欲導我出外，集兵剿寇。今留汝兼總兵政，善守城池，不必與賊爭利，我當出隴收兵，輸糧給汝便了。」計議已定，先使將軍楊定，出西門擊衝，截住衝軍，自與寵妃張夫人，及幼子中山公詵，幼女寶錦，率騎數百，東出五將。正要啟行，即有敗卒入報導：「楊將軍為賊所算，追賊不慎，墜入陷坑，竟被賊捉去了！」楊定被擒，事從虛寫。堅不禁大駭，匆匆囑別，出城自去。

　　長安城中的戰將，首推楊定，定既被擒，闔城驚懼。燕兵又猛攻不息，秦太子宏，料不能守，奉母挈妻及宗室男女等，西奔下辨。百僚逃散，司隸校尉權翼等數百人，奔投後秦。慕容衝入據長安，縱兵大掠，死亡不可

第七十回　墮虜謀晉將逾絕澗　應童謠秦主縊新城

勝計。那秦王堅出長安城，行過韭園，麾騎襲擊，前禁將軍李辯奔燕，都水使者彭和正走死，堅乃徑往五將山。

後秦主姚萇，探得苻堅出奔，正擬往襲，適值權翼奔來，益知苻氏虛實，遂遣驍騎將軍吳忠，帶領騎兵，往圍五將山。忠星夜前進，行抵五將，一聲鼓譟，把山圍住。秦兵當即駭走，只侍御十餘人，隨著苻堅。堅神色自若，尚召宰人進膳，從容下箸。俄而後秦兵至，把堅拘往新平。所有堅妾張夫人以下，一併被擄，幽禁新平佛寺中。姚萇不見苻堅，但使人向堅求璽道：「萇次應歷數，可將傳國璽見惠。」堅瞋目怒叱道：「小羌敢幹逼天子，太無天理，圖緯符命，有何依據？五胡次序，無汝羌名，璽已送晉，豈授汝小羌麼？」萇尚不肯已，再遣右司馬尹緯，迫堅禪位。堅見緯狀貌魁梧，志氣英挺，身長八尺，腰帶十圍，不由的驚問道：「卿在朕朝，曾否得官？」緯答道：「曾做過幾年吏部令史。」堅嘆息道：「卿儀容不亞王景略，也是一宰相才，朕無耳目，獨不知卿，怪不得今朝敗亡哩？」緯乃援堯舜禪讓故事，從容諷堅。堅變色道：「禪讓故事，唯聖賢可為，姚萇叛賊，怎得上擬古人！」汝也不配為聖賢。說著，復大罵姚萇背恩負義，嘮叨不休。緯知不可說，返報姚萇，萇竟遣使逼堅自盡。堅臨死時，顧語張夫人道：「不可使羌奴辱我女兒。」遂拔出佩劍，先殺寶錦，然後投繯畢命，計年四十八歲。張夫人向屍再拜，大哭一場，就把堅佩劍拾起，向頸一橫，碧血飛濺，紅顏委逝。中山公詵，也取劍自刎，隨那父母靈魂，同往鬼門關去了。難得有此烈婦孝子！

後秦將士，得知此變，也為哀慟。姚萇至此，亦不欲自播惡名，只言堅父子自盡，許為殮葬，追諡堅為壯烈天王。先是關中，嘗有童謠云：「河水清復清，苻堅死新城。」堅聞謠知戒，每出征伐，遇有地方名新，便即避去，但到頭終縊死新平。又有童謠云：「阿堅連牽三十年，後若欲敗時，

當在江淮間。」又云：「魚羊田升當滅秦。」前謠是應在淝水一役，後謠是應在鮮卑亡秦；魚羊便是鮮字，田升乃是卑字，總計堅在位二十七年，為晉所敗，後二年，燕入長安，走死五將，俱如謠言，這且不必細表。

　　且說秦太子宏，奔至下辯，為南秦州刺史楊璧所拒。璧妻本是堅女，叫做順陽公主，為太子宏女兄，他卻欲自保身家，不認郎舅，竟致拒絕。世態炎涼，可見一斑！宏乃轉奔武都，順陽公主也恨夫薄情，棄璧投宏。尚恐璧發兵來追，索性南下歸晉。晉廷令處江州，尋給輔國將軍職銜。唯秦長樂公苻丕，趨還鄴城，尚有部眾三萬人，會王猛子幽州刺史王永，與平州刺史苻衝，屯兵壺關，遣使迎丕。丕恐燕軍復來攻鄴，不如先機出走，乃率男女六萬餘口，西往潞州。秦驃騎將軍張蠔，并州刺史王騰，趨候途中，迓丕入晉陽。王永聞信，留苻衝守壺關，自率萬騎見丕，述及長安失守，及故主凶終等情。乃就晉陽舉哀，三軍縞素，追諡堅為宣昭皇帝。

　　丕即日嗣位，為堅立廟，號稱世祖，改建元二十一年為太安元年。命張蠔為侍中司空，王永為侍中，都督中外諸軍事，兼車騎大將軍尚書令，王騰為中軍大將軍，司隸校尉，苻衝為尚書左僕射，封西平王，餘官亦進職有差。立妃楊氏為皇后，子寧為皇太子，頒告遠近，大赦境內。適前尚書令魏昌公苻纂，自長安奔晉陽，丕拜纂太尉，封東海王。就是苻定苻紹苻謨苻亮等，亦皆聞風反正，自河北遣使謝罪。四苻降燕見前回。還有中山太守王兗，固守博陵，為秦拒燕，上表瀝陳。丕授兗為平州刺史，兼平東將軍，且拜苻定為冀州牧，苻紹為冀州都督，苻謨為幽州牧，苻亮為幽平二州都督，並進爵郡公。秦左將軍竇衝，秦州刺史王統，河州刺史毛釁，益州刺史王廣，俱奔集隴右，合圖規復。領軍將軍楊定，亦從燕營脫走，趨至隴上，即如南秦州刺史楊璧，也居然為秦效節，一古腦兒奉表晉

第七十回　墮虜謀晉將逾絕澗　應童謠秦主縊新城

陽，請討姚萇。楊璧拒宏奉丕，可謂狡變。丕大喜過望，封楊定等俱為州牧，即令王永傳檄州郡，聲討慕容氏及姚萇。小子有詩嘆道：

存亡繼絕亦當然，一脈留貽得再延。
可惜苻丕非令主，晉陽興替僅踰年。

欲知檄文中如何命詞，請看下回便知。

苻氏衰微，兵端四起，正予東晉以規復之機會。謝安請命北征，正其時也。顧苻丕請援，即授意謝玄，遣將援鄴。苻堅寇晉，僅越年餘，淝水之戰，僥倖一捷，此仇此恨，何可遽忘？聲其罪而討之，誰曰不宜？乃貪一鄴城，反為寇援，已足見譏於外族。且劉牢之有勇鮮謀，冒險輕進，卒為慕容垂所算，棄師遁還。河洛以北，仍為左衽，是何莫非謝氏之失策耶？彼秦苻堅因驕致敗，困守長安；假使招集三輔，背城借一，猶可圖存，乃徒示口惠，復惑讖書，猝奔五將，受虜姚氏新平之幽，靳璽不予，亦何益哉？唯如張夫人之殉節，中山公詵之殉孝，雖曰戎狄，猶秉綱常，堅死有知，其尚足自豪乎？

第七十一回
用僧言呂光還兵　依逆謀段隨弒主

　　卻說苻丕嗣位以後，令侍中王永，都督諸軍，擬討慕容氏及姚萇，因先傳檄州郡，號召吏民，檄文有云：

　　大行皇帝棄背萬國，四海無主。征東大將軍長樂公，先帝元子，聖武自天，受命荊南，威振衡海，分陝東都，道被夷夏，仁澤光於宇宙，德聲俸於下武。永與司空蠔等，謹順天人之望，以季秋吉辰，奉公紹承大統，銜哀即事，犧谷總戎，枕戈待旦，志雪大恥。慕容垂為封豕於關東，泓衝繼凶於京邑，致乘輿播越，宗社淪傾。羌賊姚萇，我之牧士，乘釁滔天，親行大逆，有生之巨賊也。永累葉受恩，世荷將相，不與驪山之戎，滎澤之狄，共戴皇天，同履厚土。諸牧伯公侯，或宛沛宗臣，或四七勳舊，豈忍舍破國之醜豎，縱殺君之逆賊乎？主上飛龍九五，實協天心，靈祥休瑞，史不輟書，投戈效義之士，三十餘萬，少康光武之功，可旬朔而成。今以衛將軍俱石子為前軍師，司空張蠔為中軍都督，武將猛士，風烈雷震，志殄元凶，義無他顧。永謹奉乘輿，恭行天罰，君臣始終之義在三，忘軀之誠，戮力同之，以建晉鄭之美，因申羿奡之誅，寧非善乎？特具檄以聞。

　　這篇檄文，傳遞出去，卻亦說得有條有理。無如苻氏已衰，不能復振，徒憑那紙上空談，喚不起什麼義舉！還有秦將呂光，自略定西域後，得受封西安將軍西域校尉，光定西域，見六十六回中。他聞關中大亂，擬留居

第七十一回　用僧言呂光還兵　依逆謀段隨弒主

龜茲，不願東歸。唯當時有西僧鳩摩羅什，為光所得，頗加信用，獨勸光亟還隴右。光乃用橐駝二萬餘頭，載運外國珍寶，及奇技異戲，殊禽怪獸千百餘品，並駿馬萬餘匹，啟程而還。

小子敘到此處，記得那鳩摩羅什的履歷，也與後趙時的佛圖澄，同一怪異，說將起來，又有一番特別源流。鳩摩羅什世居天竺，祖宗嘗為國相，父鳩摩羅炎，秉性聰懿，將嗣相位，獨辭避出家，東度蔥嶺，行至龜茲，龜茲王聞他重名，出郊迎入，尊為國師。王有妹年已二十，才慧過人，鄰國交來乞婚，俱不見許，唯見了鳩摩羅炎，卻是芳心相契，願訂絲蘿。才女亦喜配和尚麼？炎不甚樂從，偏國王硬為要求，只好勉從王命，諧成一番歡喜緣。未幾炎妻有孕，慧解逾恆，十月滿足，產生羅什。過了七年，見羅什已有知識，乃挈與出家，命羅什從師受經。羅什過目成誦，日讀千偈，無不記憶，且盡通曉。既而鳩摩羅炎，不知所適，羅什母也挈子遠遊，行至沙勒，頗得國王優待，乃暫寓沙勒國中。羅什更博覽五明密論，及陰陽星算，莫不闡幽盡妙，所以吉凶休咎，都能豫知。年至二十，聲名大噪，國人多奉以為師。龜茲國王，遣使迎歸，羅什廣說諸經，四遠學徒，無人能及。羅什母亦悟徹禪機，欲往天竺求佛，但留羅什傳教東土，子身西去，後來得成正覺，進登第三果，坐化了事。唯羅什留居龜茲，專以大乘教課徒，遠近景仰。秦王苻堅，亦有所聞，擬密迎羅什至國。可巧太史奏稱西域分野，出現明星，當有大智入輔中國，堅憬然道：「莫非就是鳩摩羅什麼？」及將軍呂光，受命西征，堅特與語道：「若得羅什，即當馳驛送來，休得遲慢！」光唯唯而去。羅什聞光軍將至，便語龜茲王白純道：「國運已衰，將有勍敵從中國來，宜盡禮迎納，勿抗敵鋒。」白純不從，果被光陷入國都，將純逐走，擄住純家屬多人。一面搜訪羅什，竟得相見。光因羅什年齒尚少，未有妻室，當將龜茲王女，強使為

妻。羅什堅辭不受，光笑道：「道士貞操，豈過乃父，何必固辭？」羅什尚不肯依，光乃佯言罷議，但使羅什酣飲醇醪，待他沉醉，扶臥密室，又迫龜茲王女與他同寢。至羅什酒醒，始知中計，不得不將錯便錯，同效於飛。可謂作述重光。會光引軍出巡，使羅什從行，道經山麓，下令安營，將士已皆休息，羅什白光道：「將軍在此，必致狼狽，宜徙軍隴上。」光以為妄言，笑而不納。到了夜半，天果大雨，洪潦暴起，水深數丈，溺死至數千人，光始服羅什先見。及光欲久居龜茲，羅什又進諫道：「此處乃凶亡故土，不宜淹留，關隴自有福地可居，請即東還！」光因前次不從羅什，致遭水患，此番怎好再違忠告，自蹈凶機？乃決計引歸。

行至玉門，為涼州梁熙所拒，責光擅命還師，特遣子胤與部將姚皓，別駕衛翰，引眾五萬，出擊光軍。一戰即敗，再戰又敗，胤率輕騎數百人東奔，被光將杜進追著，活擒而去。於是武威太守彭濟，誘執梁熙，向光乞降。光殺熙父子，遂入姑臧，自領涼州刺史，護羌校尉，表杜進為撫國將軍武威太守，封武始侯，自餘封拜各有差。隴西郡縣，陸續歸附，唯酒泉太守宋皓，南郡太守索泮，不服光命。光發兵往攻，依次陷入，執住宋皓索泮，責他違令不臣，泮朗聲道：「將軍受詔平西域，未聞受詔略涼州，梁公何罪，乃為將軍所殺，泮不能為國報仇，深加慚恨，主滅臣死，何必多言！」卻是個硬頭子。光竟令斬泮，並及宋皓。

先是張天錫南奔，見六十七回。世子大豫，不及隨從，走依長水校尉王穆家，穆與大豫同走河西。魏安人焦松齊肅張濟等，糾眾數千，迎大豫為主帥，占據一方。光入涼州，令部將杜進招討，大豫麾眾殺退杜進，追逼姑臧。王穆諫阻道：「呂光糧多城固，甲兵精銳，未可輕攻，不如席捲嶺西，厲兵秣粟，然後東向與爭，不出期年，便可得志了。」大豫不從，遣穆至嶺西乞師。建康太守李隰，祁連都尉嚴純閻襲等，統起兵相應。又

第七十一回　用僧言呂光還兵　依逆謀段隨弒主

有鮮卑舊部禿髮思復鞬，即晉初叛酋樹機能姪曾孫，避居河西，漸復舊業，樹機能事見前文。此時也願助大豫，遣子奚於等至姑臧。大豫屯兵城西，王穆與奚於屯兵城南，光猝發兵出南門，襲擊奚於兵營，奚於不及防禦，驟為所乘，竟至敗歿。王穆亦被牽動，全軍俱潰，就是大豫所率的兵士，也聞風駭退。於是大豫奔廣武，王穆奔酒泉。廣武人執住大豫，送至姑臧，被斬市曹。

會光得接長安音信，才知秦王堅為姚萇所害，乃令部曲喪服舉哀，設祭城南，諡堅為文昭皇帝，大臨三日。乃大赦境內，建元太安，自稱中外大都督大將軍，領護匈奴中郎將涼州牧酒泉公。

看官欲知呂光的身世，原來就是秦太尉呂婆樓的長兒，源出氐族，素居略陽。婆樓為秦王堅佐命功臣，故得享尊榮，垂及子嗣。相傳光生時曾有光繞室，因名為光。年十歲，與村童嬉戲，喜為戰陣，自作統領，部署精詳，儕類莫不悅服。唯不樂讀書，專好馳馬，及成年後，身長八尺四寸，目有重瞳，左肘有肉印，沈毅凝重。王猛嘗目為異人，白諸苻堅，舉為美陽令，頗有政聲。嗣遷鷹揚將軍，調任步兵校尉，累著戰績。及往略西域，左臂肉印中現出赤文，有巨霸二字，夜間安營，嘗有黑物護住營外，頭角嶄然，目光如電，詰旦即雲霧四周，不得復見。光疑為黑龍，杜進謂即龍飛九五的預兆，光以此自喜，遂有大志。返據涼州，乘機自立，這便是後涼建國的權輿。亦列入十六國中，故特從詳敘。

同時乞伏國仁，亦在勇士川築城為都，國仁見六十八回。自稱大都督大將軍大單于，領秦河二州牧，改元建義。何義之有？設定將相，分屬境為十二郡，是為西秦。彼分此裂，不相統屬，可見得苻秦一敗，逐鹿已多，單靠著晉陽苻丕，孤危一線，欲係千鈞，談何容易！唯故尚書令魏昌公苻纂，為丕宗親，自關中奔至晉陽，與丕相見，丕拜纂為太尉，進封東

海王，遇事必諮，共圖恢復。兵尚未發，那鄴城已早被燕將慕容和據去。且博陵守將王兗，本是苻氏第一忠臣，偏被那燕王垂子慕容麟，引兵圍住，害得糧盡援窮。功曹張猗，逾城出降，併為慕容麟招募丁壯，編成隊伍，號為義兵。引至城下，呼兗答話，勸令降燕，兗登城叱責道：「卿為秦人，我為卿主，卿乃糾眾應賊，反稱義旅，何名實不符，竟至如此？古人有言，求忠臣於孝子之門，卿有老母在城，甘心棄去，還說出什麼忠義！我不料中州文物，偏出一卿，不孝不忠，試問卿有何面目長居人世呢？」說著，彎弓欲射。猗急忙馳退，才免箭傷。閱數日，城被陷沒，兗被擒不屈，便即遇害。還有秦固安侯苻鑑，也為麟所殺。能為宗邦殉節，不論夷夏，俱屬忠臣。

麟嚮慕容垂報功，垂已至中山，見城郭繕固，宮室構新，所有府庫倉廩，統皆充溢，便顧語諸將道：「這是樂浪王的大功，就使漢代蕭何，想亦不過如是了。」看官，你道樂浪王為誰？乃是前燕主慕容儁第四子溫。垂起兵攻鄴時，溫亦引眾往會，由垂命為征東將軍，封樂浪王，使與慕容農等同定中山，即留溫居守。溫勸課農桑，懷遠招攜，外拒丁零，內撫郡縣，吏民爭饋糧糒，遂得富足，繕城築室，措置裕如。垂既得此安樂鄉，當然不願他去，將佐復聯箋勸進，乃以中山為國都，就南郊燔柴祭天，自稱燕帝，改元建興。署置公卿百官，繕修宗廟社稷，立世子寶為太子，餘子農為遼西王，麟為趙王，隆為高陽王，范陽王德為尚書令，太原王楷為左僕射，樂浪王溫為司隸校尉，領冀州刺史。追尊生母蘭氏為文昭皇后，徙皝後段氏神主至別室，改奉蘭氏配饗。博士劉詳董謐，謂堯母位列第三，並未嘗因堯為天子，上陵姜源，王道貴示大公，不宜自存私見。垂不肯依議，又廢皝後可足渾氏，說她傾覆社稷，不足祔廟。實是報復前怨，事見六十一回。尊儁昭儀為景德皇后，配饗龍陵。龍陵為慕容儁墓。追諡

第七十一回　用僧言呂光還兵　依逆謀段隨弒主

先妃段氏為成昭皇后，冊立繼室段氏為皇后。可記秦王見幸時否？太子寶為先段后所出，後來寶多失德，後段后勸垂易儲，議不果行，反惹出許多禍亂，事見下文。

且說西燕主慕容沖，逐去秦王堅父子，遂入據長安，怡然自得，漸即淫荒，賞罰不均，號令不明。慕容柔與慕容盛，尚在沖麾下。柔與盛奔依慕容沖，見六十九回。盛年方十三，密語叔父柔道：「從來為十人長，亦須才過九人，然後得安，今中山王指沖，見前文。智未邁眾，才不逮人，功尚未成，先自驕佗。據盛看來，恐必不能持久哩！」這也所謂小時了了，大未必佳。沖遣尚書令高蓋，率眾五萬，往伐後秦。行至新平南境，與姚萇兵馬相遇，兩下交戰，蓋兵大敗，十亡七八，蓋恐還軍得罪，索性與殘眾數千人，降附姚萇，萇令為散騎常侍。這音耗傳到長安，沖好似失一左臂，乃唯與左僕射慕容恆，右僕射慕容永，協圖政事，但也不甚信用，遂致群怨交集，眾叛親離。將軍韓延等，因眾心未悅，即與前將軍段隨商議道：「今主上驕佗日甚，臣民不安，如何而可？我與將軍百戰疆場，才得關中，怎堪令庸主敗壞呢！」段隨道：「據君意見，應該如何處置？」韓延附耳說了兩語，隨只是搖頭。延變色道：「將軍如不見信，恐難免滅族了！」隨不覺失驚，延說道：「韓信彭越，功高天下，尚且被誅，試問將軍能如韓彭麼？」隨聽此一語，也覺動心，因即依延計，乘夜行事。到了黃昏，便密召兵士，攻入宮中。沖尚在酣飲，猛見亂兵入室，始起坐驚問，一語未完，刀鋒及項，立即頸血模糊，倒斃地上，左右皆已駭散。延即率兵登殿，石集文武，高聲宣令道：「慕容沖飲酒淫荒，不堪為主，我等已為眾除暴，另議立君，今段將軍威德日聞，可為燕主，願諸公同心輔戴，不得有違！」文武百官，皆錯愕失容，不知所對。延竟顧視左右，令擁段隨御座，且屬聲道：「如不服新主，便當處斬！」大眾聞一「斬」字，

一時不敢違慢，只好勉強謁賀，再作後圖。段隨居然受謁，改元昌平。草草畢禮，才命殯葬慕容沖。當時沖將王嘉，曾勸沖東還鄴城。沖見長安宮闕崇宏，後庭充牣，便樂得久居，無志東歸。嘉作歌諷沖道：「鳳凰鳳凰，何不高飛還故鄉？何故在此取滅亡？」沖亦知鳳皇二字，是自己的小字，六十八回中亦曾敘過。只因志在苟安，始終不從，遂遭此禍。

　　慕容永與慕容恆，與沖同族，怎肯坐觀成敗，竟令外人霸據成業，安然稱王？當下兩人密謀，號召舊部，襲殺段隨，並誅韓延等人，推立宜都王慕容恆子顗為主。恆係慕容儁弟，嘗留鎮遼東，燕亡時為秦將朱嶷所殺。長子便是慕容鳳，曾勸丁零翟斌迎慕容垂，遂歸垂麾下。見六十八回。垂為燕王，令鳳承襲父爵。鳳弟即慕容顗，隨沖入關，永與恆乃奉為燕王，改元建明。且率鮮卑男女四十萬，出關東行。才至臨晉，不意恆弟慕容韜，陰懷異志，竟將顗刺死。永與武衛將軍刁雲攻韜，韜戰敗遁去。恆再立沖子瑤為主，改元建平，諡沖為威皇帝。大眾不服恆所為，情願依永，當即奉永攻恆，恆亦敗走，瑤不及脫身，竟死亂軍中，於是眾情一致，戴永為主。永係慕容廆從孫，祖名運。自言序不當立，決計讓去，另立慕容泓子忠。忠既嗣立，改元建武，即授永為丞相，封河東公。再東行至聞喜，始知慕容垂已稱尊號，憚不敢進，即在聞喜縣中築造燕熙城，為自固計。偏刁雲等又復殺忠，定要推永為主，永乃自稱大將軍大單于，領雍秦梁涼四州牧，錄尚書事，兼河東王。置君如弈棋。總之晦氣幾個鮮卑小鬼。一面遣使至中山，嚮慕容垂處稱藩，一面遣使至晉陽，向秦主苻丕處假道。看官試想！這秦主不與慕容永，具有不共戴天的大仇，難道就肯假道麼？小子有詩嘆道：

　　大仇未復慢投戈，假道何堪謬許和；
　　可惜苻秦王氣盡，遺灰總莫障頹波！

第七十一回　用僧言呂光還兵　依逆謀段隨弒主

　　欲知苻丕當日情形，容至下回續敘。

　　佛圖澄與鳩摩羅什，先後相繼，留傳史乘，此皆由世道衰微，聖王不作，亂臣賊子盈天下，故羽客緇流，得挾異技以幹寵耳。佛圖澄之於石勒，鳩摩羅什之於呂光，當其佐命之初，幾若一指南之圭臬，然卒之徒炫小智，無關大體，此其所以忽興忽衰，難與言治也。慕容沖以龍陽之姿，一躍而稱燕帝，自宋朝彌子瑕以來，從未聞有此奇遇者，彼狡童者，何能為國？觀其僭號以後，僅踰年而即死人手，不亦宜乎？唯段隨既為衝臣，甘從韓延之逆謀，躬與篡弒，罪不容誅，雖延為主動，隨為被動，然據位稱尊，隨實屍之。晉趙穿之弒靈公，春秋猶書趙盾，況段隨乎？故本回以段隨為首惡，遵《春秋》之大義也。

第七十二回
謀刺未成秦後死節　失營被獲毛氏捐軀

卻說秦自博陵失守，燕兵四至，冀州牧苻定，鎮東將軍苻紹，幽州牧苻謨，鎮北將軍苻亮，自知不能禦燕，復向燕請降，受封列侯，就是王統王廣毛興等，亦互相攻奪。廣敗奔秦州，為鮮卑人匹蘭所執，解送後秦，興亦為枹罕諸氐刺死，改推衛平為河州刺史。平年已老，不能馭眾。堅有族孫苻登，素有勇略，得受封為南安王，拜殿中將軍，遷長安令，尋坐事黜為狄道長。關中陷沒，登走依毛興，充河州長史，興頗重登才，妻以愛女，擢為司馬。至興被戕時，登孤掌難鳴，只好含忍過去。後來枹罕諸氐，悔立衛平，再議廢置，連日未決。會七夕大宴，氐將啖青，拔劍大言道：「今天下大亂，豺狼塞路，我等義同休戚，不堪再事庸帥，前狄道長苻登，雖係王室疏屬，志略卻很是英強，今願與諸君廢昏立明，共圖大事；如有不從，便申異議，休得一誤再誤呢！」說至此，仗劍離座，怒目四視，咄咄逼人。大眾莫敢仰視，俱俯首應諾；乃擁登為撫軍大將軍，都督隴右諸軍事，領雍河二州牧，稱略陽公。與眾東行，攻拔南安，因遣使至晉陽請命。登為九年秦主，故不得不詳所由來。秦主丕不能不從，準如所請，且授登為徵西大將軍，仍封南安王，命他同討姚萇。

是時，王永進為左丞相，已二次傳檄，預戒師期。丕乃留將軍王騰守晉陽，右僕射楊輔戍壺關，自率眾四萬進屯平陽。適值慕容永馳使假道，自願東歸，丕當然不許，且下令云：

第七十二回　謀刺未成秦後死節　失營被獲毛氏捐軀

鮮卑慕容永，乃我之騎將，首亂京師，禍傾社稷，豕凶繼逆，方請逃歸，是而可忍，孰不可忍？其遣左丞相王永，及東海王纂，率禁衛虎旅，夾而攻之，即以衛大將軍俱石子為前鋒都督，誓殲亂賊，以復國仇，其各努力毋違！

令甲既申，諸軍並出，總道是旗開得勝，馬到成功，哪知天下不如意事，十常八九。丕在平陽靜待數日，起初尚接得平安軍報，只說是軍至襄陵，與賊相遇，未決勝負，後來即得敗報，前鋒都督俱石子戰死了，最後復得絕大凶信，乃是左丞相王永，亦至陣亡，全軍俱敗潰了。虛寫戰事，又另是一種筆墨。丕不禁大驚，忙問東海王纂下落，偵吏報稱纂亦敗走，唯兵士死傷，尚屬不多。這語說出，急得不失聲大呼，連說不佳。看官道是何因？原來纂從長安奔晉陽，麾下壯士，本有三千餘人，丕恐纂為亂，脅令解散，此次又懼纂報復，所以越覺驚惶。匆匆不及細想，便率騎士數千，狼狽南奔，徑赴東垣。探得洛陽兵備空虛，意欲率眾掩襲。洛陽時已歸晉，當由晉西中郎將桓石民，探知消息，即遣揚威將軍馮該，自陝城邀擊苻丕。丕不意中道遇敵，倉猝接仗，部騎驚潰，丕躍馬返奔，馬蹶墜地，可巧馮該追至，順手一槊，了結性命。不度德，不量力，怎能不死？總計丕僭稱帝號，不過二年。尚有秦太子寧，長樂王壽，及左僕射王孚，吏部尚書苟操等，俱被晉軍擒住，連丕首共送建康。還算蒙晉廷厚恩，命將丕首埋葬，所有太子寧以下，一體赦免，飭往江州，歸苻堅子宏管束。宏降晉見七十回。

東海王纂，與弟尚書永平侯師奴，招集餘眾數萬，奔據杏城。此外後妃公卿，多被慕容永軍擄去。永遂入長子，由將佐勸稱帝號，便即被服袞冕，居然御殿受朝，改元中興。他見丕后楊氏，華色未衰，即召入後庭，迫令侍寢。楊氏貌若芙蕖，心同松柏，怎肯失節事仇，含羞受辱？當下拒

絕不從。永復與語道：「汝若從我，當令汝為上夫人；否則徒死無益！」楊氏聽了「徒死無益」四字，不由的被他提醒，便佯為進言道：「妾曾為秦后，不宜復事大王，但既蒙大王見憐，妾亦何惜一身，上報恩遇！但必須受了冊封，方得入侍巾櫛，免致他人輕視呢。」永聞言獰笑道：「這亦不妨依卿，俟明日授冊，與卿歡敘便了。」說罷，即使楊氏出宿別宮。翌日，下令冊封楊氏為上夫人，令內官齎冊入奉，楊氏接得冊寶，勉為裝束，專待夜間下手。宵夜已過，永即至楊氏寢室，來與調情。楊氏起身相迎，假意拜謝，永見楊氏濃妝如畫，秀色可餐，比昨日更鮮豔三分，禁不住慾火上炎，便欲與她共上陽臺，同諧好夢。偏楊氏從容進言道：「今夕得侍奉大王，須待妾敬奉三觴，聊表敬意。」永不忍推辭，乃令侍女取出酒餚，自己坐在上面，由楊氏側坐相陪。楊氏先斟奉一觴，永一吸而盡，第二觴亦照樣的喝乾了。到了第三觴上奉，楊氏左手執觴，遞至永口，右手卻從懷中拔出短刀，向永猛刺。也是永命不該絕，先已瞧著，急將身子一閃，避過刀鋒。楊氏撲了一個空，又因用力過猛，將刀戳入座椅，一時反不能拔出，更被永左手一揮，把楊氏推開數步，跌倒塵埃。楊氏自知無成，才豎起黛眉，振起嬌喉，向永詬詈道：「汝係我國逆賊，奪我都，逐我主，反思凌辱我身，我豈受汝凌辱麼？我死罷了！恨不能堪汝逆賊！」說著，已被永抽刀一擲，正中楊氏柔頸，血花飛濺，玉碎香消。完名全節，一死千秋！永怒尚未息，喝令左右入室，拖出屍身，自向別室尋樂去了。

慕容盛叔姪，隨永至長子，見永所為不合，恐自己不免遭殃，因密白叔父柔道：「聞我祖父已中興幽冀，東西未一，我等寄身此地，自居嫌疑地位，好似燕在幕上，非常危險，何不乘此機會，便即高飛，一舉萬里，免得坐待羅網哩！」柔也以為然，遂與盛等悄悄出奔，從間道趨往中山。途次遇著群盜，攔住去路，盛慨然與語道：「我是六尺男兒，入水不溺，

第七十二回　謀刺未成秦後死節　失營被獲毛氏捐軀

在火不焦,還問汝敢當我鋒否?汝若不信,試離我百步,高舉汝手中箭鏃,我若射中,汝可小心仔細,防著喪命,倘射不能中,便當束手待斃,由汝處置罷!」盜見他年少語誇,必有奇技,乃退至百步以外,舉箭待著。腳才立定,已聽得颼的一聲,有箭射到,不偏不倚,插入箭鏃。盜不禁咋舌,擲箭拱手道,「郎君乃貴人子,具有家傳絕技,我等但欲相試,豈敢相侵!」說罷,反從囊中取出白鏹,作為贐儀,讓路送行。盛也不多辭,受贈作別,徑往中山去了。

　　永聞盛等私奔中山,勃然大憤,竟收捕慕容俊子孫,無論男女少長,駢戮無遺。如此淫虐,能活幾時?這且待後再表。且說後秦主姚萇,探得慕容永等出關,料知長安空虛,遂自新平西進,馳入長安,御殿稱帝,改元建初,國號大秦,改名長安為常安。立妻蛇氏為皇后,子興為太子,分置百官,服色尚赤。追諡父弋仲為景元皇帝,兄襄為魏武王。命弟緒為徵虜將軍,領司隸校尉,留守長安,自率眾往安定,擊破平涼胡金熙,及鮮卑支酋沒柔幹,乘勢轉趨秦州。秦州刺史王統尚為苻氏舊將,出兵相拒,連戰失利,不得已舉城降萇。萇授弟碩德為徵西將軍秦州刺史,都督隴右諸軍事,領護東羌校尉,鎮守上邽。適秦南安王苻登,招集夷夏三萬餘戶,兵馬寖盛,進攻秦州。姚萇正自上邽啟行,欲還長安,途中聞秦州被攻,亟引兵返援,與碩德同出胡奴阪,截擊苻登。不料苻登部下,勇健善鬥,個個是衝鋒上選,萇眾無一敢當,竟被他蹂躪一場,傷亡至二萬餘人。萇連忙返奔,背上已著了一箭,為登將啖青所射,深入骨髓,猶幸未中要害,還得忍痛逃歸。碩德亦走還上邽,嬰城拒守。

　　時歲旱眾飢,餓莩載道,登每戰殺敵,即取屍肉蒸啖,號為熟食,且語軍士道:「汝等旦日出戰,暮即得飽食人肉,還愁什麼飢餒呢?」以人食人,真是禽獸世界。軍士聞令,爭取死人為糧,每食必飽,故壯健如飛。

姚萇察悉情形，急召碩德同歸，並傳語道：「汝若不來，恐麾下兵士，定將苻登食盡了！」碩德遂棄去秦州，亦東奔長安。

登既得勝仗，再圖進取，適值丕尚書寇遺，奉丕子渤海王懿，濟北王㕚，自杏城奔至登軍，述及丕敗死等情，於是登為丕發喪，三軍縞素。擬即立懿為嗣主，部眾都趨進道：「渤海王雖先帝嗣子，但年尚幼衝，未堪繼立。國家多難，須立長君，這是《春秋》遺義。今三虜跨僭，寇賊盛強，豺狼鴟獍，舉目皆是，大王挺劍一起，便敗姚萇，可謂威振華夷，光極天地，宜即正大位，龍驤武奮，光復舊京，再安社稷宗廟，怎可徒顧曹臧吳札小節，自失中興盛業呢！」這一席話，恐是由苻登囑使出來。曹臧吳札並見《春秋》。登乃命在隴東設壇，嗣為秦帝，改太安二年為太初元年，仿置文武官屬。且就軍中設立苻堅神主，仍依苻丕舊諡，稱堅為世祖宣昭皇帝，見七十回。載以輜軿，衛以龍賁，凡所欲為，必啟主後行。當下集眾五萬，將討後秦，便在堅神主前，拜禱讀祝道：

維曾孫皇帝臣登，以太皇帝之靈，恭踐寶位。昔五將之難，賊羌肆害於聖躬，實登之罪也。今收合義旅，眾逾五萬，精甲勁兵，足以立功，年穀富穰，足以資贍。即日星馳電邁，直造賊庭，奮不顧命，隕越為期，庶上報皇帝酷怨，下雪人民大恥。維帝之靈，降監厥誠！

讀祝既畢，唏噓泣下。將士莫不悲慟，志在必死，各刻鍪鎧中，為死休字樣，每戰輒用長槊鉤刃，列為方圓大陣，遇有厚薄，從中分配，所以人自為戰，所向無前。前中壘將軍徐嵩，屯騎校尉胡空，各聚眾五千，結壘自固。既而受姚萇官爵，借避兵鋒。及苻堅遇害，嵩等請領堅屍，以王禮營葬。苻登稱帝，嵩與空復率眾請降。登拜嵩為鎮軍將軍，領雍州刺史，空為輔國將軍，兼京兆尹，改葬堅柩，用天子禮。越年正月，登立妃毛氏為后，渤海王懿為皇太弟，遣使拜東海王纂為太師，領大司馬，都督

第七十二回　謀刺未成秦後死節　失營被獲毛氏捐軀

中外諸軍事，進封魯王，纂弟師奴為撫軍大將軍，領并州牧，封朔方公。纂不欲受命，怒叱來使道：「渤海王繫世祖孫，為先帝遺體，南安王何不擁立，乃妄自稱尊呢？」來使以國難未平，須立長君為詞，纂意終未釋。獨長史王旅進諫道：「南安已立，理難中改，今國虜未平，不宜先仇宗室，自相魚肉，容俟二虜平定，再作後圖。」說得有理。纂乃對使受職，遣令歸報。登復調梁州牧竇衝為南秦州牧，雍州牧楊定為益州牧，南秦州刺史楊璧為梁州牧，並授乞伏國仁為大將軍大單于，封苑川王。

　　楊定與東海王纂，會攻後秦，進至涇陽，正值姚碩德奉行兄令，率眾來戰。被定纂兩路夾攻，頓致大敗。姚萇自督兵往救，纂乃退守敷陸，檄令他鎮濟師。竇衝進拔後秦汧雍二城，萇移兵擊衝，衝戰敗退還。秦馮翊太守蘭犢，引眾二萬，自頻陽入和寧，貽書苻纂，共圖長安。纂正喜得一幫手，偏乃弟師奴，謂不如背了苻登，自進尊號，纂不肯從，竟為師奴所殺。師奴遂自稱秦公，欲襲長安，途次遇著萇軍，逆戰大敗，奔亡鮮卑。殺兄賊怎能濟事！蘭犢聞報，亦即退去，萇更遣將軍梁方成引兵攻秦雍州刺史徐嵩軍壘，嵩兵單力弱，不能支持，竟被陷入，且為所擒。方成責嵩反覆不忠，徒自取死。嵩怒罵道：「汝姚萇已坐死罪，乃蒙先帝恩赦，授任內外，備極榮寵，今乃負恩忘義，身為大逆，連犬馬尚且不如。汝附逆為虐，不知責己，反來責我，我不幸被執，情願速死，早見先帝，收汝逆萇生魂，治罪地下。」說至此，怒眥盡裂，噀血橫噴，惹得方成大憤，拔劍殺嵩，連斫三劍，嵩始隕命，遺眾數千，俱被方成坑死。嵩雖曾降萇，仍為苻秦殉節，不失為忠。姚萇亦引兵來會，發掘秦王堅墓，劈棺鞭屍，剝去殮服，裹以荊棘，埋入坎中。伍胥鞭屍，且貽譏後世，何況姚萇！苻登聞姚萇猖獗，出屯胡空堡，招集戎夏兵民十餘萬眾，循隴西下，徑入朝那。苻懿得病而死，予諡獻哀。登乃立子崇為太子，弁為南安王，尚為北

海王。姚萇亦移據武都，與登相持，大小經數十戰，萇多敗少勝，退營安定。登糧亦垂盡，令大軍就食胡空堡，自率精騎萬餘，進圍萇營。四面大哭，哀聲動人，萇亦命三軍皆哭，與外相應，登乃引還。萇見登軍中，載著苻堅神主，遂疑是堅有神驗，故登戰輒勝。當下想入非非，亦在軍中立堅神主，作文致祝。文詞似涉詼諧，頗堪一噱，由小子錄述如下：

　　往年新平之禍，非萇之罪。臣兄襄從陝北渡，假路求西，狐死首邱，欲暫見鄉里，陛下與苻眉要路距擊，不遂而歿。襄赦臣行殺，非臣之罪。苻登陛下末族，尚欲復仇，臣為兄報恥，於情理何負？昔陛下假臣龍驤之號，嘗謂臣曰：「朕以龍驤建業，卿其勉之！」明詔昭然，言猶在耳，陛下雖沒世為神，豈假手於苻登而圖臣，竟忘前徵時言耶？今為陛下立神像，可歸休於此，勿記臣過，鑑臣至誠，永言保之！殺其身，鞭其屍，還欲向之求庇，萇之愚暴，一何可笑。既而苻登復進兵攻萇，望見萇軍亦立堅神主，便登車樓語萇道：「從古到今，難道有身為弒逆，反立神像求福，還想得益麼？」萇聞言不答，登又大呼道：「弒君賊姚萇出來，我與汝決一死戰，看汝果能勝我否？」萇仍然不應。登乃下樓，督軍攻萇。萇遣將出戰，敗回營中，再戰又敗，軍中每夕數驚。萇乃伐鼓斬像，將像首擲入登營，自引兵退入安定城內，潛遣中軍將軍姚崇，襲大界營。大界營是苻登安頓輜重的地方，所有登后毛氏，及登子弁尚等，俱在營中居住，留作後應。崇從間道繞至大界，偏為登所聞知，還軍邀擊，大破崇軍，俘斬至二萬五千人，崇狼狽遁還。

　　登因此次得勝，總道萇不敢再來掩襲，便進拔平涼，留尚書苻願居守，再進拔苟頭原，逼攻安定。哪知姚萇復自率鐵騎三萬，夜襲大界營，營中不及預防，竟被攻入。登后毛氏，頗皙多力，且善騎射，倉猝上馬，帶領壯士力戰，左手張弓，右手發箭，絃聲所至，無不倒地，萇眾被射死

第七十二回　謀刺未成秦後死節　失營被獲毛氏捐軀

七百餘人。待至箭已放盡，寇仍未退，反一重一重的圍裹攏來，毛氏棄弓用刀，尚拚死格鬥，終因寡不敵眾，馬蹶被擒。就是登子弁尚，亦俱被拘去。

萇軍將毛氏推至萇前，萇見她皎皎芳容，亭亭玉立，剛健婀娜，宜武宜文，另有一番態度。不覺惹動情魔，便令軍士替她釋縛，且涎臉與語道：「卿能依我，仍不失為國母。」毛氏當面唾罵道：「呸！我為天子后，怎肯為賊羌所辱！」萇老羞成怒道：「汝不怕死麼？」毛氏又道：「羌奴！羌賊！可速殺我。」萇尚未忍加刑，毛氏仰天大哭道：「姚萇！汝既弒天子，又欲辱皇后，皇天后土，豈肯容汝長活麼？」萇聽她越說越凶，遂命左右推出斬首，一道貞魂，上升天國去了。與楊氏並傳不朽。登子弁尚，亦相繼受戮。小子有詩讚毛氏道：

貞心亮節凜冰霜，一死留為青史光；
寫到苻秦三烈婦，筆頭也覺繞餘香。

萇既殺毛氏母子，諸將請往擊登軍。究竟萇是否允議，且看下回便知。

本回敘述二苻興亡，實為楊毛二后作傳。苻丕嗣堅稱帝，不二年而即亡，其材之庸劣可知。苻登雖稍勝苻丕，然徒知黷武，害及妻孥，是亦未足與語中興耳。唯堅之時有張夫人，後又有楊氏毛氏二后，義不受辱，並皆殉節。苻氏之家法不足傳，獨此三婦得並傳不朽，名播千秋，是亦苻氏之光也。《晉書·列女傳》但載堅妾張氏，登妻毛氏，而於丕妻楊氏獨略之，殊為不解。《十六國春秋》中，雖經備述，但徒廁入秦後妃中，亦未足表揚貞節。得此書以闡發之，而幽光乃畢顯云。

第七十三回
拓跋珪創興後魏　慕容垂討滅丁零

　　卻說姚萇既破大界營，諸將欲乘勝擊登，萇搖首道：「登眾尚盛，未可輕視，不如回軍為是。」乃驅掠男女五萬餘口，仍歸安定。登聞大界營失陷，妻子覆沒，悲悔的了不得，經將佐從旁勸慰，乃退回胡空堡，收合餘眾，暫圖休養，兩秦始罷戰半年。是時，中華大陸除江東司馬氏外，列國分峙，大小不一。秦分為三：若秦，若後秦，若西秦。燕別為二：若燕，若西燕。尚有涼州的呂光，史稱後涼，共計六國。此外又有一國突起，乃是死灰復燃，勃然興隆，漸漸的掃清河朔，雄長北方，傳世凡九歷年至百有五十，好算是當時最盛的強胡。這人為誰？就是前文六十五回中所敘的拓跋珪。特筆。珪為代王什翼犍孫，與母賀氏同依劉庫仁，庫仁待遇甚優，母子乃得安居。已而，庫仁為燕將慕輿文等所殺，庫仁弟頭眷代統部眾。頭眷破賀藻，敗柔然，兵勢頗盛，偏庫仁子顯，刺殺頭眷，自立為主，並欲殺拓跋珪。顯弟亢埿妻，為珪姑母，得知顯意，走告珪母賀氏。又有顯謀主梁六眷，係代王什翼犍甥，亦使人告珪。珪年已十有六，生得聰穎過人，亟與母賀氏商定祕謀，安排出走。賀氏夜備筵宴，召顯入飲，裝出一番殷勤狀態，再三勸酒，顯不好推辭，又因賀氏雖然半老，豐韻猶存，免不得目眩神迷，盡情一喝，接連飲了數巨觥，醉得朦朧欲睡，方才歸寢。珪已與舊臣長孫犍元他等，輕騎遁去。到了翌晨，賀氏又潛至廄中，鞭撻群馬，馬當然長嘶，顯從睡夢中驚醒，急至廄中探視，但見賀氏

第七十三回　拓跋珪創興後魏　慕容垂討滅丁零

作搜尋狀，當下問為何因？賀氏竟向顯大哭道：「我子適在此處，今忽不見，莫非被汝等殺死麼？」顯忙答道：「哪有此事！」賀氏佯不肯信，仍然嚎啕不休。顯極力勸慰，但言珪必不遠出，定可放心，賀氏方返入後帳。顯也不加疑，總道珪未識己謀，不致他去，所以勸出賀氏，仍未嘗遣人追尋。

珪已奔入賀蘭部，依舅賀訥，訴明詳情，訥驚喜道：「賢甥智識不凡，必能再興家國，他日光復故物，毋忘老臣！」珪答道：「果如舅言，定不相忘！」已而賀氏從弟賀悅，為劉顯部下外朝大人，亦率部亡去，潛往事珪。顯待珪不歸，正在懷疑，及聞賀悅復遁，料知陰謀已洩，由賀氏居中設法，縱使他去，遂持刀往殺賀氏，賀氏走匿神車中，接連三日，幸得亢埿夫婦，向顯力請，始得倖免。嗣南部大人長孫嵩，亦率所部七百餘家，叛顯歸珪。顯追嵩不及，悵悵而還。哪知中部大人庾和辰，乘顯他去，竟入迎賀氏，投奔賀蘭部。及顯回帳，賀氏早已遠颺，氣得顯鬚眉直豎，徒呼恨恨罷了。珪居賀蘭部數月，遠近趨附，深得眾心，偏為賀訥弟染干所忌，使黨人侯引七，覷隙刺珪。代人尉古真，又向珪告知染干詭謀，珪嚴加防備。侯引七無隙可乘，只好復報染干。染干疑古真洩計，將他執訊，用兩車軸夾古真頭，傷及一目，古真始終不認，才命釋去。唯引眾圍住珪帳，珪母賀氏出語道：「染干！汝為我弟，我與汝何仇？乃欲殺死我子呢？」染干亦慚不能答，麾眾引退。又閱數旬，珪從曾祖紇羅兄弟，及諸部大人，共請諸賀訥，願推珪為主，賀訥自然贊成，遂於次年正月，奉珪至牛川，大會諸部，即代王位，紀元登國。即晉孝武帝太元十一年。使長孫嵩為南部大人，叔孫普洛為北部大人，分統部眾。命張袞為左長史，許謙為右司馬，王建和跋叔孫建庾嶽等為外朝大人，奚牧為治民長，皆掌宿衛。嵩弟長孫道生等，侍從左右，出納教命，於是十餘年滅亡的故代，又

得重興。珪嫌牛川地僻，不足有為，因徙居盛樂，作為都城，務農息民，眾情大悅。北人謂土為拓，後為跋，因以拓跋為姓，且改代為魏，自稱魏王。

先是前秦滅代，徙代王什翼犍少子窟咄至長安，從慕容永東徙，永令窟咄為新興太守。劉顯為逼珪計，特使弟亢泥引兵數千，往迎窟咄，使壓魏境，並代為傳告諸部，說是窟咄當為代王，諸部因此騷動。魏王珪左右於桓等，與部人同謀執珪。往應窟咄，幢將代人莫題等，亦潛與窟咄勾通。幸桓舅穆崇，與珪莫逆，預向珪處報明。崇亦知大義滅親耶？珪捕誅於桓等五人，莫題等赦免不問。為了這番亂譽，珪不免日夕戒嚴，尚恐內難未絕，暗算難防，不得已再逾陰山，往依賀蘭部。更遣外朝大人安同，向燕求救。燕主慕容垂，因遣趙王麟援珪。麟尚未至魏，窟咄又與賀染干聯結，侵魏北部。北部大人叔孫普洛，未戰先遁，亡奔劉衛辰，魏都大震。麟在途中聞報，急遣安同歸報魏人。魏人知援軍將至，眾心少安。窟咄進屯高柳，珪與燕軍同攻窟咄，殺得窟咄大敗虧輸，奔投劉衛辰。衛辰把他殺死，餘眾四散，由珪招令投誠，不問前罪，散卒當然歸魏。乃改令代人庫狄幹為北部大人，犒賞燕軍，送令歸國。燕主垂封珪為西單于，兼上谷王，珪不願受封，但託言年少材庸，不堪為王，即將燕詔卻還。已見大志。

劉衛辰久居河西，招軍買馬，日見強盛。後秦主姚萇，封衛辰為河西王，領幽州牧，西燕主慕容永，亦令衛辰為朔州牧。衛辰因遣使詣燕，貢獻名馬，行至中途，被劉顯部兵奪去，使人逃往燕都，只剩了一雙空手，不得不向燕泣訴。燕主垂勃然大憤，便擬興兵討顯。可巧魏主珪慮顯進逼，再遣安同至燕乞師，燕主垂一舉兩得，立遣趙王麟與太原王楷，率兵擊顯。顯地廣兵強，浸成驕很，士眾無論親疏，均有貳心，至是傾寨出拒，略略交鋒，便即潰散。顯知不可敵，奔往馬邑西山。魏王濬復引兵會

同燕軍,再往擊顯,大破顯眾。顯走入西燕,所有輜重牛馬,都為燕魏兩軍所得。彼此分肥,歡然別歸。

自是魏勢日盛,連破庫莫奚高車叱突鄰諸部落,雄長朔方,甚且密謀圖燕,特遣太原公儀,以聘問為名,至燕都窺探虛實。夷狄無信,即此可見。燕主垂詰問道:「魏王何不自來?」儀答道:「先王與燕嘗並事晉室,約為兄弟,臣今奉使來聘,未為失禮。」垂作色道:「朕今威加四海,怎得比擬前日!」儀從容道:「燕若不修德禮,但知誇耀兵威,這乃將帥所司,非使臣所得與聞呢。」語有鋒芒,但如垂所言,亦有令人可譏處。垂見他語言頂撞,雖然怒氣填胸,卻也無詞可駁。留儀數日,遣令北還。儀返魏告珪道:「燕主衰老,太子闇弱。范陽自負材氣,非少主臣,若燕主一歿,內難必作,乃可抵隙蹈瑕,掩他不備,今尚未可速圖呢!」珪點首稱善,因與燕仍然往來,不傷和氣。

彼此敷衍了一兩年,珪復與慕容麟會集意辛山,同攻賀蘭附近紇突鄰紇奚諸部,所過披靡,相率請降。會劉衛辰收合餘燼,又來出頭,令子直力鞮攻賀蘭部,賀訥忙向魏乞援。魏王珪引兵援訥,直力鞮望風退走。珪乃徙訥部眾,居魏東境。既而訥弟染干,與訥相攻,構兵不已。珪欲併吞賀蘭部,想出一條借刀殺人的計策,使吏告燕,請討賀訥兄弟,情願自為嚮導。報舅之道,如是如是!燕主垂即遣麟督兵,出擊賀訥,訥本沒有什麼能力,更兼兄弟鬩牆,鬧得一塌糊塗,怎能再敵燕軍?至燕軍已經逼寨,向魏請救,杳無複音,沒奈何硬著頭皮,自出抵敵,打了一仗,兵敗力竭,被麟軍擒了過去。賀染干不敢進戰,便詣燕營乞降。麟馳書告捷,燕主垂還算有恩,命麟歸訥部落,但徙染干入燕都,且召麟班師。麟還都告垂道:「臣看拓跋珪舉動,必為我患,不如徵令來朝,使該弟監國,較可無虞。」垂未以為然,經麟一再請求,方遣使至魏,徵使朝貢。珪令弟

觚，至燕修好，慕容麟等勸垂留觚，更求良馬。珪不肯照給，使張袞至西燕求和，燕遂不肯釋觚。觚伺隙潛逃，又被燕太子寶追還，燕與魏就從此失好了。為燕魏交戰張本。

且說西燕主慕容永，稱帝踰年，屢出兵侵晉河南，旋復率眾寇晉洛陽。時晉太保謝安，曾在廣陵遇疾，卸職還都，竟至病逝。晉廷贈官太傅，追諡文靖。不略謝安之歿，意在重才。另命琅琊王道子領揚州刺史，錄尚書事，都督中外諸軍，加前鋒都督謝玄，統轄徐兗青司冀幽並七州軍事，尋又錄淝水戰功，贈謝安為廬陵公，封謝石為南康公，謝玄為康樂公，安子琰為望蔡公。會泰山太守張願叛晉，北方不靖，謝玄上疏請罪，自乞罷職。孝武帝不從所請，只令玄還鎮淮陰，調豫州刺史朱序代鎮彭城。玄又稱病謝職，有詔令為會稽內史。未幾，玄歿，年止四十六，比乃叔謝安壽數，短少二十年。特敘此筆，補出謝安年紀。晉廷追贈車騎將軍，予諡獻武。乃命朱序都督司雍諸州軍事，移戍洛陽，譙王恬無忌子。都督兗冀諸州軍事，就鎮淮陰。會值慕容永侵洛，序即帶領兵馬，從河陰渡河，擊走永軍。永走還上黨，序追至白水，尚未收軍。忽由洛陽守吏，遞到急報，乃是丁零翟遼，謀襲洛陽，序始引軍亟歸。中道與翟遼相遇，一陣猛擊，遼眾俱倉皇遁去。看官閱過前文，應知遼奔就黎陽，丁零遺眾，奉翟成為主帥，駐守行唐；見六十九回。後來成為燕滅。唯遼尚存，晉黎陽太守滕恬之，為遼所欺，非常愛信，遼竟起歹心，乘恬之出外時，閉城峻拒，恬之無路可歸，東奔鄄城，又被遼引眾追及，擒還恬之，據住黎陽。朱序曾遣將軍秦膺等討遼，遼且先發制人，遣子釗南寇陳穎，正與秦膺等相值，被膺擊退。嗣高平人翟暢，執住太守徐含遠，舉郡降遼。高平已為燕屬，燕主垂怎肯干休，即親自出討，命太原王楷為前鋒都督，殺往黎陽。遼眾皆燕趙遺旅，俱云太原王子，猶我父母，不可不降，遂相率投誠。遼聞風

第七十三回　拓跋珪創興後魏　慕容垂討滅丁零

驚懼，亦輸款燕營，垂乃授遼為徐州牧，封河南公，受降而還。不到數月，遼又叛燕，出掠燕境，尋又遣司馬眭瓊，詣燕謝罪。燕主垂恨他反覆，斬瓊絕遼。遼竟自稱魏天王，也居然建設百僚，改元建光，引眾徙屯滑臺，南圖晉，北窺燕，陰使人赴冀州，詐降燕刺史樂浪王慕容溫。見七十一回。溫留置帳下，竟被刺死。燕遼西王慕容農，往捕刺客，得誅數人。遼自幸得計，又欲襲晉洛陽，幸為朱序擊敗，方才退還。序留將軍朱黨守石門，自引兵還鎮。遼卻雄心未死，又命子釗寇晉鄄城。晉將劉牢之領兵邀擊，釗始敗去。前泰山太守張願叛晉，為燕所破，復投翟遼，遼令願來敵牢之。願知遼不可恃，致書牢之，自陳悔過，牢之乃許願歸降，並進逼滑臺，再破遼眾。遼入城固守，牢之猛攻不下，自恐餉運難繼，才撤兵退回。

　　已而遼竟病死，由釗繼立，改元定鼎。復欲承父遺志，攻燕鄴城，失利而還。再遣部將翟都，侵燕館陶，屯蘇康壘。好兵不戢，必致自焚。於是燕主垂不能再忍，下令親征，自率步騎十萬，徑壓蘇康壘前。翟都棄壘夜走，奔還滑臺。翟釗聞燕兵大至，也不禁惶急起來，連忙繕就哀書，借兵西燕。西燕主慕容永，召集群臣商議行止，尚書郎鮑遵道：「兩寇相爭，勢必俱敝，我隨後出兵，乘敝制寇，便是卞莊刺虎的遺策了。」中書侍郎張騰道：「強弱異勢，何至遽敝，不如率兵往救，使成鼎足，方可牽制強燕，一面分兵直趨中山。晝設疑兵，夜設火炬，使彼自相疑懼，引兵自退，然後我衝彼前，釗躡彼後，必可蹙燕，這乃天授機會，萬不可失呢！」永不肯依騰，卻回翟使，使人返報翟釗。釗只好調集部眾，出拒黎陽。燕主垂至黎陽北岸，臨河欲濟，釗列兵河南堵截。燕軍見釗眾氣盛，頗有懼色，俱勸垂留兵緩渡。垂掀髯笑道：「豎子有何能為？卿等可隨朕殺賊哩！」諸將始不敢多言，但靜待軍令，嚴裝候著。到了次日，

垂忽下令拔營，遷往西津，去黎陽西四十里，具備牛皮船百餘艘，載著兵仗，將溯流東上，進逼黎陽。釗見垂引兵西向，不得不隨向西趨，防垂渡河。哪知垂是誘他過去，到了夜半，卻暗遣中壘將軍桂陽王鎮，率驍騎將軍國等，仍到黎陽津偷渡。平風息浪，竟達河南，當即乘夜築柵，及旦告成。釗得知燕軍東渡，急忙麾眾趕回，來奪燕寨。偏燕軍依柵自固，堅壁勿動，釗一再挑戰，統被燕軍射退。待至午後，釗士卒往來飢渴，只好引還，不意燕營內一聲鼓角，驅兵殺出，竟來追釗。釗亟回軍抵敵，兩下裡正在酣戰，突有一彪人馬到來，為首大將，乃是燕遼西王慕容農。他因釗眾東回，得從西津渡河，前來助鎮，左右夾攻釗眾。釗如何抵擋得住，慌忙引眾返走，已被燕軍殺得七零八落，只帶得殘騎數百，奔歸滑臺。燕軍陷入黎陽，再乘勝進逼，釗力不能支，沒奈何挈著妻子，率數百騎北走，渡河登白鹿山，憑險自守。

　　燕軍追至山下，望見山路險仄，林箐朦朧，急切不敢進去，便在山下安營。一住數日，並無一人出山，慕容農語將士道：「釗倉猝入山，糧必不多，斷不能久居山中，唯我軍常圍山下，彼且憚死不出，不如佯為退兵，誘他下山，方可一鼓殲滅了。」父子兵略，俱屬可觀。將士當然贊成，便即引退，釗果下山西走，行未數里，燕軍已兩面突至，掩殺釗眾。虧得釗乘著駿馬，飛奔而去，所有妻子部曲，悉數被擒。釗所統七郡將吏，均向燕請降。垂從子章武王宙為兗豫二州刺史，居守滑臺，徙徐州七千餘戶至黎陽，亦留從子彭城王脫居守，領徐州刺史，自引軍還中山，命遼西王農都督兗豫荊徐雍五州軍事，屯兵鄴城。獨翟釗單騎奔入西燕，西燕主慕容永好意延納，授釗車騎大將軍，領兗州牧，封東郡王，偏釗住了年餘，又生異志，復思叛永。永察出陰謀，方將釗殺死了事，翟氏乃絕。小子有詩嘆道：

第七十三回　拓跋珪創興後魏　慕容垂討滅丁零

居心反覆太無誠，不信如何得幸生！
試看丁零衰且盡，益知作偽總難成。

欲知後事如何，且看下回分解。

拓跋珪母子，屢瀕死地，而卒得不死，是得毋天將興魏，王者不死耶！然觀諸珪之心術，實無足取，彼賴舅賀訥而得存，乃未幾而導燕滅賀矣；彼恃慕容氏之援而得興，乃未幾而遣儀窺燕矣，無信無義，何以立國？顧竟得雄長朔方，歷祚至百五十年，天道茫茫，殊不可問！豈其時方丁閏運，固憑力不憑理歟？丁零翟氏，燕之所藉以規復者也，翟斌忽迎垂，忽又欲叛垂，事洩被誅，咎由自取。然翟真翟成翟遼翟釗等，輾轉構難，雖相繼敗死，卒歸於盡，而慕容氏之兵力，蓋亦已半敝矣。夷狄無親，難與共事，慕容垂固嘗負秦，亦曷怪翟氏之反覆哉？

第七十四回
智姚萇旋師驚噩夢　勇翟瑤斬將掃屠宗

卻說秦主苻登，自退屯胡空堡後，按兵不出。接應前回。後秦主姚萇，使弟碩德鎮守安定，分置秦州守宰，派從弟常戍隴城，邢奴戍冀城，姚詳戍略陽。秦益州牧楊定，出攻隴冀，陣斬姚常，並擒邢奴。姚詳大懼，即將略陽城棄去，奔往陰密。定遂自稱秦州牧，晉爵隴西王。秦主登方借定拒萇，不便斥責，只好許稱王號，且加定為左丞相上大將軍，都督中外諸軍事，領秦梁二州牧。一面進竇衝為大司馬，兼驃騎大將軍，都督隴東諸軍事，領雍州牧，楊璧為大將軍，領南秦益二州牧，約與共攻後秦。三人才略心術，俱難重任，登所用非人，宜其致敗。又敕并州刺史楊政，冀州刺史楊楷，各率部曲相會，再圖大舉。

姚萇遣將軍王破虜，略地秦州，為楊定所破，狼狽奔還。秦主登出攻鶩泉堡，由姚萇親自馳救，登亦引退。萇囑使東門將軍任瓫等，致書與登，詐為內應，登得書後，即欲輕騎踐約。征東將軍雷惡地，在外將兵，得知此事，即馳入白登道：「姚萇多詐，怎可輕信？請三思後行！」登乃中止。嗣探得任瓫詐降，懸門以待，乃驚語左右道：「雷征東料敵如神，若非彼言，我幾為豎子所欺了。」惡地因諫萇有功，亦未免語帶矜誇，偏登又陰懷猜忌，只恐他另生惡念，逐漸見疏。莫非因他以惡為名故致生忌，但好猜如此，何由御人？惡地果然疑懼，竟往降後秦，姚萇命惡地為鎮軍將軍。

第七十四回　智姚萇旋師驚靈夢　勇翟瑥斬將掃屛宗

　　既而秦鎮東將軍魏褐飛，自稱沖天王，號召氐胡部落，圍攻杏城。杏城為後秦安北將軍姚當成所守，便馳使報告姚萇，請速濟師。萇自引精兵千六百人，往援杏城，哪知降將惡地，又與褐飛相應，反攻李潤。鎮名在馮翊西。兩人會合攏來，眾至數萬，氐胡又相繼奔赴，絡繹不絕。萇固壘不戰，佯示怯弱，褐飛見萇兵弱少，意存輕藐，毫不加防，不意後面有萇兵掩入，立致驚潰。萇既分兵繞擊褐飛，自己在營中眺著，望見褐飛後營，塵頭擾亂，料知褐飛中計，便即驅兵殺出，直擊褐飛前營。褐飛前後受敵，嚇得手足無措，只好沒路的亂撞。偏偏冤家路狹，正與姚萇相值，再欲回頭返奔，已是不及，那好頭顱即被人取去了。褐飛有眾三萬人，死了一萬，降了一萬，逃去一萬，霎時間成為平地。杏城守將姚當成，出迎姚萇，萇命就營址間，每一柵孔，改植一樹，作為戰勝紀念。當成嫌營地太小，萇笑道：「我自結髮以來，與人交戰，從沒有這般奇捷。試想我軍不過千餘，能驟破三萬賊眾，可見營地以小為奇，如賊大營，有什麼用處哩！」說著，覆命移兵往擊惡地。兵方啟行，惡地已前來謝罪，俯伏投誠。萇傳命宥免，令他隨歸長安，待遇如初。惡地首鼠兩端，實可殺卻。過了一年，馮翊人郭質，忽起兵應秦，移檄三輔，數萇過惡。三輔多貽書歸附，獨鄭縣人苟曜不從，聚眾數千，與質為敵。秦授質為馮翊太守，後秦授曜為豫州刺史。曜與質互相戰爭，質屢次失利，敗奔洛陽，後來苟曜為秦所誘，密約秦主登出兵，願為內應。胡人真多反覆。登督兵赴約，竟至馬頭原，姚萇引眾逆戰，為登所敗，右將軍吳忠陣亡。姚碩德等拚命攔截，才得勉強收軍，不致大挫。萇令軍士飽食乾糧，再行進戰，碩德旁問道：「陛下每戰不勝，即有奇謀，今戰既失利，又欲進攻，果有何策？」萇答道：「登用兵遲緩，不識虛實，今輕兵直進，竟據我東首，這定是苟曜豎子，與他通謀，所以冒險前來；若再不與戰，日久勢增，禍更難測，

故不如更與交鋒，使苟朧未得連合，登尚疑信參半，當可轉敗為勝，解散賊謀哩。」說畢，上馬督兵，進攻登營。登不防姚萇再至，倉皇接仗，士無鬥志，紛紛潰退，萇驅眾追殺一陣，斬獲無算，直至登奔往鄜城，始命凱旋。諸將益佩服萇謀。嗣聞登復移攻安定，萇命太子興居守長安，自往拒登。臨行時囑興道：「苟朧好為奸變，他聞我北行，必來見汝，汝宜將他捕戮，免貽後患。」興唯唯受教。果然萇就道後，朧即入關見興，當被興喝令拿下，推出梟首，然後報達姚萇。萇聞苟朧已死，安心前行。至安定城東，見登引眾來前，立即麾眾與鬥，把登擊退。萇入城犒軍，宴集將佐，諸將進言道：「今日魏武王尚存，萇諡兄襄為魏武王見七十二回。必不令此賊久盛，陛下但務拒守，不願進擊，所以養寇到今，尚未蕩平呢。」萇微哂道：「我原是不及亡兄，約算起來，共有四種。我兄身長八尺五寸，臂垂過膝，人一望見，便覺生畏，這是我第一種不及處；我兄與天下爭衡，雖遇十萬雄師，毫不畏縮，當先直進，橫厲無前，這是我第二種不及處；我兄談古知今，講論道藝，善遇英雄，廣羅俊異，這是我第三種不及處；我兄董率大眾，履險如夷，上下咸服，人人願盡死力，這是我第四種不及處。我事事不及亡兄，尚得建立功業，策任群賢，無非靠了一些智略，稍得過人一籌。苻登窮寇，將來總要覆亡，何必急速求功，反致敗事哩！」於是群下咸稱萬歲。越日萇復下書，令諸鎮各置學官，不得偶廢，考試優劣，量才擢敘。會秦驃騎將軍沒奕於，率戶六千，來降姚萇，萇授沒奕於為車騎將軍，封高平公。

　　既而萇遇重疾，因遣弟碩德鎮李潤，僕射尹緯守長安，亟召太子興馳詣行營。那秦主苻登，方立昭儀李氏為繼后，連日慶宴，聞得姚萇有病，不禁大喜，便欲乘機往攻，厲兵秣馬，特向苻堅神主前禱告道：

　　曾孫登自受任執戈，幾將一紀，未嘗不上天錫佑，皇鑑垂矜，所在必

第七十四回　智姚萇旋師驚噩夢　勇翟瑥斬將掃屛宗

克，賊旅冰摧。今由太皇帝之靈，降災疢於逆羌，以形類推之，醜虜必將不振。登當因其隕斃，順行天誅，拯復梓宮，謝罪清廟。神祖有靈，實式憑之！

禱畢，復大赦境內，加百僚位秩各二等，遂督兵出行，進逼安定。去城只九十餘里，忽由偵騎入報導：「姚萇已引兵出城，想是前來迎戰了。」登驚訝道：「敢是萇已病癒了麼？」隨即帶領輕騎，自往覘萇。行至中途，又有探馬來報導：「姚萇已遣將姚熙隆，從間道繞出，攻我大營去了。」登又恐大營有失，勒馬回營，望見距營數里，果有敵軍紮住，因天色已晚，不欲往攻，但命部眾戒嚴，枕戈夜宿，好容易過了一宵，差幸夜間無事，黎明即起，正在營中早餐，忽有邐騎入告道：「賊營都空空洞洞，不知所向了！」登大驚道：「這是何人？去令我不知，來令我不覺，人人說他將死，他偏又來出現，我與此羌同時，真是不幸極了！」遂引兵徐退，途次亦嚴勒部伍，井井不紊，才得安然還雍。究竟姚萇用何計策，得退登軍。原來登出兵時，萇病小愈，他不欲與登劇戰，所以想出了一條疑兵計，詭去詭來，使登無從測摸。等到登退兵還雍，他本已繞出登前，伏兵待著。及見登行列整齊，料不可犯，也樂得讓他過去，自還安定罷了。確是狡獪。

秦雍州牧竇衝，已進任右丞相，衝徙屯華陰，被晉河南太守楊佺期擊走，他尚矜才使氣，上書登前，自請加封天水王。是由楊定為王引使出來。登偏不許，衝竟僭稱秦王，改年元光。登聞報大怒，即引兵攻衝。厚楊定而薄竇衝，登實不公。衝情急生變，遂向後秦乞降，請發援師。姚萇欲力疾赴救，尹緯進言道：「太子純厚有聲，唯將略未曾著聞，可遣令代徵，使示威武，也是固本的要著哩。」萇乃召興入囑道：「聞衝兵現屯野人堡，汝若趨救，必有一場惡戰，勝負未可逆料，不若徑攻胡空堡，使苻登

撤圍還援,那時衝圍自解,汝亦可全軍引還了。」興受計而去,行抵胡空堡,登果還救,興遵著父命,不與交戰,便即退歸。

萇因久病未瘥,命興先還長安,自引從臣繼發。到了新支堡,夜宿驛中,朦朧中見一金甲皇帝,領著數多將士毀門進來,仔細一瞧,那皇帝不是別人,正是秦王苻堅。當下駭懼欲奔,回頭急望,恍惚見有宮門開著,便跟蹌跑入。可巧有宮人出來,便向他們呼救,宮人手中,各有長矛持著,應聲拒敵,爭把手中矛擲去,不意敵兵未曾擊倒,自己的腎囊上,反被擲中一矛,頓致痛徹肺腑。更可恨的是敵兵譁笑,拍掌歡語道:「正中死處,正中死處!」那時又痛又憤,咬著牙根,將矛拔去。矛才拔出,血即狂流,越覺痛不可耐,一聲號呼,竟致驚悟,才知是一魘夢。心虛易致鬼揶揄。挑燈審視,既沒有什麼皇帝,又沒有什麼將士,不過腎囊上卻是有些暴痛,卸裳俯視,略略紅腫,也不知是何病症。挨至天明,腫勢又添了一半,便召醫官入視,醫官就病論病,無非說是疝氣等類,外敷內治,全不見效,只覺得囊脹難忍,令醫用針灸治。醫官不得已如言施針,竟致血出不止,彷彿似夢,萇痛極致暈,不省人事。好容易灌救得活,仍是神志不清,狂言譫語,或云臣萇該死;或云殺死陛下,實為兄襄,並非臣罪,幸勿枉臣!半真半假,死且欺人。從官見萇病亟,不便逗留,只得將萇舁置車中,使他臥著,匆匆還入長安。萇偶覺清醒,便召太尉姚旻,尚書左僕射尹緯,右僕射姚晃,尚書狄伯支等,受遺輔政,且囑太子興道:「受遺諸公,統是我患難至交,如有人無端誣毀,慎勿輕信!汝能撫骨肉以仁,接大臣以禮,待物以信,字民以恩,四德具備,自可永年,我雖死無憂!」言畢即逝,時年六十有四,在位八年。

興恐內外有變,祕不發喪,急調叔父緒鎮安定,碩德鎮陰密,召弟崇還鎮長安。碩德部下諸將佐,各進白碩德道:「公威名素振,部曲最強,

第七十四回　智姚萇旋師驚噩夢　勇翟瑥斬將掃屏宗

今聞故主已終，新君甫繼，恐不免與公相猜，公不若徑赴秦州，觀望時勢，自作良圖，免貽後戚。」碩德怫然道：「太子志度寬明，必無疑阻。今苻登未滅，即自尋干戈，是蹈三國時二袁覆轍，袁譚袁尚。徒取滅亡，我寧死不願出此呢！」隨即啟行至長安，與興相見，興優待如常，遣令赴鎮。一面自稱大將軍，授尹緯為長史，狄伯支為司馬，部署將士，嚴備苻登。

登屢使偵騎覘視，探得姚萇死耗，當即還報，登欣然道：「姚興小兒，怎能敵我，但折杖以笞，便足使他屈服了。」夜郎自大。遂驅眾盡出，但留弟安成王廣守南安，太子崇守胡空堡，自督兵徑向關中。復遣使拜金城王乞伏乾歸為河南王，領秦梁益涼沙五州牧，並加九錫。這乞伏乾歸，就是乞伏國仁弟。國仁嘗受苻登封爵，稱苑川王，見七十二回。踰年即歿，子公府尚在幼年，部眾謂宜立長君，因推乾歸為大將軍大單于，改元太初，徙居金城。且向秦報聞，秦遣使冊封乾歸為金城王。乾歸雄武英傑，不亞乃兄，征服附近部落，威振邊陲。立妻邊氏為王后，用出連乞都為丞相，悌眷為御史大夫，也是一個小朝廷制度。苻登欲規取長安，所以加封乾歸，聯為聲援，自引兵急進，從六陌趨廢橋。後秦始平太守姚詳，據住馬嵬堡，堵截登軍。姚興恐詳不能禦，特遣長史尹緯，率兵助詳。緯徑至廢橋拒登，登爭水不得，兵多渴死，遂麾眾攻緯。緯正欲與戰，忽見狄伯支馳至，傳達興命，教他持重，不可輕戰。緯勃然道：「先帝升遐，人情震懼，今不思奮力殲寇，乃使逆豎壓境，日久變生，大事去了！緯情願死爭，不敢聞命！」說罷，便麾眾出戰，一當十，十當百，竟將登眾殺敗，追奔數里，斬馘甚多。

是夜，登竟潰歸，緯乃旋師奏功。興始為父發喪，舉哀成衣，命在槐裡築壇，嗣即帝位，大赦境內，改元皇初。尋由長安至安定，調集人馬，

再擊苻登。登敗回南安，不料弟廣與子崇，都因聞敗心驚，棄戍遠竄，轉令登窮無所歸，沒奈何奔至平涼，收集潰卒，走入馬毛山。驚聞姚興又率眾來攻，自思眾心攜散，不能再戰，乃亟遣子崇馳詣金城，向乞伏乾歸處求援，並進封乾歸為梁王，願將妹東平長公主嫁與乾歸。乾歸乃遣前將軍乞伏益州，冠軍翟瑥，分領騎兵二萬，往救苻登。登聞援兵將至，出山探望，遙見山南有大兵馳到，正道是援兵前來，便即踴躍歡迎。待至兩下遇著，才覺叫苦不迭，原來不是援兵，乃是姚興進襲的潛師。那時退避不遑，只好與他交戰，不到半時，部眾一半傷斃，一半逃去，單剩登一人一馬，返身亂跑，被興兵快馬追及，你矛我槊，戳死馬下。總計登在位九年，大限五十二歲。

　　登子崇竄至湟中，得悉乃父死耗，還想據位稱尊，草草登極，改元延初，再遣人至乾歸處乞師。時乞伏益州等不及援登，中道折回，報明苻登戰死情狀，乾歸即變易初心，遂回崇使。崇孤立無助，自知艱危，乃走依隴西王楊定。定聞乾歸不肯發兵，投袂而起，召集步騎二萬人，與崇共攻乾歸。乾歸得報，顧語諸將道：「楊定勇虐聚眾，窮兵逞欲，我看他此次前來，乃是惡貫已盈，徒自取死。天方授我，此機正不可錯過呢！」乃遣涼州牧乞伏軻殫、秦州牧乞伏益州、立義將軍詰歸等，出拒楊定。

　　益州為乾歸弟，素稱驍勇，先驅急進，馳至平川，正值楊定麾兵進來。益州兵少，楊定兵多，畢竟雙拳不敵四手，被定殺敗，奪路奔回。軻殫詰歸，亦引眾退還，獨冠軍翟瑥，趨入軻殫營中，仗劍進言道：「我王具神武英姿，開基隴右，東征西討，無不席捲，所以威振秦梁，聲光巴漢，將軍身膺重寄，位重維城，理應宣力致命，保全家國，秦州雖敗，二軍猶全，奈何不思赴救，便即返奔，將軍自思，尚有什麼面目，敢見我王呢？瑥雖不才，願為國效死！」可謂壯士。軻殫聽了，不禁懷慚，便向瑥

第七十四回　智姚萇旋師驚靈夢　勇翟瑥斬將掃屛宗

謝過道：「我所以未赴秦州，正恐眾心搖動，未肯向前，今如將軍所言，已知眾憤，且敗不相救，當坐軍罰，我難道敢自偷生，徒取罪戾麼！」說著，即命瑥為先鋒，自率騎兵繼進；且遣人分報益州詰歸。益州詰歸，也勒眾再進，夾攻楊定。定恃勝無備，陡遇三路殺來，竟至無法抵擋。主將慌忙，眾愈駭散，那翟瑥舞著大刀，左斬右劈，如入無人之境。定尚思攔阻，不防瑥已至馬前，砉的一聲，頭竟落地。就是秦嗣主崇，亦不及奔逃，致為敵軍所殺。秦自苻健僭號，傳至苻崇，合計六主，共四十四年而亡。小子有詩嘆道：

善敗不亡善戰亡，苻秦一代費評章。
壽春六陌重尋轍，禍始佳兵終不祥。

苻氏已亡，乾歸併有隴西巴蜀諸地，遂增置官屬，張示聲威，欲知他一切詳情，待至下回再敘。

五胡十六國中，苻秦最盛，而衰敗亦最速。苻堅以淝水之敗，便至不振，卒死姚秦之手。苻登以廢橋之敗，即無所歸，仍為姚氏所殺，而苻崇更不足道焉。即是以觀，可見姚萇之夢見苻堅，並非堅之真能為祟，不過萇私心負疚，恐遭冥譴，迨至病危神散，乃有此夢魂之可怖耳。不然，堅能禍萇，寧獨不能自保子孫耶？唯堅之得國，由於篡弒，故其後卒不得令終；萇雖叛堅，而為兄復仇，猶有可說，其得保首領以歿，蓋於僥倖之中，有理數存焉。誰謂亂世之必無天理哉！

第七十五回
失都城西燕被滅　壓山寨北魏爭雄

　　卻說乞伏乾歸，增置官屬，令長子熾磐領尚書令左長史，邊芮為尚書左僕射右長史，祕宜為右僕射，翟瑥為吏部尚書，翟勍為主客尚書，杜宜為兵部尚書，王松壽為民部尚書，樊謙為三公尚書，方弘、麴景為侍中。此外拜授，一如魏武晉文故事，猶自稱大將軍大單于。唯楊定死後，天水人姜乳，襲據上邽，因遣乞伏益州往討。邊芮王松壽入諫乾歸道：「益州貴為介弟，屢立戰功，因勝致驕，常有德色，古人謂驕兵必敗，若令他專閫，恐非所宜。」乾歸道：「益州驍勇，非諸將所能及，我但恐他剛愎自用，或致僨事，今當另簡重佐，便可無憂！」說著，遂派韋乾為行軍長史，務和為司馬，令與益州偕行。至大寒嶺，益州果不加部勒，反縱軍士解甲遊敖，日夕酣飲；且下令道：「敢言軍事者斬！」韋乾看不過去，只好邀同務和，違令進諫道：「將軍為王室懿親，受命專征，期殄凶醜，今賊已逼近，奈何解甲自寬，宴安鴆毒，古有明戒，望將軍三思！」益州大言道：「乳眾烏合，聞我到來，理應遠竄，若欲與我決戰，便是自來送死，我自有擒賊方法，卿等勿憂！」全是驕態，唯不殺韋乾，還算氣寬。韋乾等只好退出，自加戒備。果然姜乳引眾劫營，益州未曾預防，竟被陷入，倉皇驚潰。還虧韋乾等救護益州，且戰且行，才得逃脫性命。乾歸聞益州敗還，也仿秦穆公悔過語云：「孤違蹇叔，致有此敗，將士何罪，罪實在孤呢！」乃概令復職，悉置勿問。並令兵士休養，暫息干戈。

第七十五回　失都城西燕被滅　壓山寨北魏爭雄

　　楊定無子，從弟盛先守仇池，特為定發喪，追諡武王，自稱秦州刺史仇池公。仇池前為秦滅，曾由楊安鎮守，見六十二回。後來楊安他徙，輾轉為楊定所據，定死盛繼，仍算未絕，並遣使稱藩東晉，晉廷但務羈縻，封盛為仇池公。盛與定原屬氐族，因分氐羌為二十部護軍，各自鎮戍，不設郡縣。乞伏乾歸也不願過問，仇池始得少安。

　　事且慢表，且說燕主慕容垂，掃滅丁零，還至中山，聞翟釗奔入西燕，乃議興兵西略，往攻慕容永。諸將俱說道：「永未有大釁，不宜輕伐，且近來連歲戰爭，士卒久勞，居民亦不暇耕織，瘡痍滿目，哭泣盈途，宜乘此安撫兵民，待時而動，區區長子，無庸深憂呢！」獨司徒范陽王德駁議道：「昔三祖積德，遺訓在耳，所以陛下龍興，人皆思燕，不謀而合。永與陛下系出同宗，乃獨僭稱尊號，煽動華夷，惑民視聽，致令群豎縱橫，逐鹿不息，今若不先加除滅，恐民心不一，後患方長，怎得謂不足深憂！就使士卒疲勞，此舉亦不能再緩了！」垂掀鬚語諸將道：「司徒所議，與我同意，古稱：『二人同心，其利斷金。』我計決了！且我年雖老，扣囊底智，尚足殲除此賊，不宜再留遺患，累我子孫呢！」除去慕容永，亦未必子孫久長。乃發步騎七萬人，遣鎮西將軍丹陽王瓚，及龍驤將軍張崇，往攻晉陽，征東將軍平視，往攻沙亭，自率大軍赴鄴。晉陽守將，為西燕主永弟武鄉公友，沙亭守將，為西燕鎮東將軍段平。西燕主永，尚恐兩處有失，因再遣尚書令刁雲，與車騎將軍慕容鍾，率眾五萬，出屯潞川，使為援應。垂復使太原王楷出滏口，遼西王農出壺關，自出沙亭擊永。

　　永急令從子征東將軍小逸豆歸，鎮東將軍王次多，右將軍勒馬駒等，率兵萬餘，往戍臺壁。又派遣諸將，分道拒守。偏燕軍沿途逗留，月餘不進。永莫名其妙，但恐垂聲東擊西，佯從鄴城進兵，暗中卻分兵潛入太行，山名。繞擊背後，所以預防一著，特調諸軍還扼太行，嚴守軹關；唯

留臺壁軍不遣。垂正要他調開各軍，好使部眾前進，既聞慕容永中計，立即趨就慕容楷，同進滏口，入天水關，直抵臺壁。小逸豆歸飛報慕容永，永遣太尉大逸豆歸，至臺壁助戰，適垂將平視引兵馳至，垂即使與大逸豆歸交鋒，一陣痛擊，大逸豆歸敗去。小逸豆歸不得已與王次多勒馬駒等，開壁出戰。平視再與奮鬥，正殺得難解難分的時候，忽由慕容楷慕容農殺到，兩支統是生力軍，縱橫馳驟，銳不可當。小逸豆歸自知不敵，急忙收兵入壁，偏敵軍兩面圍裹，一時不能殺出，等到死命衝突，才得一條血路，奔入壘中。部兵萬餘名，傷亡了六七千。就是王次多勒馬駒，也相繼戰死，連骸骨都無從奪回。更可怕的是臺壁外面，統是敵軍，圍得鐵桶相似，除非插翅騰空，不敢出去。小逸豆歸坐守孤城，只眼巴巴的向西望著，專待援軍到來。

　　時大逸豆歸已奔還報永，永乃自率精兵五萬，馳救臺壁，屯兵河曲，貽垂戰書。垂批迴戰期，列陣臺壁南面，分農楷二軍為左右翼，又使慕容國率兵千人，伏深澗下。越日交兵，由垂親往挑戰，兩下裡不及答話，便將對將，兵對兵，角鬥起來。才及片時，垂竟拍馬返奔，將士亦佯作敗狀，曳械遁走。永不管好歹，揮兵急追，人馳馬驟，爭向深澗中躍過，似乎有滅此朝食的氣象。不料馳至半途，那慕容楷慕容農兩軍，出來截住，夾攻永軍，垂又翻身轉來，迎頭痛擊，永三面受敵，如何支持？只得回馬奔還。追兵變做逃兵，逃兵反變做追兵，勝負變幻，真不可測。永馳還澗旁，不防慕容國又復殺出，截住去路。垂與農楷等在後緊追，累得永進退兩難，頓致全軍大亂，或被殺，或被溺，死了無數士卒。永還須遲死數月，所以幸得逃脫，奔還長子。永已用兵數年，連誘敵計都未預防，實是個沒用傢伙。

　　晉陽沙亭潞川各守將，統聞風逃散，慕容鍾且奔降垂營。永聞鍾叛去，

第七十五回　失都城西燕被滅　壓山寨北魏爭雄

竟將鍾妻子拘住，悉數駢戮。死在目前，還要如此暴虐。又恐長子受圍，擬留太子亮居守，自奔後秦。侍中蘭英道：「昔石虎攻我龍城，我太祖堅守不去，終得創業垂基，造成大燕。今垂七十老翁，厭苦兵革，難道能連年不返，長此圍攻麼？為今日計，但當繕修守備，堅壁勿戰，待他師老糧盡，自然退去了。」永乃依議，嬰城拒守。那燕兵即陸續趨至，環集城下，四面築柵，把一座長子城，團團圍住。一攻一守，約莫有四五十日，城中雖未被陷，卻已孤危得很。乃遣子常山公泓，齎取玉璽一方，縋城夜出，向晉雍州刺史郗恢處求救，恢即請命晉廷。晉雖有詔許援，但徵發需時，一時如何應急？永恐晉兵不至，又遣太子亮詣魏乞師。亮出城時，被燕將平視探知，引兵追及，把亮擒回。只有隨騎逃脫，得至盛樂，見魏王拓跋珪，涕泣求援。珪本與西燕通好，見七十三回。乃命陳留公虔，將軍庾嶽，率騎五萬，出屯秀谷，相機進行。怎奈長子城日危一日，晉魏兵又皆未至，急得守城將士，朝不保暮。大逸豆歸與部將竇韜等，起了歹心，竟潛通外兵，開城延敵。慕容永驚悉內變，忙挈著眷屬，奔往北門。冤冤相湊，兜頭碰著燕軍前隊，一聲吶喊，把永圍住。永無從逃脫，只好束手受擒，所領家屬，無一倖免，統被縛至慕容垂前。垂責他僭據位號，濫殺宗族，罪無可恕，叱出斬首，妻子等當亦受戮。慕容儁子孫前時被永所殺，至此始得瞑目。又執住刁雲等四十餘人，一體加誅。大逸豆歸昂首進謁，還道是開城有功，得邀重賞，偏被垂叱他不忠，賞他一刀兩段。該死！總計西燕自慕容泓改元，至永亡國，已易六主，合計只十有一年。

　　垂既滅西燕，得永所統八郡七萬餘戶。令宜都王慕容鳳為雍州刺史，鎮守長子，丹陽王慕容纘為平州刺史，鎮守晉陽，自率軍馳還鄴城，復東巡陽平平原，因聞晉有救永意，特使慕容農渡河，與鎮南將軍尹國，攻晉廩邱陽城，先後陷入，晉平東太守韋簡，引兵截擊，敗死平陸。晉高平太

守徐含遠,遣使至劉牢之處乞援,牢之不能赴援,遂致高平泰山琅琊諸郡,陸續奔潰。慕容農進兵臨海,分置守宰,方才引還。垂北往龍城,告捷太廟。

會接得北方軍報,謂魏王珪已出師秀谷,侵逼附塞諸郡。垂本擬親出伐魏,因年已衰邁,疲病難行,乃遣太子寶為統帥,使與遼西王農趙王麟等,率步騎八萬人,自五原伐魏。是時慕容柔慕容楷諸人,相繼病歿,唯慕容德慕容紹掌兵如故。垂令紹統步騎一萬八千,為寶後應,散騎常侍高湖,上書諫垂道:「魏與燕世為姻婚,結好已久,今因求馬不得,拘留彼弟,彼直我曲,不宜用兵。且拓跋珪沈鷙善謀,幼歷艱難,飽嘗世故,兵精士盛,更難輕敵。太子年少氣壯,必且藐視珪眾,諸多翫忽,萬一挫失,大損國威,願陛下慎重將事」云云。語皆合理。垂非但不從,反褫湖官爵,竟令寶等北進。老昏顛倒。

魏王拓跋珪,方討平劉衛辰,斬獲衛辰父子,並誅他宗黨五千餘人。只衛辰少子勃勃,逃往薛幹部,不及追獲。當下掠得戰馬三十餘萬匹,牛羊四百餘萬頭,載歸盛樂,充做國用。嗣又向薛幹部索交勃勃,薛幹部酋太悉伏,拒絕魏使,竟將勃勃一人,送往後秦高平公沒奕於。魏王珪又恨他抗命,襲破薛幹部帳,逐去太悉伏,入帳屠掠,盡把財物取歸,因此國帑充足,士飽馬騰。補敘數行文字,上結劉衛辰,下引赫連勃勃。此次燕軍入境,長史張袞語珪道:「燕滅丁零,殺慕容永,一入滑臺,再陷長子,今復傾眾前來,總道我亦無能為,一戰可取,我不如暫避凶鋒,佯示羸弱,使他驕怠無備,然後發兵邀擊,定可得勝!這就是兵志所謂『居如處女,出如狡兔』呢。」珪喜從袞議,遂徙部落畜產,西行渡河,直至千餘里外,方才休息。

燕軍進至五原,收降魏別部三萬餘家,割取穄田百餘萬斛,穄讀祭,

第七十五回　失都城西燕被滅　壓山寨北魏爭雄

形似麥而性不黏，為朔方特產。移置黑城。復進軍臨河，採木造船，作為濟具，約歷旬餘，才得製成千餘艘。魏王珪聞燕兵將濟，始發兵出拒，並遣右司馬許謙，至後秦借兵，遙乞聲援。燕太子寶，正備齊船隻，督兵下船，忽河中颭起一陣狂風，吹動船隻，有數十艘牽勒不住，竟順風漂往對岸。適魏兵前隊，瀕河遊弋，即將燕舟纜住，搜獲甲士三百餘人，魏王珪與語道：「燕主已死，燕太子何不早歸，反要渡河前來呢？」說畢，即令一一釋縛，縱使歸營。燕兵得命，即將珪言還報，太子寶不免驚疑。原來寶引兵至五原，與中山使命往來，屢不見答，還道垂果有不測情事。其實中山非無復使，統被魏暗地遣兵，繞出燕營後面，把他截住，牽縛了去，所以出兵多日，不得聞垂起居。魏王珪既將燕兵縱歸，使他傳言，復令所執燕使人，隔河傳語燕營，偽證燕主死狀，益令寶等驚惶，士卒駭動，因此不敢徑渡。珪遂使陳留公虔率五萬騎屯河東，東平公儀，率十萬騎屯河北，略陽公遵，率七萬騎繞出河南，堵截燕軍歸路。再加後秦亦遣將楊佛嵩，引兵救魏，魏勢益盛。

先是燕太子寶，行至幽州，所乘車軸，無故自斷，術士勒安極言不祥，勸寶還軍，寶不肯從。至是安復白寶道：「天時不利，咎徵已集，急速還軍，尚可倖免！」寶仍然不聽。安退出告人道：「我輩並將委屍草野，不得生還了！」趙王麟部將慕輿嵩，疑垂真死。密謀作亂，將就軍中奉麟為主，事洩被誅。寶因此忌麟，自思頓兵非計，遂焚船夜遁。時值初冬，天不甚寒，河冰未結，寶料魏兵必不能渡，未設斥堠。偏偏隔了一宵，河上朔風暴吼，天氣驟冷，河冰四合。魏王珪竟引兵渡河，挑選銳騎二萬餘名，亟追燕軍。

燕軍還屯參合陂，突有大風裹著黑氣，狀若堤防，或高或下，從後過來，覆壓軍上。沙門支曇猛，知為凶象，急向寶進言道：「風氣暴迅，魏

兵將至,請遣兵抵禦為要!」寶以為去敵已遠,儘可無慮,但從鼻中嗤了一聲,餘不復言。曇猛固請不已,慕容麟在旁發怒道:「如殿下神武過人,擁兵甚眾,自足威行沙漠,索虜怎敢遠來?今曇猛無端絮聒,搖惑眾心,按律當斬!」曇猛泣語道:「秦王苻堅驅動百萬雄師,南下侵晉,一敗塗地,正由恃眾輕敵,不信天道所致。今天象已經告警,還斥曇猛多言,曇猛死亦何恨,只可惜許多將士哩!」寶雖不欲殺曇猛,但總未肯盡信。還是范陽王德謂:「寧可預防,毋貽後悔。」寶乃遣麟率眾三萬,作為殿軍,借防不測。既從德言,何不即使德斷後,乃仍委麟充任,總之,麟寶各有忮心。麟之譽寶實欲敗寶,寶之遣麟即欲害麟,營私如此,怎得不敗!麟雖依令斷後,總道魏兵不至來追,但縱騎遊獵,不肯設備。

俄而黃霧四塞,日月無光,寶遣偵騎還詗魏兵,偵騎只行了十餘里,即解鞍臥著,魏兵晝夜兼行,到了參合陂西偏,燕軍尚未察覺。靳安又白寶道:「今日西北風甚勁,定是追兵將至的應兆,宜飭兵士倍道速歸;否則定難免禍了!」寶尚以詰旦為期,是夜還安宿營中。至次日天明,晨曦已上,方擬飭軍啟行,哪知山上已鼓角亂鳴,震動天地。開營仰望,見魏兵正從山腰下來,好似泰山壓卵一般。這一驚非同小可,嚇得燕軍個個股慄,各思逃生。再加寶平日在營,不善拊循,毫無紀律,倉猝遇敵,哪個肯為寶效死,一聲譁噪,都棄營飛奔。魏兵從上臨下,正如風掃殘葉,所過皆靡。燕軍急不擇路,統向澗中亂走。澗中雖有堅冰,到了人馬騰踔的時候,或被滑倒,或致踏碎,不是壓死,就是溺死,遲一步的,即被魏兵殺死。及逾澗後,死傷已達萬人;再經魏拓跋遵率兵衝出,截住去路,燕軍四五萬人,都恨寶不用良言,致陷絕地,索性投戈拋甲,斂手就擒。只有數千將佐,保住太子寶等,殺開一條血路,踉蹌走脫。陳留王慕容紹被殺,魯陽王倭奴,桂陰王道成,濟陰公尹國等,及文武將吏數百人被擒,

還有太子寶寵妻，及東宮侍女，出兵打仗，何必挈此妻小？寶之淫昏，可見一斑！以及兵甲輜重，軍糧資財，一古腦兒被魏掠去。魏王珪但欲揀留數人，餘皆赦還。偏有一人出阻道：「不可，不可！」珪看將過去，乃是中部大人王建。便問他有何評議，建抵掌高談，強說出一番大道理來，遂令被擒的燕軍，都做了異域的鬼奴。小子有詩嘆道：

大德由來是好生，如何入帳敢相爭；
片言斷送多人命，慘比長平趙卒坑。

欲知王建如何說法，待至下回宣告。

本回敘後燕戰事，一勝一負，怳若有特別之報應，寓乎其間。慕容垂之頓兵不進，拓跋珪之避敵遠徙也。慕容垂之分道攻永，拓跋珪之分軍躡寶也。慕容垂善於誘敵，而拓跋珪適似之。垂能滅人國，覆人師，方自詡為囊底智術，運用無窮，而不意其子之不能肖父，竟為拓跋珪所賺，參合之敗，全軍覆沒，父若虎而子若豚犬，何相反之若是其甚也！意者由父不修德，但務騁智，天道惡盈，乃有此極端之報復歟？靳安支曇猛輩，雖極口苦諫，寧能挽天道於無形哉？

兩晉演義——從抗顏極諫至北魏爭雄

作　　者：蔡東藩	國家圖書館出版品預行編目資料
發 行 人：黃振庭	
出 版 者：複刻文化事業有限公司	兩晉演義——從抗顏極諫至北魏爭雄 / 蔡東藩 著 . -- 第一版 . -- 臺北市：複刻文化事業有限公司 , 2024.10 面；　公分 POD 版 ISBN 978-626-7595-07-7(平裝) 857.4531　　　113014732
發 行 者：複刻文化事業有限公司	
E-mail：sonbookservice@gmail.com	
粉 絲 頁：https://www.facebook.com/sonbookss/	
網　　址：https://sonbook.net/	
地　　址：台北市中正區重慶南路一段 61 號 8 樓	

8F., No.61, Sec. 1, Chongqing S. Rd., Zhongzheng Dist., Taipei City 100, Taiwan

電　　話：(02)2370-3310
傳　　真：(02)2388-1990
印　　刷：京峯數位服務有限公司
律師顧問：廣華律師事務所 張珮琦律師
定　　價：330 元
發行日期：2024 年 10 月第一版
◎本書以 POD 印製

電子書購買

爽讀 APP　　臉書